dtv

Alexandra Lindow hat eigentlich alles, wovon sie immer geträumt hat. Ihre zauberhafte und sehr eigenwillige Tochter Lou, ihren Mann Markus, der sie immer unterstützt hat, und einen tollen Job. Doch als Lou in ihre Fußstapfen tritt und ihr Auslandsjahr ebenfalls in Madrid verbringen will, gerät Alex in Panik. Denn sie verbindet nicht nur Freiheit und Abenteuer mit ihrer Zeit als Au-pair, sondern auch eine sehr schmerzhafte Erfahrung.
Und auch die Aussicht, plötzlich wieder mit Markus allein zu leben, versetzt ihr einen Stich. Denn wo ist diese unverwechselbare Liebe geblieben, die sie so lange miteinander geteilt haben? Ist der alte Funke noch da – oder ist es Zeit für einen Neuanfang?

Birgit Hasselbusch, 1969 in Hamburg geboren, hat in der Schule Bücher aus Langeweile rückwärts gelesen. Seitdem kann sie auch rückwärts sprechen: Deutsch, Englisch, Spanisch und Französisch. Heute arbeitet sie als Moderatorin, TV-Journalistin und Autorin in Hamburg.

Birgit Hasselbusch

Kann Spuren von Fernweh enthalten

Roman

dtv

Ausführliche Informationen über
unsere Autorinnen und Autoren und ihre Bücher
finden Sie unter www.dtv.de

Für Linda und Mats, die hoffentlich die Welt erobern werden.
Und für meinen Vater, der für mich die Welt bedeutet hat.

MIX
Papier aus verantwortungsvollen Quellen
FSC® C019821
FSC
www.fsc.org

Ungekürzte Ausgabe 2021

Dieses Werk wurde vermittelt durch die
Literarische Agentur Thomas Schlück GmbH, Hannover
Umschlaggestaltung: buerosued.de
Satz: Fotosatz Amann, Memmingen
Gesetzt aus der DTL Dorian
Druck und Bindung: Druckerei C.H.Beck, Nördlingen
Printed in Germany · ISBN 978-3-423-21950-1

¡De Madrid al cielo!
Nach Madrid ist nur der Himmel schöner.
(Spanisches Sprichwort)

Alex

September 1989

Krampfhaft klammerte sich seine Hand an dem Serrano-Bocadillo fest, bevor er mich ganz loslassen musste. Mein Vater Helge führte eine Art Triathlon vor: am Café con leche nippen, nervös an der Zigarette ziehen, am Schinkenbaguette knabbern. Wir saßen an einem kleinen Tisch auf dem Platz vor der Bar im Herzen von Madrid. Es war September, die Luft roch nach Oliven und Staub, war südländisch warm und schmeckte nach Freiheit. So ganz anders als zu Hause.

Im Auto hatte mich mein Vater die knapp 2200 Kilometer von Hamburg hierher in Spaniens Hauptstadt chauffiert.

»Ich möchte nicht so gern, dass du hinfliegst«, hatte er gesagt.

»Weil DU Flugangst hast?«, hatte ich stirnrunzelnd gefragt?

»Ich doch nicht!«, war seine Antwort gewesen. Ich grinste. Für einen Mann vom Format meines Vaters ein bisschen inkonsequent. Er hatte selbst die halbe Welt bereist, per Auto und Schiff, sorgte sich aber um sein Nesthäkchen wie an dem Tag, als ich zum ersten Mal allein zur Schule gegangen war.

Ich, Alexandra – Alex – Lindow, war neunzehn Jahre alt, hatte mein Abi gerade in der Tasche und würde in einer Stunde meinen neuen Job antreten: als Au-pair-Mädchen in einer Familie etwas außerhalb von Madrid. Wohlhabende Leute, die in einer Art Siedlung mit Pool und Tennisplatz wohnten.

Mein Vater sah unauffällig einer Spanierin mit langen, dunklen Haaren nach, Typ Gabriela Sabatini. An seiner fast aufgerauchten Overstolz zündete er sich eine neue an.

Mir war klar, dass er sich vor Ort davon überzeugen wollte, wo ich unterkäme.

»Warum tust du dir das an, dich um ein schreiendes Baby zu kümmern?«, startete er einen letzten Versuch, mich von meinem Vorhaben abzubringen. Würde ich auch nur kurz »Piep« sagen, würde er mich, ohne zu zögern, ins Auto verfrachten, die Strecke zurückfahren und meiner Mutter sagen: »Da isse wieder!«

So wie damals, als er mich zur Grundschule hätte bringen sollen. Ich hatte allerdings kurz geschnieft, woraufhin mein Vater mich zu der Wäscherei gefahren hatte, in der meine Mutter gerade Laken plättete, und ihr erklärt hatte: »Es ging nicht, sie wollte nicht!«

»Papa, hier schreit vielleicht ein Baby rum, zu Hause schreit ein Erwachsener rum, wenn ich nicht sofort das Fernsehprogramm wechsle.« Diesmal lächelte er. Jetzt würde er meine Mutter dressieren müssen, andauernd nach der Fernbedienung zu suchen. Ich wünschte mir glühend, dass es irgendwann möglich sein würde, die Flimmerkiste per Gedankenübertragung zum Wechseln des Senders zu bewegen.

Ich nahm noch einen letzten Schluck von meinem frisch

gepressten Orangensaft. Das war für mich der Inbegriff Spaniens. Der Duft und Geschmack von Zitrusfrüchten. Die Form, die Farbe. Wenn dir der Saft auf der Zunge dieses unbezahlbare Urlaubsgefühl bescherte. Durch die Fensterscheibe beobachtete ich, wie der Mann hinter der Bar mit drei Orangen jonglierte. Er hielt sie geschickt in der Luft.

»La cuenta, por favor.« Mein Vater bestellte kurz darauf schweren Herzens die Rechnung, legte die Summe samt großzügigem Trinkgeld auf den Tisch, strich mir liebevoll über die Wange und steckte mir zeitgleich ein paar Scheine in die Jackentasche.

»Kannste dir 'n Eis von gönnen, ins Bernabéu-Stadion zum Fußball gehen und auch mal nach einer Telefonzelle suchen.«

»Ihr ruft doch eh schon zweimal in der Woche bei der Gastfamilie an, haben wir doch besprochen.«

»Ja, ich mein ja nur, falls was ist!«

»Was soll denn sein?«

»Heimweh vielleicht! Oder wenn dich jemand ärgert. Ein Junge oder so.«

Dass ich nicht lachte. Ihn anrufen, damit er dann käme und den Jungen vor die Tür setzte. Das hatte er einmal mit einem Freund von mir gemacht. Er hatte mein Zimmer geradezu gestürmt. Meinem Vater war es zu ruhig hinter der Tür gewesen, hatte er später ohne jedes schlechte Gewissen erklärt. Es hätte ja auch etwas passiert sein können. Als er uns gemeinsam auf meinem Bett sitzen gesehen hatte, hatte er meinem Freund unmissverständlich klargemacht, dass es Zeit sei zu gehen. Das nahm der wörtlich und kam nie wieder.

Es war in etwa das Peinlichste, was mir bei meinen ersten

Annäherungsversuchen passiert ist. Okay, bis auf den Umstand, dass meine Mutter meine beste Freundin zu sich zitiert und sie gelöchert hat, ob ich denn eigentlich schon, äh, also, ja, äh, Kontakt hätte, also, ob ich gewisse Gelüste verspüren würde, was das männliche Geschlecht beträfe?

Meine Freundin hatte keck geantwortet: »Ob Alex schon Sex hatte? Fragen Sie sie doch selbst!«

Danach war bei uns in der Bude richtig Rambazamba gewesen. In Jungs-Angelegenheiten kannten meine Eltern einfach keinen Spaß.

Ich hingegen wollte endlich Spaß haben und mich aus dem häuslichen Glaskasten befreien. Nicht mehr so eingeengt sein. Endlich dieses Gefühl loswerden, dass ich sowieso niemals einen Mann finden würde, dass eine normale Beziehung für mich einfach nicht vorgesehen zu sein schien.

»Hast du denn auch zu Hause angerufen, wenn dir in deinen zwei Jahren in Mexiko ein Mädchen zu nahegekommen ist?«, fragte ich meinen Vater.

»Natürlich nicht.«

»Siehste!«

Auch da lächelte er. Die südländische Sonne machte ihn irgendwie sanfter. Als würde er hierhergehören und in Hamburg nur so eine Art Pflicht erfüllen. In diesem Moment fühlte ich mich ihm sehr verbunden. Wir sahen uns mit unseren blauen Augen nicht nur verdammt ähnlich, offenbar empfanden wir auch gleich. Ich merkte schon jetzt, wie viel freier ich mich fühlte. Ich fand diese Stadt einfach nur irre.

»Vielleicht kannst du dir ja die Haare wachsen lassen, auch wenn Mama findet, dass dir das nicht steht.«

Da sagte er was. Jahrelang nun schon trug ich meine

Haare kurz, weil meine Mutter der Meinung war, etwas anderes sähe bei mir nicht gut aus.

Sie fand auch, es gehöre sich nicht, Leuten einfach nur »Hallo« zu sagen, ohne ihnen die Hand zu geben. Oder einen kurzen Rock zu tragen, Fan einer Rockband zu sein, oder, Gott bewahre, einen Jungen bei sich übernachten zu lassen.

»Vielleicht versuch ich's mal mit den Haaren.«

»Aber nicht, dass dann alle Spanier bei dir Schlange stehen.«

Obwohl ich ihm gern gesagt hätte, dass ich jetzt erwachsen bin und mir Schlange stehende Spanier durchaus gut vorstellen konnte, hielt ich mich zurück.

Stattdessen entgegnete ich: »Wohl kaum, ich renn doch eh die ganze Zeit mit dem Baby rum. Wer will schon eine so junge Mutter?«

Entsetzt blickte mein Vater mich an, in seinem Kopf startete ein unsittliches Kopfkino. Meine Mutter war mit zwanzig schwanger geworden.

»Keine Sorge, Papa! Wollen wir los?«

Ich stand auf, er folgte mir zögerlich.

»Und wenn du die alle nicht verstehst hier, dann kannst du natürlich auch zurück.«

»Das wäre bitter, denn das würde bedeuten, dass du als Spanisch-Lehrer komplett versagt hättest.«

Das Argument musste er gelten lassen.

»Dir wird's hier sehr gefallen. Du hast das in dir, Stüpken«, sagte er und stupste meine Nase, wie er es immer gemacht hatte, als ich ein Kind gewesen war. Manchmal glaubte ich, in seinem Inneren schlugen zwei Herzen. Es gab den weltoffenen, charmanten, witzigen Mann, der in seiner Zeit im Ausland nichts hatte anbrennen lassen und mein Abenteuer am liebsten miterlebt hätte. Aber auf der anderen Seite auch den strengen Vater, der seine Tochter vor all dem bewahren wollte, was er selbst angestellt hatte. Im Grunde genommen wollte er mich beschützen und zwar vor Typen wie sich selbst. Wie sollte man da noch durchblicken und seinen eigenen Weg finden? Dieses Unternehmen würde ich jetzt angehen, eigenständig, unabhängig, keinesfalls fremdbestimmt, und selbstverständlich würde ich mindestens dreimal pro Woche nach einer Telefonzelle in Madrid fahnden, um Rapport zu erstatten.

Mein Vater merkte, dass er all sein Pulver verschossen hatte, öffnete die Beifahrertür, schob mich sanft hinein, setzte sich hinters Steuer, drehte Karel Gotts »Einmal um die ganze Welt« auf, zündete sich eine Zigarette an und fuhr mich in mein neues Leben.

Alex

Juni 2019

Dafür sollten selbst meine Mathe-Kenntnisse ausreichen. Meine Tochter Lou hat recht. Sie ist achtzehn. Zahlen kann man sich nicht schönreden. Obwohl ich sowohl bei der Geburt als auch bei der letzten Geburtstagsparty dabei war, ist mir bis eben nicht bewusst gewesen, dass es wirklich schon so weit ist.

Gedankenverloren rühre ich im Topf mit dem Risotto. Offenbar habe ich nicht nur verdrängt, dass dringend die Spülmaschine in unserer Hamburger Wohnung repariert werden muss und ich immer noch keine Patientenverfügung habe, sondern auch die Tatsache, dass meine Tochter jetzt quasi erwachsen ist.

Als Lou plötzlich sagt: »Nächste Woche ist Abi-Verleihung, dann jobbe ich ein bisschen, danach fliege ich mit Paula und Lily für zwei Wochen auf eine griechische Insel, und dann geh ich ins Ausland!«, reißt sie mir unsanft den Verdrängungsschleier vom Gesicht.

»Aber Griechenland ist doch schon genügend Ausland, oder nicht?«, werfe ich ein und weiß sofort, dass das eine unpassende Bemerkung ist. Lous Augenrollen ist der Beweis dafür.

»Wohin würdest du denn gern gehen?«, hake ich etwas neutraler nach. Wenn ich zu ablehnend wirke, macht sie gleich komplett dicht. Zimmertür zuschlagen, ins Bett, beleidigt. Diese Reaktion versuche ich diesmal möglichst zu vermeiden.

»Wieso *würde?*«, fragt Lou, nimmt sich einen Schokoriegel aus dem Kühlschrank und beißt genüsslich hinein.

»Wir essen gleich!«, sage ich und erschrecke vor meiner eigenen Stimme, die wie die meiner Mutter klingt. Hoffentlich erteilt diese Stimme meiner Tochter nicht gleich auch noch Stubenarrest.

»Super!«, findet Lou und stopft einen zweiten Riegel hinterher. »Was gibt es denn Leckeres?«

»Limetten-Risotto!«

»Oh, das hatten wir schon lange nicht mehr! Kriegst du das noch hin?« Die Frage kommt von meinem Mann und macht mich irgendwie fuchsig. Markus steht in der Küchentür und blickt in unsere Richtung.

»Wieso sollte ich das nicht mehr hinkriegen?«, sage ich leicht gereizt.

»Na ja, weil du mal gesagt hast, dass es wichtig ist, den richtigen Punkt beim Glasieren von Schalotten und Reis zu erwischen, bevor man mit dem Wein ablöscht.«

»Ja, das richtige Timing ist wichtig, wie immer im Leben! Aber das verlernt man ja nicht.«

Hoffentlich klinge ich nicht so zickig wie die Alarmglocke in meinem Kopf es andeutet. Ich sollte meinen Ton unter Kontrolle bekommen. Schließlich bete ich das auch meinen Kursteilnehmern immer vor: Das Auftreten ist die halbe Miete. Eine zu schrille, grelle Stimme, und man sitzt schnell auf der Straße. Gerade bin ich von einem viertägigen Präsentations-Seminar in Süddeutschland zurückgekehrt. Die Agentur, die mir die Jobs vermittelt, schickt mich in ganz Deutschland herum. Ich bin also quasi Profi im Beherrschen meiner Tonlage – zumindest theoretisch.

»Mensch, Mama, chill mal und mach Papa nicht so an.« Lou kennt jede kleine Nuance meiner Stimme.

»Was? Nein, mach ich gar nicht. Deckt doch mal den Tisch, bitte!«

Während ich durch die Weltgeschichte reise und andere Leute schule, arbeitet Markus von zu Hause aus. Grob gesagt, macht er Berechnungen für Autokonstruktionen – eher Teilzeit, damit er sich um Lou kümmern kann, wenn ich unterwegs bin. Wir sind mit dem Modell immer ganz gut gefahren.

Als wir kurz darauf am Tisch sitzen, pulen die beiden kommentarlos die teils angekokelten Schalotten aus dem Essen. Lou und Markus werfen sich unauffällig einen Blick zu.

»Nehmt halt mehr Salat!«, schlage ich vor und würde eigentlich am liebsten laut loslachen. So wie Markus vor etlichen Jahren, als er einen Anzug anprobiert hatte und ich fragte, ob er sicher sei, dass er ihm passt. Markus, als er »Natürlich, was denkst du denn?« meinte, aus der Umkleidekabine trat, und mir als Erstes der Hosenknopf um die Ohren flog. Da haben wir uns halb kaputtgelacht.

Meine Gedanken kreisen um so viele Dinge. Um meinen anstehenden 50. Geburtstag, die zusätzliche Nacht in Bayern, Lous Abi, ihre Pläne.

»Sag mal, Lolli, was genau meintest du eben mit dem Ausland?« Demonstrativ nehme ich mir eine zweite Portion Risotto. Die Limetten-Zesten bringen eine herrliche Frische ins Gericht und übertünchen das Angebrannte. Das rede ich mir zumindest ein.

»Dass ich für ein Jahr Au-pair mache. In Spanien, Madrid. Also, in der Familie, in der du auch warst.«

Dieser Treffer saß. So muss sich ein Boxer fühlen, der ungedeckt einen linken Haken verpasst bekommt.

»Wie bitte? Seit wann das denn? Also, davon wusste ich ja gar nichts.«

Mir wird plötzlich ganz heiß, längst verdrängte Erinnerungen gesellen sich zum Schweißausbruch.

»Ach so, du warst ja auf Geschäftsreise. Da hab ich wohl vergessen, dir das zu sagen«, erklärt Lou schulterzuckend. »Papa wusste es aber.«

»Ehrlich, du wusstest das?« Verständnislos sehe ich Markus an. Wieso hat er mir denn nichts davon erzählt?

»Ich dachte, du wärst auch auf dem Laufenden. Aber ist doch gut, dass sie das macht und hier mal rauskommt«, findet Markus.

Prinzipiell stimmt das natürlich, nach dem Abi wollte ich ja auch so schnell wie möglich weg.

»Das ist richtig«, gebe ich zu. »Aber ich bin jetzt schon ein bisschen durcheinander. Hast du wirklich gerade gesagt, du gehst in die Familie, in der ich auch war?«

»Ja!« Lou nickt. »Cool, oder? Ich habe den Jungen, Jaime, auf den du früher aufgepasst hast, bei Facebook gefunden und gleich mal angeschrieben. Er hat jetzt selbst ein Kind. Er hat sich auch an dich erinnert. Sein Vater Juan auch. Ich soll dich schön grüßen.«

All diese Informationen prasseln wie piksende Kieselsteine auf mich ein. Lous Plan klingt wie in Stein gemeißelt und scheint noch uneinnehmbarer als Fort Knox.

»Und das hast du alles verabredet, ohne mich zu fragen, ob ich das in Ordnung finde? Spinnst du? Das kannst du vergessen.«

Leichte Panik steigt in mir auf. Ich muss mich beruhigen, was sollen meine Tochter und mein Mann von mir denken, wenn ich so eine Szene mache.

»Ja, warum denn nicht? Was ist daran schlimm? Du hast doch immer gesagt, ich soll mir was organisieren und viele

Erfahrungen sammeln, über den Tellerrand blicken, bla, bla. Was stört dich daran?«

»Warum machst du nicht einen Sprachkurs? Oder du schreibst dich dort an der Uni ein, oder noch besser in Salamanca, das ist eine super Uni-Stadt.«

»Hä?« Lou stößt einen Laut aus, den ich überhaupt nicht mag. Dieses dümmliche »Hä«.

»Was hast du jetzt auf einmal gegen Madrid?«

»Nichts!«, gebe ich einsilbig zurück und versuche, mich zu beruhigen.

»Für Nichts klingst du aber ziemlich aufgebracht«, merkt Markus an, was mich noch mehr auf die Palme bringt.

»Du weißt doch gar nicht, ach, egal«, breche ich ab.

»Was weiß ich nicht?«, will er wissen.

»Gar nichts. Nein, egal, ist ja schon gut.« Ich bete zu Gott, dass niemand meiner Kursteilnehmer jemals so ein elendiges Gestammel von mir miterleben muss. In was für eine Situation haben wir uns hier hineinmanövriert? Dabei wollte ich nur in Ruhe nach Hause kommen und Risotto essen.

»Ich habe auch das Gefühl, dass ich nicht alles weiß. Aber die Dame redet ja nur noch, wann es ihr passt.« Markus knallt seine Gabel neben den Teller. Der Appetit ist ihm offenbar vergangen.

»Mann, was nervt ihr denn jetzt so rum, es geht doch um mich. Ich fand es voll krass, dass die mich haben wollen, ich dachte, du freust dich auch, und jetzt stresst du so rum. Wieso?«

Lous Stimme überschlägt sich, gleich fängt sie an zu weinen. Bitte nicht. Mein armes, süßes Kind. Sie kann doch gar nichts dafür. Woher soll sie auch wissen, warum ich mir solche Sorgen mache? Das wollte ich ihr doch alles ersparen. Wäre ich nur nicht so unvorbereitet in diese Neuigkeit hineingeschlittert.

Lou und Markus starren ins Leere. Ich muss die Situation retten, ich habe überreagiert.

»Möchtest du eigentlich vor deinem Abiball noch zum Friseur?«

Betretenes Schweigen.

»Du wolltest doch so gern eine Flechtfrisur haben. Vielleicht komme ich dann mit.« Ich gebe mein Bestes und schaue auf die sehr langen, braunen Haare meiner Tochter, doch sie reagiert nicht.

»Wir können auch zusammen nach einem Kleid gucken.«

»Mann, Mama, was soll der Scheiß? Erst machst du hier wegen Spanien 'ne Riesenwelle, und dann tust du als wäre nix! Was soll das?«

»Sie lenkt wieder ab. Kriegsschauplatzverlagerung!«, merkt Markus in seiner pragmatischen Art an.

»Ja, okay, ist ja gut. Also, dann geh eben nach Madrid. Von mir aus.«

»Erklär doch wenigstens, was du daran blöd findest«, bittet Lou immer noch aufgebracht.

»Gar nichts. Ich dachte eben, Au-pair sei out, weil es so viele andere Möglichkeiten gibt.«

Ich höre selbst, wie lahm diese Ausrede klingt, die Wahrheit sagen kann ich aber auch nicht.

»Ich dachte, du findest eine WG besser?«

»Mal sehen, was sich da ergibt. Ich wollte ja ein bisschen bleiben. Also, auf jeden Fall will ich es länger aushalten als du damals.«

Dieser Seitenhieb sitzt.

Ich hatte Lou mal erzählt, dass ich nicht das ganze Jahr geblieben, sondern früher wieder nach Hause gekommen bin.

»Das wird ja nicht so schwierig, bei irgendwas länger am Ball zu bleiben als ich!«, gebe ich zu und ernte ein erleichtertes Seufzen meines Mannes. Er hasst Auseinandersetzungen, vor allem, wenn ich impulsiv und argumentativ schwach auf der Brust bin, wie er es nennt. Meine Selbstironie mag er dafür umso lieber.

»Na, dann hätten wir das ja!«, sagt er und greift wieder zur Gabel.

»Gibt's Nachtisch?«, fragt er, als er in dem angebrannten Reis herumstochert. »Vielleicht Crème brûlée?« Seine Grübchen blitzen kurz auf. Die vorwitzigen Dinger sind mir schon lange nicht mehr aufgefallen.

Ich stehe auf und suche in der Kühltruhe nach etwas, das noch nicht seit Lous Einschulung abgelaufen ist. Die Stimmung ist gerade noch so zu retten gewesen. Bis Lou noch einen obendrauf packt.

»Opa hat gesagt, er würde mich hinfahren.«

Mir fällt die Eispackung aus der Hand. »Das fehlt gerade noch!«

Markus

Silvester 1999

Meine Rettung näherte sich stolpernd, mit zwei Bechern in den Händen und einer zerrissenen Plastiktüte auf dem Kopf. Kurz zuvor war ich noch der Meinung gewesen, dass Champagner in Hamburg zum Jahrtausendwechsel eine reine Schnapsidee gewesen war. Als sie auf mich zukam, brachte eine Baumwurzel an der Alster sie aus dem Gleichgewicht und ich fing sie auf, bevor sie in den Matsch fallen konnte.

»Ich schlag dir einen Deal vor«, eröffnete die Frau mit den angeklatschten blonden Haaren das Gespräch. »Du gibst mir deine Mütze und ich dir einen der beiden Becher hier!«

Ihr Lächeln war spitzbübisch. Verspielt fuhr sie sich durch die nicht vorhandenen Löckchen.

»Du könntest dann diese megaschicke Plastiktüte haben!«, neckte sie mich, reichte mir einen halb vollen Becher und zog mir die schwarze Mütze vom Kopf.

Es regnete. Das neue Jahr war eine gute Stunde alt, und die Raketen schossen unbeirrt über der Außenalster in den 2000er-Himmel. Um uns herum waren viele Menschen, denen das Wetter auch nichts auszumachen schien. Wer würde sich den Jahrtausend-Wechsel von ein paar Tropfen Wasser verderben lassen? Wir standen schräg gegenüber vom »Hotel Atlantic«.

Der Boden war uneben und sumpfig, ich hätte normale Turnschuhe anziehen sollen, und nicht diese uncoolen, overdresseden, braunen Budapester. Mein Freund Daniel hatte behauptet, wir müssten uns schick machen, wenn wir in der Großstadt feiern gehen wollten. Hoffentlich würden ihr die Schuhe nicht gleich auffallen.

»Nimm die Plastiktüte und schnür sie dir um deine Dinger da unten, dann kannst du sie auch noch zu deiner Konfirmation anziehen«, sagte sie. Ich schätzte, dass ihre Konfirmation, ähnlich wie meine, etwa ihr halbes Leben lang zurückliegen müsste. 31 war ich, sie vielleicht ein wenig jünger.

»Gut, komm doch auch. Aber bitte genau so, wie du jetzt bist.« Ich deutete auf meine Mütze auf ihrem Kopf.

»Wie sieht sie aus?«, wollte sie wissen und drehte sich leicht nach links und rechts.

»Nach 'ner Plastiktüte kann es ja nur aufwärtsgehen!«, antwortete ich ehrlich.

»Na, du traust dich was!«, meinte sie lachend und tippte mit ihrem Plastikbecher meinen an.

»Feliz año nuevo!«, sagte sie und gab mir einen Kuss auf den Mund.

Und sie traute sich erst.

»Dir auch«, erwiderte ich und fragte mich, ob mir schon jemals eine so direkte Frau begegnet war. Wir nahmen jeder einen Schluck. Das Gesöff schmeckte süß und eher nach Silvester 1981.

»Wie weit bist du hergelaufen auf diesen braven Schuhen?«, wollte sie wissen.

»Genau 221 Kilometer gefahren, aus Wolfsburg.«

»VW oder VfL?«

»Beides«, gab ich zurück.

»Fan?«

»Na ja, statt eines VW hätte ich schon gern was anderes, sportlicher vielleicht, aber verrat's niemandem, sonst bin ich meinen Job los.«

»Vertickst du die Karren oder hockste im Büro?«

»Im Grunde beides«, erklärte ich.

»Und wie lange bleibst du hier?«

»Die Frage ist eher, *wo* ich bleibe, um ehrlich zu sein«, gestand ich ihr. Ich hoffte, es klang nicht zu aufdringlich und nicht nach Silvester-Resterampe-Anmache. »Ich habe da nämlich ein Problem«, wagte ich mich weiter vor.

»Komm, hast du Lust auf was zu essen? Wir könnten zur Langen Reihe gehen.«

Ich hatte keine Ahnung, was die Lange Reihe war, aber ich wäre in diesem Moment auch zum Kurzen Kreis oder zum Breiten Dreieck gegangen. Ich hatte eh nichts anderes vor.

»Gern, ich habe bisher nur den Hafen und die Alster gesehen. Und meinen Kumpel von hinten.«

Wir gingen an den feinen Damen und Herren vorbei, die vor dem »Hotel Atlantic« standen, in Anzug und Abendkleid. Durfte man eine waschechte Hamburgerin wohl fragen, ob Udo Lindenberg tatsächlich in diesem Hotel wohnte, oder hielt sie einen dann womöglich für einen Volltrottel? Außerdem wusste ich ja noch nicht einmal, ob sie eine echte Hamburgerin war.

»Ja, er wohnt hier wirklich!«, sagte sie plötzlich. Ich nickte, und wir gingen einvernehmlich schweigend weiter.

Sie griff nach meiner Hand. Das war schön, aber auch überraschend.

Man musste ihr zugutehalten, dass sie ganz schön getankt hatte, aber irgendwie kam ich mir bei ihrem Tempo wie ein Dorfdepp vor, im Grunde wie der spießige VW-Fahrer, der ich ja auch war.

»Das ist sie. Da hinten um die Ecke wohne ich«, sagte sie und zeigte irgendwo ins Nirgendwo.

Die Lange Reihe entpuppte sich als eine Straße, die sich nicht ganz entscheiden konnte, ob sie hipp oder alternativ sein wollte. Genau das machte ihren Charme aus. Viele Restaurants, Ateliers, beleuchtete, moderne Läden, urige Kneipen. Sie deutete nickend auf ein portugiesisches Café im Souterrain. Die Theke war mit Luftschlangen dekoriert, Glitzerkonfetti war zwischen Natas und Käsebrötchen verstreut. An einem Tisch saß eine Gruppe älterer Leute mit bunten Partyhüten auf dem Kopf. Sie sangen lauthals Schlager mit. Der portugiesische Wirt stellte sich als João vor und zuckte nur lachend mit den Schultern.

»Wir können nachher auch andere Musik anmachen«, schlug er vor, weil er befürchtete, wir könnten Hals über Kopf den Laden verlassen.

»Kein Problem«, sagte ich. »Was möchtest du?«, fragte ich meine Begleitung.

»Wein«, schrie sie und versuchte Patrick Lindners »Wir sind stark genug« und »Schuld war nur diese Nacht« von der Münchner Freiheit zu übertönen.

Sie zog ihren Mantel aus, unter dem ein knappes, schwarzes Kleid zum Vorschein kam.

João brachte uns einen Galão, einen Wein und dazu zwei Vanilletörtchen aufs Haus. Bei der Lautstärke war eine Unterhaltung allerdings schwierig.

»Jetzt wollte ich dir meine intimsten Geheimnisse zuraunen, aber gegen Roland Kaiser anzuschreien ist irgendwie nicht so sexy, oder?«, schrie sie mir ins Ohr.

»Waaaas?«, brüllte ich zurück. »Du findest Roland Kaiser sexy?«

Sie nickte.

»Sein Hintern ist echt knackig, aber erzähl es niemandem!«, rief sie in dem Moment, als es still wurde, weil João Roland gegen eine neue CD austauschte.

»Respekt, ich weiß nach dreißig Minuten nicht mal, wie du heißt, aber auf was für Hintern du stehst!«

Sie errötete nicht mal. Von Sekunde zu Sekunde wurde sie betrunkener, was gewiss auch an dem Sekt lag, den uns eine der älteren Damen vom Nebentisch spendiert hatte.

»Wollen wir deinen mal antesten?«, rief sie mir zu, und ließ offen, was genau sie damit meinte. Ich merkte es schnell.

Sie bat mich zum Neujahrstanz und ließ sich schnell in meine Arme sinken, obwohl der Marianne-Rosenberg-Rhythmus eher zu wildem Gezappel gepasst hätte.

»Er kommt aus Wolfsburg«, schrie sie dem tanzenden Rentner neben uns zu.

Der grinste und führte seine Partnerin geschickt an einem Tisch vorbei.

»Dass jemand Wolfgang Wolf heißt und in Wolfsburg Trainer ist, kann doch auch nicht wahr sein, oder?«, rief er mir zu.

Meine Tanzpartnerin hörte es.

»Heißt der echt so?« Ich nickte.

»Wir waren mal im Urlaub in Schweden, da hieß einer Sven Svensson und wohnte in der Svenssonsgatan«, fügte ich hinzu.

»Jetzt weiß ich, wie halb Skandinavien heißt, aber deinen Namen kenn ich noch nicht!«, gab sie zurück.

»Ich bin Markus, zahle mit D-Mark und lade dich natürlich ein.«

»Das hatte ich auch nicht anders erwartet, schließlich darfst du bei mir übernachten!«, gab sie keck zurück und drückte sich noch etwas enger an mich.

»Darf ich das?« Das ging ja schneller als ein neues Paar Socken zu kaufen.

»Du hast doch gesagt, dass du nicht weißt, wo du schlafen sollst, oder?«

Wo sie recht hatte. Mein Wolfsburger Freund Daniel hatte mich in diese Situation hineinmanövriert. Diese ganze Hamburg-Reise war seine Idee gewesen. Er wollte endlich mal richtig feiern, nachdem er sich laut eigener Aussage »jahrelang für sein Studium krumm gemacht« hatte. Dazu fiel mir nur ein, dass ich ihn häufiger in Fötusstellung in seinem Bett angetroffen hatte als an der Uni, was in gewisser Weise auch eine Art »krumm machen« gewesen war.

Er hatte in Hamburg auf das große Abenteuer gehofft. Kaum hatten wir unser mehr als dubioses Doppelzimmer auf St. Pauli bezogen, stürzten wir uns am Hamburger Berg ins Getümmel. In einer Kneipe hatte ich an der Theke zwei Bier bestellt, da lag bereits eine fremde Schönheit im Glitzerfummel in Daniels Armen.

»Das ist Heike aus Leipzig«, raunte Daniel mir zu. »Und sorry, Markus, aber ich werde die Nacht heute nicht mit dir verbringen.« Er zwinkerte mir verschwörerisch zu.

Das gönnte ich ihm von Herzen, schließlich war es nicht immer ein Vergnügen, die Nacht mit mir zu verbringen. Gewühle, Geschnarche; ich zitiere aus dem langen Beschwerdekatalog meiner Exfreundin.

»Hast du was dagegen, wenn ich sie mit auf unser Zimmer nehme?«, fragte Daniel rein pro forma, bevor er beschloss, Heike aus Leipzig schon in der Ecke der Kneipe bettfertig zu machen.

»Mach du nur!«, sagte ich und gab ihm grünes Licht. Dass ich damit die Nacht durchmachen musste, wurde mir erst später klar. Die Hotels in Hamburg waren komplett ausgebucht. Welch Wunder an Silvester zur Jahrtausendwende. Ich schlenderte allein durch die Stadt und beobachtete die ausgelassenen Leute. Einsame Wölfe aus Wolfsburg – wie ich – waren wenige unterwegs.

Ich wünschte mich kurz in meine Stammkneipe zurück, aber wirklich nur kurz. Meine Ex konnte ich mir besser in einer fremden Stadt aus dem Kopf pusten lassen, das hatte ich zumindest gehofft. Daher hatte ich Daniels Idee auch begeistert zugestimmt.

Durch die Schanze wanderte ich in Richtung Schlump. Vor einer Pinte angekommen ging das Feuerwerk los. Mit mir völlig unbekannten Menschen stieß ich dort aufs neue Jahr an. Zu allem Überfluss fing es auch noch an zu regnen, doch das machte jetzt auch keinen Unterschied mehr. Irgendwann kam ich an der Außenalster beim »Hotel Atlantic« an. Kurz überlegte ich, ob ich dort nach einem Zimmer fragen sollte, als mir eine Frau mit einer Plastiktüte auf dem Kopf entgegenstolperte.

»Ja, das weiß ich wirklich nicht. Mein Freund, mit dem ich hergekommen bin, hat sich eine Sächsin geangelt.«

»Eine Angelsächsin?«, hakte meine Zufallsbekanntschaft leicht lallend nach. Sie hatte meine hinteren Körperzonen inzwischen derart intensiv inspiziert, dass sie gut und gerne eine Doktorarbeit darüber würde schreiben können.

»Ich hatte schon überlegt durchzumachen«, erzählte ich ihr von meinen vagen Plänen.

»Das kannst du auch bei mir.« Sie gab alles, um geheimnisvoll, verführerisch und mysteriös zu wirken. In gewisser Weise war das rührend.

»Hängen bei dir keine Sachsen rum?«, wollte ich wissen.

»Nee, nur meine Mitbewohnerin. Aber sie ist nicht da, weil ihr Vater ins Krankenhaus gekommen ist. Vorhin. Deswegen musste sie an der Alster auch so schnell los. Ein Wunder, dass ihre Mutter in der Aufregung überhaupt ihr neues Handy bedienen konnte.«

»Das mit dem Vater tut mir leid. Etwas sehr Schlimmes?«

»Weiß ich nicht genau. Sie ist sofort los. Bestimmt irgendwas wegen der vielen Qualmerei.«

»Deswegen warst du allein mit zwei Plastikbechern unterwegs?«, fragte ich.

»Ja, aber dann kamst ja du. Hoffentlich nicht das letzte Mal heute Nacht.«

Ich überhörte die Bemerkung galant. Wenn sie in dieser Geschwindigkeit weiter Wein und Sekt tankte, würde sie höchstens noch bis zu ihrem Bettvorleger kommen.

»Bist du mit deinem VW da?«, fragte sie noch.

»Nein. Wir sind mit der Bahn gekommen«, gab ich zurück.

»Aber du arbeitest doch bei VW?« Sie hatte inzwischen einen Pegel erreicht, der das logische Denken außer Betrieb gesetzt hatte.

»Na ja, wenn du in einem Jeansladen arbeitest, kannst du ja trotzdem in einem schwarzen Wollkleid Silvester feiern, oder?«

Sie starrte mich entgeistert an.

»Ich arbeite in keinem Jeansladen.«

»Ich glaube, du gehörst ins Bett«, stellte ich fest.

»Genau, das sag ich ja«, meinte sie. »Wir nehmen den Nachtbus.«

Kurze Zeit später hatte sich der Bus durch die Straßen gekämpft, in denen immer noch geböllert wurde. Tonnen an Raketen- und Knaller-Resten lagen auf den Bürgersteigen und in den Rinnsteinen. Immerhin hatte es aufgehört zu regnen. Wir bogen in eine kleine, ruhige Straße ab. Schöne Altbauten ragten neben hohen Erlen in den Nachthimmel. Die Lady hatte sich bei mir untergehakt.

Mein Gewissen klopfte an und beschwerte sich, dass ich das Mädchen nur ausnutzen würde.

Ich nahm ihr den Schlüssel aus der zittrigen Hand und öffnete die Wohnungstür.

»Da ist das Bad, und da ist mein Zimmer.«

»Also ist das das Zimmer deiner Mitbewohnerin?« Ich deutete auf eine Tür. Sie nickte.

»Ihr Vater ist im Krankenhaus. Bringst du mich ins Bett?« Ich half ihr, das schwarze Kleid auszuziehen, warf einen nicht ganz kavaliersmäßigen Blick auf ihre rosafarbenen Dessous und deckte sie zu. Dann stand ich von der Bettkante auf. Sie sagte noch, sie habe sich das irgendwie anders vorgestellt. Ich strich ihr kurz über die verschwitzte Stirn, machte das Licht aus und sah mich in der Wohnung um. Im Wohnzimmer gab es zwei Sessel, aber keine Couch. Ich hätte mich auf den Dielenfußboden legen können. Die Schulter der Frau im Nebenzimmer war gewiss weicher. Dann tat ich etwas, was ziemlich dreist, aber meiner Müdigkeit geschuldet war. Ich ging in das Zimmer der Mitbewohnerin, zog die Gardine zu, mich aus und legte mich in die grau-weiß karierte Bettwäsche.

Mein Handy piepste: »Hey, Prost Neujahr. Alles okay bei dir? Daniel.« Immerhin war ihm aufgefallen, dass er eigentlich noch jemanden im Schlepptau hatte. Ich tippte eine Nachricht und war froh, dass ich die kleinen Tasten einigermaßen traf.

»Bn untrgkommn. Sie heißt …«

Ja, wie hieß sie eigentlich? Am Klingelschild hatte »Lindow« gestanden. Aber ihren Vornamen hatte sie mir tatsächlich nicht verraten.

»Duhu?« Die Tür öffnete sich langsam, und die etwas verwuschelte Gastgeberin erschien im Türrahmen.

»Du kannst auch zu mir kommen!«, sagte sie. Im Leben hätte ich es nicht für möglich gehalten, dass sie sich noch einmal in die Senkrechte würde befördern können.

»Das ist wirklich lieb von dir, auch dass ich hier sein kann. Aber lass uns lieber schlafen, okay? Gute Nacht.«

»Schade«, meinte sie und tapste wieder zurück in ihr Zimmer. Die Frau hatte Stehvermögen, stellte ich grinsend fest. Dieser Abend war ganz anders verlaufen, als ich es mir ausgemalt hatte. Während Daniel sich durch unsere angemieteten Hotelbettlaken kämpfte, nahm ich das Angebot, das sich mir präsentierte, nicht an. Von einer Dame, die ehrgeizig am Ball blieb. Denn kurz darauf ging die Zimmertür wieder auf.

Lou

Juni 2019

Der Reißverschluss klemmt. Der verdammte, verschissene Reißverschluss des sauteuren Hosenanzugs.

»Macht ja nichts. Ist ja nur meine Abifeier!«, schreie ich und bin kurz davor, mir die ganze Klamotte in Fetzen vom Körper zu reißen.

»Okay«, höre ich meine Mutter mantramäßig wiederholen. »Wir flippen nicht aus, wir haben alles im Griff.«

Sie ist in mein Zimmer geeilt und zieht sich noch schnell ein weinrotes Seidenkleid über den Kopf. Ohne Reißverschluss. Ich fühle mich provoziert.

Gleich gibt sie bestimmt diese Besserwisser-Sprüche von sich: »Habe ich dir doch gesagt, dass du den Reißverschluss noch einmal bei plus 18,5 Grad mit linksdrehenden Meeresalgen einfetten musst«, oder irgend so was Schwachsinniges. Zum Glück sagt sie nichts dergleichen.

»Ich raste aus!«, kündige ich stattdessen an.

»Ja, kannst du gerne, morgen zum Beispiel. Heute nicht. Heute kriegen wir das Ding einfach zu.«

Vorsichtig ziehe ich die eine Seite des Anzugs straff, während meine Mutter am Reißverschluss herumzuppelt. Ich spüre, dass das böse enden wird.

»Neein, das geht kaputt, so geht das nicht!«, schreie ich hysterisch. Dabei hasse ich die hyperventilierenden Mädchen aus meiner Stufe. Die schon Schnappatmung kriegen, wenn der Kajalstift mal verschmiert ist. Ich habe mein Abi in der Tasche, will bald in Spanien mit einem Kind und Windeln jonglieren und danach in Amsterdam Psychologie studieren. Von Letzterem weiß Mama noch nichts. Die Sache mit Madrid hat sie ja schon komplett aus dem Konzept gebracht. Ähnlich wie mich der klemmende Reißverschluss.

»Können wir helfen?« Mein Vater und mein Opa stecken ihre Köpfe zur Tür hinein.

»Ja, Papa!«, sagt meine Mutter mit sehr ironischem Unterton. »Du könntest mal eben mit einem Kreuzstich den Hosenanzug deiner Enkelin retten.

»Eine meiner einfachsten Übungen«, erwidert er. »Ist das stricken, häkeln oder backen?«

»Opa! Mann, ey! Nervt nicht.«

Die Lage ist ernst, und das merkt jetzt auch meine Familie.

»Zeig mal!« Papa schaut meiner Mutter über die Schulter, die immer noch versucht, den Schließer über die eine verdrehte Zacke zu ziehen.

»Oh nein!«, sagt meine Mutter und stöhnt auf. Wenn das passiert ist, was ich gerade befürchte, dann kann ich mich auf der Stelle begraben.

»Hast du nicht noch dieses hübsche Kleid, das du zur Einschulung getragen hast?«, fragt Papa und versucht ein schiefes Grinsen.

»Nicht euer Ernst!«, rufe ich. Oh doch, der Reißverschluss ist hin.

»Hol mal bitte Mama«, scheucht meine Mutter Opa in Richtung Wohnzimmer. Aber Oma habe ich schon seit einer Stunde nicht mehr gesehen.

»Sie ist noch beim Friseur«, erklärt er.

»War sie da nicht erst vorgestern?«

»Ja, natürlich!«, antwortet er und zuckt mit den Schultern. »Den Friseur sieht sie öfter als mich. Während er ihr die Haare legt, liege ich auf der Couch. Ist mir nur recht. Soll ich was machen?«

»Ja, mach die Zigarette aus. Bitte!« Mich nervt der Gestank. Ich finde das Verhalten meines Großvaters gemeingefährlich. Dass Opa Mama früher durchgehend in der Wohnung und im Auto vollgequalmt hat, finde ich einen echten Skandal. Dafür würde ich ihn heute wegen Kindesmisshandlung anzeigen!

»Ich war ja auf dem Balkon«, verteidigt Opa sich. »Dann habt ihr so geschrien, da musste ich doch kommen.«

»Markus, du musst zu deiner Freundin!« Mama wirft Papa verschwörerische Blicke zu.

»Zu wem?« Er schaltet nicht gleich. Dabei weiß ja sogar ich, wen Mama meint. Sie wohnt direkt unter uns und ist die neugierigste Nachbarin zwischen Eppendorf und der Elfenbeinküste: Beate Hoffmann. Sie hat ein Auge auf meinen Vater geworfen, lauert ihm sogar im Treppenhaus auf, was dieser hartnäckig ignoriert. Kein Wunder, sie ist eine graue Maus, die mit Ende fünfzig noch bei ihrer Mutter wohnt. Beate Hoffmann ist so unsexy wie eine schimmlige Scheibe Knäckebrot. Gegen sie ist selbst ihre eigene Mutter ein sambatanzendes Kurvenwunder.

»Du weißt, wen ich meine. Sie soll ihre Nähmaschine anwerfen und den Reißverschluss austauschen. Wir brauchen den Anzug in …«, Mama blickt auf die Uhr in meinem Zimmer, »… exakt acht Minuten.«

Papa verdreht die Augen und hofft, dass ich es nicht bemerke.

»Geh du doch runter!«, schlägt mein Vater vor.

»Dann kann Lou das gute Stück nicht vor der Rente anziehen. Für mich rührt sie doch keinen Finger.«

»Das stimmt, Papa, sie kann Mama nicht ab.«

»Was? So schlimm?«, fragt meine Mutter und wirkt tatsächlich etwas gekränkt.

»Hast du doch selbst gesagt«, schnauze ich meine Mutter an. »Was soll das jetzt. Wir müssen gleich los. Oder soll ich nackt gehen?«

»Auf keinen Fall!«, ruft Papa, winkt mir zu, den weinrot-weiß gestreiften Anzug auszuziehen. Opa dreht sich um. Mich in Unterwäsche zu sehen, würde ihm wahrscheinlich einen weiteren Herzinfarkt bescheren.

»Sonst kauf ich ihr einfach einen neuen«, schlägt er vor. »Wo ist der hier denn her? Von C&A? Dann geh ich schnell rüber.«

Mama und ich verdrehen die Augen.

»Papa, C&A gibt es hier schon etwa seit dem zweiten Weltkrieg nicht mehr.«

»Opa, das hab ich im Internet bestellt, das kannst du nicht mal eben neu kaufen. Das kriegt die Hoffmann nie hin.«

»Die Hoffmann kriegt alles hin. Die hängt an der Nadel«, spricht Mama mir Mut zu. Finde ich nett von ihr, dass sie das Positive an Beate Hoffmann betont, denn die lästert, wo und wann es nur geht, über meine berufstätige, viel reisende Mutter.

Das hat mich früher echt auf die Palme gebracht. Meine Mutter kann zwar nerven wie ein ganzer Mückenschwarm, aber niemand darf sie so unverschämt und unbegründet beleidigen.

»Besser viel unterwegs sein, als seit einem halben Jahrhundert nicht mehr die Wohnung verlassen zu haben«, habe ich mal zurückgepampt. Also, geflüstert habe ich das und hoffe in diesem Moment inständig, dass Beate Hoffmann es nicht gehört hat.

Mein Handy piepst in einer Tour.

»Lily und ihre Eltern sind schon los. Wir schaffen das nicht rechtzeitig. Und Cem wartet auch schon. Wir halten die Abirede zusammen. Wenn ich da zu spät komme …«

Die ganzen Abiprüfungen haben mich nicht so gestresst wie diese Kleiderkiste.

»Was ist jetzt mit dem Scheißverschluss!?«, rufe ich in Richtung Flur, in den Papa vor fünf Minuten verschwunden ist.

Mama lacht, Opa auch. Er guckt dabei immer noch Richtung Zimmerecke.

»Opa, ich habe schon ein T-Shirt an. Dreh dich ruhig wieder um. Warum lacht ihr so?«

»Du hast Scheißverschluss gesagt«, sagt Mama, was ich sofort abstreite.

»Habe ich nicht.«

»Hast du wohl!«, bestätigt Opa und pfriemelt nervös an seiner Zigarettenpackung herum.

Ist ja auch wirklich ein Scheißverschluss!

»Wo steckt eigentlich Papa?«, frage ich plötzlich wieder leicht panisch.

»In, äh, bei Frau Hoffmann, dachte ich.« Angeekelt starre ich meinen Opa an. Was war das für ein schlüpfriger Witz? Mama hat immer erzählt, dass er in puncto Jungsgeschichten wahnsinnig spießig war und ihre Freunde nicht mal allein mit ihr in einem Zimmer sein durften. Dass sie darunter richtiggehend gelitten hat, weil sie sich vorkam wie in einem Käfig. Offenbar scheint Opa unter Verkalkung zu leiden und sich an sein strenges Regiment nicht mehr erinnern zu können.

»Hier bin ich doch schon!« Triumphierend kommt Papa ins Zimmer und schwenkt meinen Hosenanzug wie eine Trophäe.

»Hat sie es wirklich hingekriegt?« Mama reißt ihm das Ding aus der Hand.

»Pass auf, die Beate hat das mit sehr viel Liebe gemacht. Zack, war der schwarze Reißverschluss drin!«, erklärt er stolz.

»Wieso schwarz? Der alte war doch weinrot.«

Ich greife nach dem guten Stück und begutachtete den Scheißverschluss.

»Na ja, wählerisch kann man da nicht sein. Eigentlich wollte sie mir auch noch mein Hemd bügeln.«

Mama rümpft die Nase und macht mir mit einer hektischen Handbewegung klar, dass ich das Teil anziehen soll. Dass wir jetzt keine Zeit haben, uns über Farben auszulassen.

»Ist egal jetzt, sonst sehe ich schwarz. Oder weinrot.«

»Fertig?«, fragt Papa. »Wir müssen echt los.«

Der Reißverschluss geht in einem Ruck hoch. Ein Hoch auf die Hoffmann, auch wenn Papa für diesen Liebesdienst wahrscheinlich bis zum Sankt-Nimmerleins-Tag büßen muss. Bestimmt hat sie ihn wieder zum Abendessen eingeladen.

»Ja, fertig!« Ich streiche mir durch die Haare, schlüpfe in die hohen Schuhe und schnappe mir meine Notizen für die Rede.

»Wo bleibt ihr denn, trödelt doch nicht so!«, meint meine Oma anmerken zu müssen, die frisch onduliert in der Tür erscheint. Vom ganzen Hosenanzugs-Drama hat sie rein gar nichts mitbekommen.

»Alex, du hättest mitkommen und dir die Haare wieder kurz schneiden lassen sollen.«

Meine Mutter explodiert gleich. Opa lenkt ab.

»Wir haben noch ein Lagerfeuer gemacht und in alten Fotoalben rumgestöbert«, neckt er seine Frau und schiebt sie aus der Wohnung.

»Ohne mich?«, höre ich Oma sagen.

»Diese Familie ist total plemplem!«, stelle ich fest.

»Dann wander doch aus!«, ruft mir Mama zu, grinst dabei und stürmt die Treppe hinunter. Das ist ihre Art der Entschuldigung, weil sie wegen Madrid so ausgerastet ist.

Eine halbe Stunde später stehe ich auf der Bühne unserer Schulaula. Drei Leute haben mich für meinen außergewöhnlichen Hosenanzug gelobt. Den Zettel mit den Notizen brauche ich nicht für meine Rede. Ich habe sie kurzfristig etwas abgeändert.

»Das Leben ist wie ein Reißverschluss«, fange ich an und versuche, das Mikro ruhig zu halten, um mir meine Nervosität nicht anmerken zu lassen.

»Der macht meist zuverlässig seinen Job. Hoch, runter, hoch, runter. Aber manchmal hakt es. In entscheidenden Momenten. Wenn man hektisch wird und etwas zu sehr will, kann auch mal was kaputtgehen, aber es gibt immer einen Ausweg. Auch wenn man dafür die Nachbarin missbrauchen muss.«

Papa und Opa klatschen begeistert, mindestens einer davon zu schwerhörig, um irgendwas mitzukriegen. Mama verdreht die Augen und giggelt. Bestimmt beschließt sie in diesem Moment, sich eine Nähmaschine anzuschaffen. Meine Freunde jubeln. Die meisten haben eh schon so sehr einen im Tee, dass sie genauso begeistert gewesen wären, wenn ich »Zicke Zacke Hühnerkacke« gesagt hätte. Wie sehr ich sie alle mag. Bald werden sich unsere Wege trennen. Zwölf Jahre lang haben wir zusammen gelacht, geliebt, gelästert, gelernt, gelitten. Und nun bekomme ich gleich ein Zeugnis überreicht, das Zahlen enthält, die fast begehrter sind als sechs Richtige im Lotto. Yes! Ich freue mich total auf alles, was die Zukunft bringt. Leben, du kannst losgehen.

»Und selbst wenn der neue Reißverschluss farblich nicht ins Bild passt, könnte es ein bunter Tupfer in deinem Lebenslauf werden«, fahre ich fort. »Umwege sind der Stoff, aus dem die Träume sind. Und vielleicht ist ein kaputter Reißverschluss ein Zeichen dafür, dass man nicht immer die Hosen anhaben kann, sondern auch ein Ersatzkleid im Schrank hängen haben sollte.«

Alex

1. Januar 2000

Wahrscheinlich würde ich kein Auge zubekommen. Trotzdem wollte ich mich einfach nur in mein Bett fallen lassen. Hätte ich auch getan, wenn da nicht schon jemand gelegen hätte.

»Da ist man einmal weg, und schon ist das Zimmer an jemand anderen weitervermietet?« Dass ich überhaupt noch etwas halbwegs Originelles über die Lippen brachte in meinem Zustand, wunderte mich. Die vergangenen Stunden im Krankenhaus waren anstrengend gewesen. Ich war komplett ausgelaugt. Mein Vater hätte das neue Jahrtausend beinahe nicht erlebt. Schon lange hatte ihn sein Arzt vor den Folgen seiner Raucherei gewarnt.

Ich drückte auf den Lichtschalter, um mir die Person in meinem Bett näher anzuschauen. Weder schrie ich, noch kiekste ich, noch erschrak ich.

»Na ja, vergiss nicht, immerhin warst du ein ganzes Jahr lang nicht da!«, gab der Typ in meinem Bett zurück. Fand ich sogar ganz lustig. Schnell stand er auf und setzte sich in Boxershorts und T-Shirt auf meinen Schreibtischstuhl.

»Frohes neues Jahr, hoffentlich, meine ich. Wie geht es deinem Vater?«, fragte er.

Erschöpft ließ ich mich auf mein Bett sinken und fand den unbekannten Mann in meinem Zimmer gar nicht befremdlich. Vermutlich lag es an den ungewöhnlichen Umständen. So sehr ich in meiner Jugend auch unter meinen Eltern gelitten hatte, so wenig wollte ich, dass einem von ihnen etwas passierte. Der Anruf vorhin war ein Schock gewesen. Im Grunde genommen wartete ich seit meiner Kindheit auf genau diesen Notfall-Anruf. Ich hielt deswegen seit Jahrzehnten gedanklich die Luft an. Nicht nur wegen des Qualms.

»Danke, es geht, er raucht einfach zu viel. Er muss aufhören, aber er will es nicht ... Er kann es nicht.«

»Hatte er einen Herzinfarkt oder einen Schlaganfall?«, erkundigte sich der Fremde.

»Herzinfarkt. Gott sei Dank war meine Mutter da. Er muss die Nacht überstehen.«

»Liegt er auf der Intensivstation?«

»Ja, morgen früh sehen sie weiter. Sie haben mich nach Hause geschickt, ich soll schlafen. Als wenn ich das jetzt könnte. Hätte dich also gar nicht wecken müssen«, sagte ich und versuchte ein wenig zu lächeln.

»Halb so wild!« Er winkte ab. »Ist eh nicht mein Bett!«

»Na dann!«, meinte ich und lehnte mich gegen ein Kissen, das ich mir in den Rücken gedrückt hatte. Mein Kleid sah gewiss ähnlich zerknittert aus wie ich. »Wie bist du denn hier reingekommen? Fenster, Schornstein, Rakete?«

»Ja, in gewissem Sinne eine Rakete. Mitbewohnerin!«, erklärte er und deutete in Richtung Flur.

»Ach, Ulrike. Herrje. Ich hab sie gar nicht mehr angerufen. Wo ist sie denn?« Unauffällig nahm ich mein Gegenüber etwas genauer unter die Lupe. Er hatte schöne, grüne Augen und braune, nicht zu kurze Haare. Die Boxershorts passten farblich zu meiner Bettwäsche. Was für ein wirrer Gedanke.

»Sie schläft. Hoffe ich zumindest!« Er verzog das Gesicht, lächelte aber schelmisch dabei. Hinreißend. Wenn man genau hinsah, konnte man sogar ein Grübchen ausmachen.

»Hat sie dich genötigt mitzukommen?«

»Na ja, nicht direkt. Ich war quasi obdachlos und dankbar, dass sie gefragt hat. Eigentlich ist Ulrike nicht mehr bewegungsfähig.«

In dem Moment ging die Tür auf und meine Mitbewohnerin erschien.

»Ah, Süße, da bist du wieder. Gott sei Dank! Alles okay mit deinem Vater?« Ulrike lallte ein wenig. Sie vertrug Alkohol nicht sonderlich gut. Tatsächlich erstaunlich, dass sie noch aufrecht gehen konnte.

»Vorerst ja. Ich muss abwarten. Wie ich sehe, bist du nicht allein geblieben!« Ich deutete auf den Mann in den grauen Boxershorts.

»Ja, Wolfgang Wolf«, sagte meine Freundin etwas verwirrt und lächelte ihn kokett an.

»Wie der Trainer vom VfL Wolfsburg?«, fragte ich und lachte laut los.

»Ach Gott, du wieder!« Ulrike schüttelte fassungslos den Kopf. Meine Vorliebe für Fußball war für sie schon immer ein Buch mit neunzig Siegeln gewesen.

»Wenn das Wolfgang Wolf ist, fresse ich ’nen Ball«, sagte ich und beschloss, Ulrike wieder in die weichen Federn zu befördern.

»Er will mich eh nicht«, flüsterte sie mir noch zu, bevor sie aufs Kissen sank.

Als ich zurück in mein Zimmer kam, winkte ich ihm zu.

»Hier, Wolfgang, oder wie du heißt, du kannst dich gern mit aufs Bett setzen. Ich bleib eh noch ein bisschen wach.«

Dankbar nahm er die Einladung an, lehnte sich ebenfalls gegen die Wand. Ich gab ihm meine Kuscheldecke, in die er sich einwickelte.

»Markus!«, sagte er und blickte mich fragend an.

»Alex, hallo. Kurios, dass du da bist. Aber schön.«

»Ja, finde ich auch. Viel besser als der Schlafplatz, der eigentlich angedacht war.«

Markus erzählte mir die Geschichte seines bisherigen Silvestertages. Insgeheim bedankte ich mich bei der Sächsin, die seinen Freund in Beschlag genommen hatte. Keine Ahnung, was hier passierte. Aber es war wie ein Hoffnungsschimmer. Vor einer Stunde noch war ich völlig verzweifelt und dachte, dies würde das schlimmste Jahr meines Lebens werden. Na ja, das war übertrieben, denn das schlimmste hatte ich schon vor längerer Zeit gehabt. Und nun saß aus heiterem Himmel ein Mann in meinem Zimmer, der einfach nur freundlich war. Mein Vater würde vermutlich ausrasten, wenn er wüsste, dass ein fremder Mann nach Mitternacht auf meinem Bett hockte. Im Grunde ja sogar seinetwegen. Aber das war mir egal. Ich war 29 Jahre alt und auf dem besten Weg, mich zu verlieben. Wie sagte man so schön: Wenn man am wenigsten damit rechnet, dann passiert es.

Wie wahr. Heute Nacht hatte ich tatsächlich mit allem gerechnet, aber nicht damit, mit einem Wildfremden über Fußball zu plaudern.

»Schade, dass ihr aus der Europa League raus seid«, lenkte ich das Thema wieder auf sein Wolfsburger Team. Ich schickte einen kleinen Gruß ans Krankenbett meines Vaters. Immerhin hatte er mich zum Fußballfan gemacht und immer mit mir die Sportschau gesehen.

»Ja, knapp.« Er rümpfte leicht die Nase.

»Gegen Atlético konntet ihr quasi nur Elfmeter. Ein Akonnor reicht eben nicht!«, fachsimpelte ich.

»Hasselbaink und Aguilera haben uns kaputtgeschossen«, gab er zurück.

Ich stand auf, ging in die Küche, holte ihm ein Bier und

mir eine Cola. Danach legte ich eine Gloria-Estefan-CD ein. »Warst du mit beim Rückspiel in Madrid?«, fragte ich.

»Ja, war ich. Gab einen günstigen Flug, die Stadt ist super, bisschen heiß da. Warst du schon mal da?«

»In Madrid? Ja, da war ich schon mal. Bei Real allerdings, nicht bei Atlético. Ist lange her.«

Als wenn diese Nacht nicht schon emotional genug gewesen wäre, kamen jetzt auch noch Erinnerungen an Madrid hoch.

Ich zögerte kurz und fuhr dann fort: »Ich hoffe, du hast dort Churros con chocolate gegessen?«

»Die Schmalzgebäck-Dinger? Nein, leider nicht. Nur Tapas. Und vielleicht zwanzig Bier zu viel.«

»Keine Churros? Da hätten sie dich eigentlich gar nicht ausreisen lassen dürfen aus Spanien.«

»Gibt's hier in Hamburg irgendwas, was man unbedingt essen sollte?«, fragte er unschuldig.

»Na ja, Fischbrötchen und den ganzen Krabbenkram«, erklärte ich.

»Gut, dann würde ich das lieber nicht essen.«

»Wieso?«, hakte ich nach, obwohl ich mir schon denken konnte, worauf er hinauswollte. Oder besser, ich hoffte, dass ich mit meiner Vermutung richtiglag.

»Weil sie mich dann hier möglicherweise auch nicht ausreisen lassen.«

Ich war ihm sehr dankbar, dass er mich in dieser schwierigen Nacht ablenkte und zum Lächeln brachte.

»Wann musst du denn zurück?«, fragte ich vorsichtig.

»Unser Zug geht morgen Abend. Aber, wer weiß, vielleicht fährt Daniel ja auch nach Leipzig. Kommt drauf an, wie sich das bei ihm so entwickelt.«

»Wie sich das zurechtruckelt, meinst du? Hast du eigentlich Hunger?«, fragte ich meinen Gast.

»Ein bisschen vielleicht«, meinte er höflich. Gemeinsam gingen wir in die Küche, ich plünderte die Reste im Kühlschrank und schmierte ihm zwei Salamibrote. Zum Dank strich er mir leicht über die Wange.

Die restliche Nacht saßen wir plaudernd nebeneinander, ich vergaß die Sorgen, den Anruf, vor dem ich mich so fürchtete, bis das Telefon im Flur klingelte. Es war inzwischen sechs Uhr morgens.

»Alex, mach dir keine Gedanken, mit Papa ist alles okay. Sie sagen, er schafft es.«

Ich atmete erleichtert auf und bat meine Mutter, sich etwas hinzulegen. Mit Tränen der Erlösung in den Augen ging ich zurück in mein Zimmer, legte mich ins Bett und fragte Markus, ob er nicht müde sei? Er nickte.

»Komm, leg dich hin!«, sagte ich lächelnd und ließ ihn unter meine Decke krabbeln. Ich knipste die Nachttischlampe aus.

»Danke, dass du mich abgelenkt hast!«

»Habe ich gern gemacht. Danke fürs Asyl«, antwortete er und umarmte mich von hinten. Obwohl ich todmüde war, hatte ich mich lange schon nicht mehr so lebendig gefühlt.

Christoph

Juni 2019

Das Grab braucht dringend frische Blumen. Die Tulpen gammeln in der Friedhofsvase. Zugegeben, ich war schon etwas länger nicht mehr hier. Anfangs viel zu oft. Das hat mich runtergezogen. Aber dass ich jetzt so selten da bin, das hat sie nicht verdient. Also Monika, nicht die Vase.

Mein Blick fällt immer wieder auf das Foto in meiner Brieftasche. Das ist mein Friedhofsritual. Kurz vor ihrem Tod, vor zwei Jahren, hat meine Frau mich gebeten, ich möge mir ein neues Leben aufbauen, es sei noch genügend Zeit.

»Nur über meine Leiche«, hatte ich geantwortet und ihr ein Lächeln entlockt. Dabei waren ihre Schmerzen schon so stark gewesen. Der Krebs hatte sie lahmgelegt, alle Vitalfunktionen nach und nach außer Gefecht gesetzt – mit gerade mal siebenundvierzig Jahren.

Ich hätte nicht für möglich gehalten, dass ich über diesen Verlust ansatzweise hinwegkommen könnte. Monika und ich, wir waren ein eingeschworenes Team. Kinder haben wir leider keine bekommen. Aber wir hatten uns. Wir haben uns heiß und innig geliebt. Auf unserer To-do-Liste war noch lange nicht alles abgehakt.

»Wenn du den lieben Gott zum Lachen bringen willst, dann erzähl ihm von deinen Plänen«, lautet ein schlauer Spruch.

Ich ziehe die dunkelbraune Daunenjacke enger um meinen Körper. Wir haben fast Sommer, aber es ist ein wenig kühl.

Immerhin frierst du im Gesicht nicht, würden meine Freunde sagen und mich damit sehr direkt darauf hinweisen, dass ich mich mal wieder rasieren könnte. Weil ich einen auf »Ich entfliehe der Midlife-Crisis durch Drei-Tage-Bart« mache. Na ja, ihr gefällt er.

Mit den verblühten Blumen laufe ich zum Komposthaufen. Wie viel Symbolkraft so eine Pflanze haben kann. Eben noch in voller Blüte, dann mit hängendem Kopf. Sollten mich eigentlich Gewissensbisse plagen, weil es mir so gut geht? Oder sollte ich, dem Ort angemessen, zu Tode betrübt sein?

Zurück am Grab auf dem Ohlsdorfer Friedhof stecke ich den mitgebrachten Strauß in die Vase und platziere ihn direkt vor dem Stein.

Männer kommen angeblich schneller über solch einen Verlust hinweg, habe ich neulich in einer Studie gelesen, als ich bei einer Vorsorgeuntersuchung im Wartezimmer saß. Erst habe ich das nicht geglaubt, aber wenn man meine Geschichte so betrachtet …

Der Arzt hat mir bestätigt, dass ich mit meinen dreiundfünfzig Jahren kerngesund bin. Dass ich weiterhin arbeiten kann und vielleicht noch mal einen Neuanfang wagen könnte, hatte er vorsichtig hinzugefügt. Fast so, als wolle er mir Absolution für eine neue Liebe erteilen …

Was würde Monika wohl denken, wenn sie wüsste, dass ich das schon längst getan habe? Dass das Bild meiner toten Frau nach gerade mal zwei Jahren etwas verblasst ist, weil eine quicklebendige Frau an ihre Stelle getreten ist.

Alex

Oktober 1989

Der Diät-Grundsatz »Wer nach 18 Uhr nichts mehr isst, lebt gesund«, galt in Spanien nicht. Eher: »Wer nach 22 Uhr nichts isst, lebt gar nicht!«

Meine Gasteltern Raquel und Juan gingen aus, wie jeden Freitag. Auch wie jeden Samstag, wie ich in den vergangenen sechs Wochen in dieser Familie festgestellt hatte. Verabredung mit Freunden zum Mitternachts-Schlemmen.

»Die gnädige Señora Raquel steht ja von ihrer Siesta erst um 16 Uhr auf«, hatte mir Teresa, die Asistenta, erklärt. Eine Asistenta ist in Spanien ein »Mädchen für alles« im Haushalt.

»Dann muss sie erst mal zu sich kommen und bis sie mit allem fertig ist, ist es auch schon spät.«

Sollte in diesen Sätzen nur der Hauch von Sarkasmus gelegen haben, so hatte ich es am Anfang noch nicht bemerkt.

»Hat sie so viel um die Ohren?«, hatte ich Teresa interessiert gefragt.

»Oh ja, sehr viel. Vor allem die Hände der Kosmetikerin.«

In der Zwischenzeit wusste ich, was Raquel so alles zu tun hatte.

Vor allem musste sie morgens aufstehen, das war aber offenbar schon sehr anstrengend. Die beiden Kinder Carmen und Isa schlüpften dann in die Schuluniformen, die

Teresa am Vortag frisch gewaschen und gebügelt im Ankleidezimmer bereitgelegt hatte. Ihre Mutter, in einen Morgenrock gehüllt, beobachtete sie dabei gequält. Ganz offensichtlich eine Zumutung, dass von ihr verlangt wurde, diesen Vorgang zu überwachen.

»Alex, wir sind heute Abend nicht da«, erwähnte sie in solchen Situationen beiläufig. Bedeutete für mich, dass ich auf jeden Fall da zu sein hatte. Warum auch nicht? Was hätte ich auch sonst am Wochenende abends in Madrid unternehmen sollen?

Die Kinder durften keinen Krach machen, damit der Kleinste, der zweijährige Jaime, nicht vor dem Eintreffen der Asistenta aufwachte. Der Herr des Hauses, Juan, ein Banker, zog sich selbstständig an. Ob Teresa auch ihm die Kleidung rauslegte, wollte ich lieber nicht wissen. Wenn Teresa dann endlich zur Tür hereinkam, stöhnte Raquel theatralisch: »Endlich, wo bleibst du denn?« Dabei kam Teresa regelmäßig zu früh.

Raquel zählte auf, was sie alles schon geleistet hatte und wie kaputt sie sei, während Teresa, noch im Mantel, das Frühstück für die Kinder zubereitete.

Während die Kinder mit Toast und Kakao beschäftigt waren, drückte Raquel ihnen einen Kuss auf die Wange und Teresa den inzwischen aufgewachten, weinenden Jaime in den Arm und entschwand in ihren Flügel, um sich noch einmal hinzulegen.

Don Juan erschien dann häufig in der Küche, groß, dunkelhaarig, im Anzug, und ermahnte Teresa, ohne ein Wort des Grußes mit Sätzen wie: »Pass auf, dass sich die Kinder keinen Kakao auf die Uniform kleckern, die Flecken kriegt man nur sehr schwer wieder raus.«

Kurz darauf holte der Schulbus jedes Kind aus der Urbanización persönlich vor der Haustür ab. Ich bekam all dies mit, weil ich mich für die Sprachschule im Zentrum von Madrid fertig machte.

»Soll ich dich mitnehmen, Alex?«, fragte Juan mich eines Morgens, was ich zunächst überhörte, weil ich nicht glauben konnte, dass er wirklich mit mir sprach. Im Leben hätte ich es nicht für möglich gehalten, dass er wusste, wie ich heiße. Wir hatten noch kein persönliches Wort miteinander gewechselt. Mir war unwohl bei dem Gedanken, rund zwanzig Minuten mit ihm im Auto zu verbringen. Der Bus wäre um einiges entspannter gewesen, aber ich wusste nicht, was ich hätte sagen sollen.

Das Reden übernahm dann auch er, nachdem ich zögernd zugesagt und meine Tasche gepackt hatte.

»Dein Vater hat ein tolles Auto!«, sagte Juan, als wir in seinem Wagen saßen.

»Ah, oh, kann sein«, gab ich stotternd zurück. Das Auto meines Vaters hatte mich bisher nicht weiter gekümmert, es brachte uns eben von A nach B. Außerdem hasste ich den vollen Aschenbecher im Wagen.

Erwartete er jetzt, dass ich auch etwas zu seinem Auto sagte?, fragte ich mich und krallte mich nervös am schwarzen Stoffsitz fest.

»Sie auch!«, gab ich tatsächlich zurück und hasste mich im selben Moment dafür. Wieso sagte ich Dinge, die ich gar nicht wollte, nur um jemanden zu beeindrucken, der sich bisher nicht sonderlich für mich interessiert hatte.

»Gracias!« Er freute sich offenbar über dieses Kompliment. Allerdings wirkte er auch so, als sei es indiskutabel, mich mal ans Steuer zu lassen. Na ja, bei meinen Eltern war es ähnlich. Sie wollten natürlich, dass ich den Führerschein machte, aber mir das Auto zu leihen, kam nicht infrage.

»Heute Abend sind wir bei Freunden«, erwähnte er zum Abschied. »Komm also nicht zu spät.«

Hatte er mich nur mitgenommen, um mir diese wichtige Nachricht mit auf den Weg zu geben?

»Ich weiß, das hat Raquel mir schon gesagt«, gab ich zurück.

Im Grunde war die Wortkargheit meiner beiden Gasteltern anfangs nicht das Schlechteste, so konnte ich mich mit meinem Spanisch nicht blamieren.

Als ich aus dem Mega-Gefährt ausgestiegen war und mich unter die geschäftigen Menschen auf der Gran Vía mischte, atmete ich erleichtert auf.

Eine merkwürdige Familie war das. So ganz anders, als ich es mir vorgestellt hatte. In meiner grenzenlosen Naivität hatte ich angenommen, man würde sich auf meinen Aufenthalt freuen, sich ein bisschen für mich interessieren und mich nicht als reine Angestellte abstempeln.

Die Gastgeschenke meiner Eltern, ein Buch über Hamburg und selbst gekochte Marmelade, hatten Raquel und Juan eher emotionslos entgegengenommen. Ich vermutete, dass Raquel noch nie ein Glas mit etwas Selbstbeschriftetem in der Hand gehalten hatte. Ein paar Tage später sah ich das Marmeladenglas in Teresas Handtasche wieder.

Und die Grüße an Juan und Raquel, die meine Mutter mir bei jedem ihrer Telefonate auftrug, richtete ich gar nicht erst aus. Ich wollte die beiden nicht mit zusätzlichen, für sie unnötigen, quälenden Informationen belasten.

Das schöne Wetter tröstete über diese Kuriositäten hinweg. Ich konnte jetzt im Oktober noch in Jeansrock und T-Shirt unterwegs sein, während meine Mutter in Hamburg die Sommersachen vermutlich schon weggepackt hatte.

»Hey, Alex, wer war der Kerl denn eben?« Tina wartete vor der Sprachschule auf mich. Sie hatte eine bunte kurze Hose an und ein rosafarbenes Hemd, das nicht wirklich dazu passte. Das ganze Outfit wurde farblich noch von ihren roten Korkenzieherlocken gekrönt. Tina hatte ihren eigenen Stil, und der gefiel mir von Mal zu Mal besser, weil sie ihn so selbstbewusst zur Schau trug.

Sie stammte aus Berlin und war um einiges selbstsicherer als ich. Sie hätte sich einen so unpersönlichen Umgang in der Gastfamilie gewiss nicht lange gefallen lassen. In ihrer Familie war sowieso alles anders. Die Mutter war Deutsche, sie hatten nur ein Kind, und Tinas einziger Job war es, den Jungen aus der Deutschen Schule abzuholen. Ich hingegen schuftete wie zehn Kamele. Nachmittags, in der Sekunde, in der Teresa wegging, musste ich Kinder und Küche bis zum Schlafengehen übernehmen, manchmal sogar darüber hinaus. Samstags war ich von Sonnenauf- bis Sonnenuntergang zuständig, weil Teresa frei hatte. Allein das zu koordinieren musste für Raquel die Hölle sein.

Es war schön, dass ich Tina kennengelernt hatte. Schließlich waren wir Au-pairs alle ein wenig einsame Seelen, die mehr oder weniger unterm Pantoffel ihrer Familien standen.

»Das war mein Gastvater«, erklärte ich ihr.

»Echt? Don Juan?« Sie kicherte. Tina hatte den Namen erfunden, nachdem ich ihr zum ersten Mal von meinen überkandidelten Gasteltern erzählt hatte.

»Sieht echt ganz okay aus«, meinte sie. »Alt, aber nicht schlecht, oder?«

Über sein Alter hatte ich mir noch gar keine Gedanken gemacht, fünfunddreißig vielleicht.

»War die Tusnelda auch mit im Auto?«, wollte Tina wissen.

»Nein, dann hätte ich ja wohl kaum auf dem Beifahrersitz gesessen. Sie liegt um diese Uhrzeit natürlich noch im Bett«, gab ich zurück und fiel in Tinas Lachen ein.

»Stimmt ja, die Königin von Saba hat sich erschöpft in ihr Schlafgemach zurückgezogen.«

»Na ja, sie war ja immerhin schon zehn Minuten auf den Beinen. Das schlaucht!«, gab ich zurück und war einfach nur glücklich, mich mit Tina darüber lustig machen zu können. Meinen Eltern hatte ich bisher nicht davon erzählt. Mein Vater hätte vermutlich schon das Auto angelassen, bevor ich überhaupt das Telefonat hätte beenden können.

»Arbeitet die gar nichts?«, wollte Tina wissen.

»Nö, nicht mehr. Sie ist Anwältin. Anstatt Mandanten Termine zu geben, macht sie Termine im Kosmetikstudio, beim Friseur und so weiter. Heute kommt eine Visagistin zu uns ins Haus! Steht in ihrem Kalender.«

»Nicht dein Ernst?«

»Oh doch, sehr praktisch. Dann muss sie keinen Schritt vor die Tür machen.«

Wir waren inzwischen im Klassenraum angekommen und setzten uns in die hinterste Reihe.

Ungefähr zwanzig Schüler aus den unterschiedlichsten Ländern waren in unserer Gruppe. Kimiko aus Japan fand ich am coolsten, weil sie exakt gar kein Spanisch sprach, sich aber weigerte, in den Anfängerkurs zu gehen. Vermutlich verstand sie nur einfach nicht, dass die Kursleiterin Conchita ihr das nahegelegt hatte.

Conchi kam zur Tür rein. Ich wäre gern wie sie gewesen. Sie lächelte immer, war topmodisch gekleidet, hatte umwerfende lange, seidige schwarze Haare und war sehr nett. Neben ihr wirkte man automatisch wie eine graue Maus.

»Wollen wir heute Abend ins ›Tres Rosas‹?«, fragte Tina flüsternd. »Ist ’ne Disco da bei Pozuelo, also ein bisschen in deine Richtung. Marco und Isidro kommen auch.«

Tina war gerade mal einen Monat hier und kannte mehr Menschen in unserem Alter, als ich in meinem gesamten Telefonbüchlein stehen hatte.

»Würde ich gern, aber du weißt doch, dass Freitagabend ist«, gab ich leicht frustriert zurück.

»Ach ja, stimmt, man holt sich eine Neunzehnjährige aus Hamburg, um ihr dann zu verbieten, am Wochenende auszugehen, damit man sich selbst vergnügen kann. Hast du nie frei?«

»Doch, weißt du doch. Immer sonntags, den ganzen Tag.«

»Damit du so richtig schön shoppen gehen kannst«, neckte Tina mich. Es tat ihr natürlich leid, dass ich so an die Wohnung und die drei Kinder gefesselt war, allerdings fand sie, ich solle mehr aufbegehren.

»Sag denen, dass das so nicht geht. Wechsel die Familie, mach dein Bett nicht, vergiss, im Klo zu spülen, hab Sex auf dem Küchentisch, irgendwas.«

»Was sagst du, Tina, por favor?«

Ich wurde knallrot. Unsere Lehrerin Conchi wollte an unserem Gespräch teilhaben. Gleich würde sie Tina bitten, das eben Gesagte für alle ins Spanische zu übersetzen. Wie ich meine neue Freundin kannte, würde sie das ohne Skrupel tun. Ich würde all mein Hab und Gut, also die 5000 Pesetas, die ich pro Woche bekam, darauf verwetten, dass Tina mehr Erfahrung mit Männern hatte als ich. Was nicht sonderlich schwierig war, denn Nullkommanichts konnte man leicht übertrumpfen. Ich hasste es, so in den Mittelpunkt gedrängt zu werden. Und dann auch noch mit solch einem frivolen, freizügigen Thema. Die Annahme, dass Tina vielleicht aus Rücksicht auf mich auf die Übersetzung verzichten könnte, war natürlich lächerlich. Ihre Sprachkenntnisse waren ziemlich gut, stellte ich kurz darauf fest. Auch die Wörter für »Sex auf dem Küchentisch« gingen ihr fließend über die Lippen.

Markus

September 2000

In meiner Erregung konnte ich ihr gerade noch den Rock hochschieben, sie durch den Flur schieben, gegen den Tisch neben dem Kühlschrank drücken und dann in sie eindringen.

Sich so lange nicht zu sehen, war nichts für sexuell äußerst reizbare Männer meines Alters.

Alex grinste mich an. Ihre Wangen waren leicht gerötet. Dass ihre Haare inzwischen um einige Zentimeter gewachsen waren, gefiel mir sehr gut. Die Strähnen hingen jetzt wirr und leicht verschwitzt bis auf ihre Schultern.

»Das war Rekord, glaube ich«, meinte sie. »In der Zeit wäre nicht mal der Kaffee durchgelaufen.«

»Weil du noch viel heißer bist«, gab ich zurück. Diese Frau hatte mich von der ersten Sekunde umgehauen. Sie passte perfekt zur mir, und das nicht nur, weil meine Boxershorts in jener Silvesternacht dieselbe Farbe wie ihre Bettdecke gehabt hatten.

»Hast du vielleicht einen Schluck Wasser zum Abkühlen. Die Luft im Zug war wieder so trocken.«

Jedes zweite Wochenende fuhr ich von Wolfsburg gut zwei Stunden lang nach Hamburg, und Alex an den beiden anderen zu mir.

Das lief nun seit neun Monaten ganz gut. Wir telefonierten unter der Woche viel, und die neue Möglichkeit, sich

Textnachrichten übers Handy zu schicken, half uns auch in einsamen Stunden.

Dass diese Pendelei kein Dauerzustand sein konnte, war uns beiden klar, aber keiner wagte es ernsthaft anzusprechen. Höchstens im Spaß.

»Stell dir vor, du müsstest jedes Mal nach Cottbus«, sagte Alex lachend.

»Du weißt genau, dass sie aus Leipzig war.«

»Ach, stimmt ja!«, gab Alex gedehnt zurück. Natürlich hatte sie nicht vergessen, aus welcher Stadt Daniels Silvester-Bekanntschaft gekommen war. Die beiden hatten sich danach übrigens nie wiedergesehen.

»Auf Daniel und seine Sächsin!« Ich erhob das Wasserglas und stieß mit Alex an. Das taten wir jedes Mal als Gag, weil wir ohne meinen mit Testosteron vollgepumpten Freund niemals zusammengekommen wären.

»Ich habe mordsmäßigen Hunger, wollen wir irgendwo hingehen?« Dort würde ich zwei Portionen Bratkartoffeln und drei Steaks verdrücken.

»Schade, ich habe schon gegessen«, erklang eine Frauenstimme von der Eingangstür. Ulrike.

Mir wurde in diesem Moment eine Sache klar: Hätte mein Zug auch nur fünf Minuten Verspätung gehabt, hätte sie uns in flagranti erwischt. Nach Ulrikes und meiner »Vorgeschichte« vielleicht nicht der beste Plan. Unser Verhältnis war nicht wirklich locker. Ich mochte sie, aber sie mich offenbar weiterhin mehr als andersherum. Deshalb konnte ich mit Ulrike nicht entspannt umgehen. Sie schien das gar nicht zu bemerken. Seit der Silvesternacht hatte sich also nicht viel verändert. Natürlich vergaß ich auch nicht, dass sie mein rettender Engel gewesen war. Ohne Ulrike wären Alex und ich uns nie begegnet.

»Ach, das ist ja schade – mit dem Essen. Hoffentlich geht's dir gut!«

Als ich die Frage stellte, hoffte ich, dass die Antwort nicht so ausführlich ausfallen würde wie beim letzten Mal. Ich kannte neben Ulrike sonst keinen Menschen, der es schaffte, innerhalb eines Satzes von ihren schmerzenden Backenzähnen, über die schlecht gemachten Strähnchen ihrer Friseurin, ihren latent schwulen Chef zur Kleidergröße der Putzfrau ihrer Oma zu gelangen.

»Kannst du ja später erzählen«, half Alex mir ein wenig aus der Patsche. »Ich sterbe auch vor Hunger. Komm.« Sie zog mich an der Hand aus der Wohnung und rannte mit mir durch den Regen in Richtung Restaurant.

Ein kleiner Italiener auf der Uhlenhorst mit rot-weiß karierten Tischdecken und selbst gemachter Pasta: Das war inzwischen unser Stammlokal. »Nach jedem Kommen, kommen wir hierher.«

Alex wurde jedes Mal rot, wenn ich es so formulierte. Ich fand das wirklich süß. Sie war jetzt 30, und trotzdem errötete sie wie ein Teenie, wenn ich etwas nicht ganz Jugendfreies sagte. Als sie mal ein paar Gläser Wein getrunken hatte, gestand sie mir, dass das an der strengen Erziehung ihrer Eltern lag. »Wenn die wüssten, was wir tun, würden sie tot umfallen«, hatte sie gesagt.

»Na, das wäre dein Vater ja schon fast, bevor wir überhaupt angefangen haben«, frotzelte ich. Ein sensibles Thema. Glücklicherweise amüsierte Alex der Joke. Sie hatte wirklich Humor, auch schwarzen. Wie gesagt, sie war ein echter Volltreffer.

»Pasta e Pesto nehme ich, bitte«, gab Alex ihre Bestellung auf. Das Gericht wählte sie jedes Mal. Ich entschied mich diesmal für Carpaccio und Rinderfilet. Bratkartoffeln standen nicht auf der Speisekarte. In meiner Kneipe in Wolfsburg ging es essenstechnisch rustikaler zu.

Trotzdem mochte ich dieses Großstadtflair, konnte mir gut vorstellen, eines Tages hierherzuziehen.

Bei Kerzenschein beschloss ich, das delikate Thema doch anzusprechen. Von hinten durch die Brust ins Auge.

»Sag mal, hat Ulrike inzwischen einen Freund?«

»Nee. Weiß auch nicht, wieso das nie was Dauerhaftes wird«, antwortete sie.

Ich hätte es ihr erklären können, wollte es mir mit Alex aber nicht verscherzen. Auf dem Auge »Ulrike« war sie etwas blind.

»Wieso?«, schob sie hinterher.

»Weil ich mich gefragt habe, ob das zweite Zimmer in der Wohnung vielleicht irgendwann frei wird.«

»Oh, das war direkt!« Alex setzte das Glas mit dem Rotwein, das sie gerade zum Mund führen wollte, wieder ab.

»Also, keine Sorge, ich meine auch nicht sofort, ich wollte dir nur sagen, dass ich mir durchaus vorstellen könnte, mein Dorf mal gegen diese Metropole hier einzutauschen.«

Alex schien erstaunt. Nicht ablehnend, eher so, als hätte sie damit so gar nicht gerechnet.

»Du weißt schon, dass das Ulrikes Wohnung ist. Soll ich sie rausschmeißen?«, wollte Alex wissen. »Und überhaupt, wie soll das denn gehen mit deinem tollen Job bei VW?«

Ich tunkte ein Stück Fleisch in die leichte Soße und schob eine große Portion Kartoffelpüree hinterher.

»Ich habe bei meinem Chef schon mal nachgefragt, möglicherweise könnte ich auch frei was machen.«

»Wäre das denn sicher, so als Job?«

»Nö«, gab ich zurück und fragte mich zum x-ten Mal, wieso sie hier solche Spatzen-Portionen servierten. Das gesamte Kartoffelpüree hatte ich mit einem Happs verschlungen. Ich winkte den Kellner heran und fragte, ob ich eine Extraportion Püree bestellen könnte. Konnte ich. Der Mann schien meine Not nachvollziehen zu können.

»Genau deswegen mag ich dich!« Alex sah mir direkt in die Augen. Im Kerzenschein leuchteten ihre noch schöner, blauer, geheimnisvoller, verwegener. Das klang möglicherweise schwülstig, und sollte je einer meiner Freunde durch Zufall solche Worte von mir hören, würde ich steif und fest behaupten, er müsse sich verhört haben.

»Weswegen?«, fragte ich.

»Weil du so eins zu eins bist!«

»Ah, wieder Fußballsprache«, neckte ich sie. Allein für dieses Fachwissen hätte ich sie knutschen können. Sie ließ sich nicht von meiner Bemerkung aus dem Konzept bringen.

»Dir ist egal, was die anderen von dir denken. Das ist bewundernswert. Das könnte ich niemals. Ich würde mich immer fragen, was zum Beispiel die Frau da hinten in der Ecke denken würde, wenn ich jetzt noch einen Nachtisch bestelle.«

»Die Frau da hinten in der Ecke sollte sich im Gegensatz zu dir lieber keinen Nachtisch bestellen.«

»Markus, im Ernst, wenn du was sagst, dann meinst du es auch so. Da sind Männer viel unkomplizierter als Frauen. Frauen sagen, sie wollen keine Pommes, weil sie vor dem Kellner nicht blöd dastehen wollen, und klauen ihrem Freund dann heimlich alle vom Teller. Und der sagt nichts, weil er sie zu sehr mag.«

»Haben die hier etwa Pommes?« Ich sah mich um und tat so, als würde ich den Kellner noch einmal heranwinken. Alex lachte schon wieder, über jeden meiner noch so schlechten Scherze. Dafür liebte ich sie.

»Also, es könnte sein, dass du frei arbeiten kannst, aber trotzdem bald am Hungertuch nagst, weil das hier nicht so einfach läuft, wenn du nicht genügend Gas gibst?«, fasste sie den Gesprächsinhalt noch mal zusammen.

»Stimmt. Dann müsstest du mich immer zum Italiener einladen.«

»Va bene!«, antwortete Alex und nahm jetzt doch einen Schluck Wein.

Wieder errötete sie und fing an zu stammeln.

»Also, würdest du denn hierherkommen, weil hier in Hamburg, äh, so viele schöne Autos deiner Firmenmarke herumfahren, oder, äh, jetzt, wieso genau?«

»Gerade lobst du mich noch dafür, dass ich immer so direkt bin, und schon machst du es mir knallhart nach«, foppte ich sie.

Niedlich dieses Gestammel, weil sie sich gar nicht vorstellen konnte, dass ein Mann tatsächlich ihretwegen diesen Schritt gehen würde.

»Möglicherweise könnte es auch an der Frau mit dem herrlich erotischen, grünen Pesto-Fleck auf der weißen Bluse liegen«, erklärte ich ihr und wusste, dass sie gleich parallel lachen und hektisch an ihrer Bluse herumreiben würde.

»Mist. Ich Idiot.«

»Macht doch nichts«, beruhigte ich sie. »Wir gehen gleich zu dir, und dann schnell runter mit den nassen, schmutzigen Klamotten.«

»Also, Ulrike und ich wohnen schon echt lange zusammen.«

»Ich weiß. Wir könnten ihr ja helfen, eine neue Mitbewohnerin zu suchen. Ich wollte dir nur mitteilen, dass ich durchaus daran interessiert wäre, es mit dir auf deinem Küchentisch nicht nur hemmungslos alle zwei Wochen zu treiben, sondern auch mal Tag für Tag wie ein stinknormales Paar daran zu frühstücken.«

Bei dem Satz schwankte sie wieder zwischen anerzogener Entrüstung und dem Versuch, ihr Lachen zu unterdrücken. Als ich sie anlächelte und wir unsere Weingläser erhoben, war uns nicht bewusst, dass wir schon drei Wochen später eine Nachricht bekommen würden – eine, die uns quasi zwingen würde, viel schneller als gedacht in den Alltag einzutauchen.

Lou

August 2019

Ich verstehe gar nicht, wie man das nicht verstehen kann.

»Wir haben uns getrennt, um uns nicht im Weg zu stehen!«, sage ich und finde das extrem einleuchtend. Und schlau.

»Aber ihr liebt euch doch«, sagt Mama und sieht mich kopfschüttelnd an.

»Ja, genau deswegen haben wir uns ja getrennt. Damit es nicht schmutzig endet.«

Papa kratzt sich am Kopf, kann mir offenbar auch nicht ganz folgen, hofft aber insgeheim, dass dieses Gespräch bis zum Beginn des »Tatort« beendet ist. Und dass keiner heult. Sehe ich von hier aus, dass er unauffällig zur Fernbedienung schielt.

»Wann war das denn? Eben gerade?«

»Ja, vorhin halt. Immerhin fliege ich in ein paar Tagen los.«

Nach einer langen Diskussion mit Mama haben wir (hat sie!!!) beschlossen, dass nicht Opa mich mit dem Auto nach Madrid bringt, sondern das Flugzeug. Ich hätte es irgendwie cool gefunden, mit meinem Großvater nach Spanien zu fahren, um zu sehen, was er noch so auf dem Kasten hat, wenn die Sonne ihn aufheizt.

»Du bist doch schon ewig mit Cem zusammen!«, hakt Mama weiter nach. »Ihr passt richtig gut zusammen. Er gehört quasi zur Familie. In der Abirede habt ihr euch so schön die Bälle zugespielt. Und ihr habt doch gerade erst ziemlich aufwendig euren Jahrestag gefeiert. Brunch, Schmuck, Squash, Candle-Light-Dinner.«

»Ja, Mann, aber er will Work and Travel in Neuseeland machen, und ich gehe nach Spanien. Wir wollen uns dafür freigeben.«

Papa fängt an, ein Lied zu pfeifen, was ich total unpassend finde.

»If you love somebody, set them free« von Sting. Solche indirekten, stichelnden Kommentare kann ich jetzt gar nicht gebrauchen.

»Cem soll frei und ohne Zwang ins Ausland gehen, und das Gleiche wünscht er sich für mich. Und wenn wir fast ein Jahr unterwegs sind, ist das eine unfassbar lange Zeit.«

»Bei dir klingt das so, als würdest du bis zur Rente auswandern.«

Mama schält einen Apfel, schneidet ihn in kleine Stücke und stellt sie in einer bunten Plastikschüssel vor mich. Das schafft auch nur meine Mutter. Dass ich mich innerhalb einer Sekunde wie ein Kindergartenkind fühle.

»Und kommt er dich in Spanien besuchen?«, setzt sie noch hinzu.

»Nein, natürlich nicht. Peilst du es endlich? Das haben wir jetzt ganz klar beendet. Wir haben auch alle unsere Sachen beim anderen abgeholt. Klamotten und Zahnbürste und so.«

Ich verdrehe die Augen, weil ich gar keine Lust habe, mit meinen Eltern darüber zu diskutieren. Cem und ich haben uns sehr erwachsen über unsere Zukunft unterhalten. Darüber, dass wir während unseres Auslandsaufenthalts alle Freiheiten und Möglichkeiten haben möchten. Und wenn wir dann zurück sind, jeder sein Studium oder die Ausbildung absolviert hat, dann treffen wir uns wieder, um zu sehen, ob es noch passt. Ist doch logisch. Klar und gut durchdacht, wie meine Deutschklausur im Abi.

»Die Hochzeitstorte soll übrigens nicht so eklig werden, nicht mit diesen künstlichen Farbstoffen«, erkläre ich, um vom Thema abzulenken.

»Welche Hochzeitstorte?« Papa dreht den Kopf so, dass er halb den Bildschirm, halb mich im Blick hat. Ich habe mein Handy im Blick. Nichts. Keine Nachricht.

»Wenn Cem und ich heiraten!«, gebe ich zurück. Papa ist so schwer von Begriff.

»Hä?!«, höre ich von meiner Mutter.

»Ey, du sagst mir immer, ich soll nicht ›Hä?!‹ sagen und jetzt machst du's selbst.«

»Hier ist ein ›Hä?‹ aber auch angebracht«, findet meine Mutter.

»Nicht jetzt, aber in sechs Jahren vielleicht, nach dem Studium, dann würden wir heiraten, wenn wir uns dann noch cool finden.«

»Wann habt ihr das besprochen?«, hakt Papa nach. »Vor, während oder nach der Trennung?«

»Du bist sooo witzig. Ist doch egal. So machen wir das.«

Meine Eltern sehen mich so an, als sei ich ein rosafarbenes Alien ohne Kopf und Hände, das gerade verkündet hat, sich die Haare neongrün färben und mit dem Golfspielen anfangen zu wollen. Ich schiele auf mein Handy, weil es piepst, die Nachricht ist aber von Lily.

»Was starrst du denn die ganze Zeit auf dein Handy?« Mama schiebt die Apfelschalen in den Mülleimer.

»Mach ich gar nicht. Bringt ihr mich eigentlich?«

»Wohin?«, fragt Papa. »Zur Selbsthilfegruppe: Hilfe, ich habe mich von meinem zukünftigen Ehemann getrennt?«

Papa kramt sein Handy hervor und öffnet seinen Terminkalender.

»Zum Flughafen. Und wenn ihr noch einen blöden Witz macht, gehe ich sofort ins Bett. Ihr seid so unreif.«

Mama streicht mir über den Rücken.

»Macht ja keiner. Also, ich bin da und bringe dich. Markus?«

»Geht klar. Kommt Cem auch?« Er schlägt sich die Hand vor den Mund, möglicherweise ist es ihm wirklich einfach nur so rausgerutscht, weil Cem in den vergangenen Jahren eigentlich immer dabei war. »Nein, kommt er nicht. Zum letzten Mal. Das haben wir jetzt so beschlossen, ich geh schlafen.«

Ich sehe noch, wie Mama Papa einen bösen Blick zuwirft. Irgendwie stört mich das, schöner wäre gewesen, wenn sie zusammen über mich lachen würden, so wie früher. Aber das kann ich im Moment eigentlich auch nicht gebrauchen. Ärgerlich stapfe ich in mein Zimmer und kontrolliere noch mal mein Handy. Cem war vor gut einer Stunde das letzte Mal online. Ganz schön lange her. Was ihn wohl so ablenkt? Ob er unterwegs ist? Wehe, er ist auf den Kiez zum Feiern gegangen, das fände ich echt unpassend irgendwie. Immerhin waren wir irrsinnig lange zusammen.

Ich rolle mich auf meinem Bett zusammen und greife neben mich. Dort hat in der vergangenen Nacht noch Cem gelegen. Ich denke an das, was wir gemacht haben, und eine Träne rollt meine Wange hinunter.

Wieder schaue ich auf das Handy. Immer noch nicht online gewesen. Ich checke seinen Insta-Account. Nichts Neues. Genervt schnappe ich mir die Decke, die neben mir liegt, gehe ins Schlafzimmer und stopfe die Gästedecke ganz oben in den Schrank meiner Eltern.

»Alles okay?«, ruft Mama aus dem Wohnzimmer.

»Ja!«, murmle ich. Gar nichts ist okay.

Ich könnte noch mal eben anrufen und ihm sagen, dass er sein T-Shirt vergessen hat. Was gar nicht stimmt. Beim Klamottenausräumen war er vorhin gewissenhaft. Ich könnte ein T-Shirt von Papa nehmen und so tun, als würde ich denken, es sei von Cem.

Schnell fotografiere ich Papas graues Shirt aus der Wäschetrommel und verschicke es via WhatsApp. Fünf Minuten lang überlege ich, ob ich die Nachricht mit einem Kuss-Smiley oder einem Herzen krönen soll. Könnte sogar sein, dass das T-Shirt ihm wirklich gehört. Ich finde das sehr rücksichtsvoll und sozial von mir. Schließlich kam die Entscheidung zur Trennung ja auch ein klein bisschen mehr von mir. Weil ich so vernünftig bin. Zum Bild schreibe ich: »Ich glaube, du hast hier was vergessen.«

Offenbar hat er auch vergessen, dass es mich gibt. Als ich auch eine Stunde später noch keine Antwort bekommen habe, obwohl er online war und das Foto gesehen hat, tauche ich unter meine Bettdecke und flenne Rotz und Wasser.

Alex

Juni 2001

Das Baby heulte und heulte. Unser Baby. Vor eineinhalb Jahren hatte ich noch nicht den Hauch einer Ahnung, dass es in Wolfsburg einen Markus gab. Vor knapp einem Jahr hatten wir noch in dem italienischen Restaurant gesessen und rein theoretisch darüber geredet, ob man sich vorstellen könnte zusammenzuziehen. Und jetzt lag das Ergebnis unserer Liebe in meinen Armen. Möglicherweise sogar das Ergebnis unseres Küchentisch-Quickies. Lou. Klein, knuffig, herzergreifend süß. Unsere Tochter. Seit ein paar Stunden war sie jetzt auf der Welt und hatte schon nach einer Nanosekunde mein Herz erobert. Und Markus' erst. Er hatte ihre Nabelschnur durchschnitten und danach erst mal geweint. Und Lou hatte sich sofort ein Beispiel an ihrem Vater genommen. Ich versuchte, sie zu stillen, und dennoch weinte sie und weinte.

»Soll ich ihr was vorsingen?«, fragte Markus und streichelte mir über die Wange. Diese Berührung war so beruhigend. Ich spürte dadurch seine Liebe, seine Wärme, unsere Zusammengehörigkeit. Ich konnte mir keinen besseren Vater für meine Kinder vorstellen. Außerdem half es mir sehr über eine längst verschüttete Erinnerung hinweg.

»Wenn du magst, gern, wenn es hilft.«

Markus begann leise zu summen und sang dann einen Text, der mich sofort zum Lachen brachte.

»La, Le, Lou, nur der Markus im Mond schaut zu ...«

Womit hatte ich so einen Mann verdient? Einen, der mir all meine Sorgen und Nöte mit einem flotten Spruch aus dem Kopf pustete. Der sich ohne Wenn und Aber für mich, für uns entschieden hatte, als klar war, dass ich schwanger war.

In einem Affentempo hatte Markus seine Sachen in Wolfsburg geregelt. Wir waren zu seinen Eltern gegangen, um sie über die Wendung in unserem Leben zu informieren.

»Junge, das habt ihr prima hingekriegt«, hatte sein Vater gesagt und mich liebevoll angesehen. Selten hatte ich mich so akzeptiert und gemocht gefühlt.

Markus hatte Nägel mit Köpfen gemacht, seinem Chef mitgeteilt, dass er tatsächlich den Schritt in die Freiberuflichkeit wagen wollte.

Wie er Ulrike davon überzeugt hatte, dass sie doch mal etwas Abwechslung in der Wohnung bräuchte und sich ein neuer Mitbewohner perfekt dafür eignen würde, war mir ein Rätsel. Anstatt ihn zu hassen, weil er sich zwischen Ulrike und mich gedrängt hatte, mochte meine Freundin Markus noch lieber. Zum selben Zeitpunkt lernte Ulrike einen Mann kennen, der der Entscheidung noch einen zusätzlichen Schub verpasste. Ich habe Markus nie gefragt, könnte mir aber vorstellen, dass er den Typen engagiert hat.

Ulrike war happy, und der Zweck heiligte die Mittel, oder?

Wir fanden eine eigene hübsche Altbauwohnung mit viel Flair, sprich kalten Wänden und nicht funktionierendem Heißwasser.

Meine Eltern waren erstaunt, als wir ihnen die Neuigkeiten verkündeten. Ich meinte, in den Augen meines Vaters die Frage zu lesen, ob er mir das alles wohl noch verbieten könnte. Am Ende freuten sie sich, gratulierten uns auch, aber irgendwie leicht zögerlich.

»Du bist doch eben gerade erst eingeschult worden«, sagte mein Vater immer wieder. Das war gewiss nicht böse gemeint, ich war aber kurz davor, meinen Personalausweis auszupacken und ihn vor ihm auf den Tisch zu knallen.

»Ich bin kein Kind mehr!«, hätte ich gern geschrien, tat es aber nicht, weil ich auch Rührung und Freude in seinem Gesicht sah.

Außerdem wollte ich sein Herz schonen. Dazu dieser Blick, den er mir immer geschenkt hatte, wenn ich als kleines Mädchen auf seinem Schoß gesessen und er mit mir »Kommt ein Mann die Treppe rauf« gespielt hatte.

Nun fühlte ich mich bei Markus geborgen. Er war der besagte Deckel auf meinem Topf. Wenn auch nicht gerade auf dem Risotto-Topf, das hatte ich in letzter Zeit ein paar Mal zu kochen versucht. Es ging aber häufig schief, brannte immer mal an. Aber Markus löffelte den angebrannten Reisbrei leidenschaftlich in sich hinein, so als sei es ein Drei-Sterne-Gericht. Das war es, was mich meiner Sache mit ihm so sicher machte. Die Gewissheit, dass er auch rohes Fleisch, verschimmelte Kartoffeln und mit Dreck gewürztes Gemüse essen würde, wenn ich es ihm servierte. Als sei ich eine Art Paula Bocuse.

Der Mann war genau die Zutat, die mir gefehlt hatte und meinem Leben nun die richtige Würze verlieh. Auch wenn ich ihm eine Sache nie erzählt hatte. Eigentlich wollte ich das immer, aber dann kam Lou, und dann war es irgendwie zu spät.

Tränen rannen mir übers Gesicht. Ich war als frischgebackene Mutter sentimental, von Glückshormonen überschwemmt und irgendwie auch schwermütig. Eine hochexplosive Mischung, bei der jeder Mann unter normalen Umständen die Beine in die Hand nahm und um sein Leben rannte. Markus aber saß wie ein Fels in der Brandung neben unserer Tochter und mir auf dem Bett im Kreißsaal. Er lächelte uns beide gleichzeitig an. Lou war tatsächlich nach seinem Gesang zur Ruhe gekommen und hatte angefangen zu trinken. Ich lag erschöpft und blass in den Laken. Jetzt hatte ich alles. Mein inneres Navigationsgerät machte folgende Ansage: »Sie haben ihr Ziel erreicht.«

Verklärt sah ich meine Tochter an.

»Das hast du sehr gut gemacht, ich danke dir und liebe dich, euch!«, flüsterte er und streichelte über Lous braune Haare, über ihr Gesicht mit den niedlichen Bäckchen, übers Handgelenk, an dem dieses Bändchen mit dem Geburtsdatum und ihrem Namen hing. Danach streichelte Markus langsam und zärtlich meine linke Hand, jeden einzelnen Finger, den Daumen, den Zeigefinger, den Mittelfinger und dann den nächsten, an dem plötzlich ein Ring steckte.

Markus

August 2019

Das Alleinsein macht mir Angst. In Büchern oder Zeitschriften liest man ja manchmal von diesem speziellen Gefühl: Wenn man dicht nebeneinandersitzt, so wie Alex und ich jetzt in unserem Auto, sich aber dennoch meilenweit voneinander entfernt fühlt.

Wenn die Stille im Raum nicht entspannt ist, sondern schneidend und eiskalt.

»Jetzt ist sie wirklich weg«, bricht meine Frau das Schweigen.

»Merkwürdig, oder?« Früher hätte ich einen flapsigen Spruch gebracht und das Eis wäre gebrochen gewesen. Wenn wir ehrlich sind, gab es früher gar keine Eiszeit. Früher.

Ich kann es an gar nichts festmachen, merke aber, dass es zwischen Alex und mir nicht mehr so gelöst zugeht. Als stünde etwas zwischen uns. Als könnte man sich mit jedem Wort ins Abseits manövrieren. Stolpernd vor dem Abgrund, angestrengt bemüht, das Gleichgewicht zu halten.

»Ja, mir ist irgendwie mulmig. Da hat man sie so lange an der Seite, und dann ist sie weg«, meint Alex. Sie klingt traurig.

»Ja, ich weiß auch nicht, wie es ohne sie werden soll«, stimme ich Alex zu und fühle mich ihr seit Langem mal wieder etwas näher.

»Wie meinst du das, wie es werden soll?« Alex klingt gereizt. Von 0 auf 180. Was habe ich denn jetzt schon wieder verbrochen? Schwierig, wenn jedes Wort auf die Goldwaage gelegt wird.

»Gar nichts meine ich. Unsere Tochter ist für ein Jahr weg, und das ist eine Umstellung, daran muss ich mich erst mal gewöhnen.«

»Ja, ich vielleicht nicht?«, fragt Alex.

»Na ja, du bist ja viel seltener da, für dich ist es vielleicht nicht so eine Umstellung.«

»Ach, willst du dich jetzt darüber beschweren, dass du dich mehr um sie gekümmert hast als ich? Willst du das damit sagen?«

Ihre Stimmlage ist bestimmt zwei Oktaven höher als normalerweise.

An der roten Ampel an der Alsterkrugchaussee bremse ich. Ich frage mich, wie wir in diese Diskussion hineingerutscht sind. Ein Missverständnis, das auf einem anderen beruht, aber keiner ist bereit, den Druck rauszunehmen.

»Nein, das habe ich doch gar nicht gesagt.«

Die nächsten Minuten verbringen wir schweigend.

Man könnte meinen, ich absolviere gerade meine Fahrprüfung, so konzentriert starre ich auf die Fahrbahn und setze kurze Zeit später den Blinker, um links nach Eppendorf abzubiegen.

»Ich muss übrigens heute Abend schon wieder los«, sagt Alex plötzlich.

»Ich dachte, das wäre erst morgen?«

»Ja, das war auch so geplant, aber der Veranstalter hat sich vorhin gemeldet. Er möchte, dass der Beamer, die Technik und alles schon heute gecheckt werden, damit es morgen keine bösen Überraschungen gibt.«

Ich schäme mich dafür, dass ich sogar ein wenig erleichtert bin. Wenn Alex nachher auf ihre nächste Geschäftsreise geht, habe ich die Wohnung für mich. Dann muss ich nicht die erste Nacht ohne Lou mit Alex verbringen. Mit meiner Frau.

Kann man sich das vorstellen? Nach neunzehn Jahren hat sie offenbar genau so große Angst vor dem Alleinsein mit mir wie umgekehrt.

»Mir fehlt jetzt schon, dass mich keiner beschimpft«, sage ich und hoffe, dass Alex wehmütig lächeln muss. Das tut sie. Ihre Gesichtszüge werden weicher.

»Sonst kann ich das mit dem Beschimpfen ja übernehmen«, schlägt sie vor und ich atme erleichtert aus. Das ist wieder meine alte, witzige Alex. Endlich bekomme ich in diesem Auto, neben der Frau, die ich schon so lange kenne, wieder Luft.

»Ich bitte darum«, sage ich und lächle sie an.

»Sonst wird's langweilig.«

Ihre Lachfältchen neben den Augen zeigen sich endlich wieder.

»Weißt du, ob Cem sich jetzt noch mal gemeldet hat bei Lou?«, frage ich noch.

»Ich glaube, nicht. Sie war ziemlich getroffen davon, hat es aber überspielt.«

»Ich dachte, das war eine reife, gründlich durchdachte Entscheidung?«

In unserer Straße mit den herrlichen Altbauten parke ich auf einem der raren freien Plätze. Eigentlich müsste man das Auto dort bis Weihnachten 2027 stehen lassen, um sich den Stress der täglichen Parkplatzsuche zu ersparen.

»War es auch. Aber er hätte ja wenigstens mal Tschüss sagen können«, gibt Alex die Gedanken unserer Tochter wieder.

»Dann hätte sie ihm vorher nicht Tschüss sagen dürfen.«

Alex seufzt. In der Wohnung schließt sie die Tür zu Lous Zimmer. Es rührt mich, dass es Alex offenbar ähnlich geht wie mir. Würde sie in den Raum schauen und Lous achtlos hingeschmissene Klamotten rumliegen sehen, dazu die drei gebrauchten Gläser und zwei dreckigen Teller, bräche sie womöglich in Tränen aus.

»Musst du zum Flughafen nachher?« Ich sehe meinen Parkplatz flöten gehen.

»Nein, keine Sorge, ich nehme die U-Bahn zum Hauptbahnhof.«

»Wohin geht's noch mal?«

»Hannover«, gibt Alex zurück. Was das betrifft, sind wir ein eingespieltes Team. Früher hing eine riesige Tafel in der Küche, auf der fein säuberlich all unsere Termine eingetragen wurden. Alex' in Rot. Lous in Hellblau und meine in Grün. Rot war am meisten vorhanden, Grün eher Fehlanzeige. Mein Aufgabenbereich umfasste hauptsächlich das Bermudadreieck: Schule-Sporthalle-Wohnung.

Diese Tafel war ein Heiligtum, Alex hatte sie ähnlich gut im Griff wie ich den Biervorrat im Kühlschrank.

»Sie ist gleich in der Luft«, rufe ich vom Sofa aus in Richtung Schlafzimmer. »Lou hat ein Foto aus dem Flugzeug geschickt.«

»Wie bitte?« Alex hat mich nicht verstanden. Ächzend erhebe ich mich und gehe zu meiner Frau.

»Lou. Flugzeug. Fliegt gleich los. Hast du das Foto nicht bekommen?«

Sie schüttelt abwesend den Kopf. Wenn sie im Seminar-Modus ist, konzentriert sie sich aufs Kofferpacken und auf die vor ihr liegenden Aufgaben.

»Foto? Nö!«, sagt sie.

Mir kommt eine Idee.

»Wir könnten eine WhatsApp-Gruppe für uns drei einrichten, dann muss sie nicht immer alles doppelt schreiben und schicken.

»Ah ja, wieso nicht?«, meint Alex geistesabwesend. »Weiß aber gar nicht, wie das mit diesen Gruppen geht.«

»Ich mach das für uns. Aber ich zeig's dir, vielleicht brauchst du das mal. Gib mal dein Handy.«

Alex wirft eine schwarze Seidenbluse und eine Jogginghose in ihren Koffer.

»Wie? Nein«, antwortet sie. »Lass mal, machen wir, wenn ich wieder da bin, okay. Ich muss gleich los.«

Ich lege mich aufs Bett und beobachte Alex. Sie kann so schön hektisch sein. Eigentlich müsste sie diese Packerei im Schlaf beherrschen, trotzdem ist es so, als würde sie zu ihrer ersten Seminarfahrt aufbrechen.

»Macht dir das eigentlich noch Spaß?«, frage ich sie. Immerhin schult sie schon seit fünfzehn Jahren Menschen.

»Ja, eigentlich schon«, sagt sie und holt ihre Kosmetiktasche aus dem Badezimmer. Ihr Handy piepst.

»Siehst du«, sage ich. »Jetzt hat sie dir auch noch geschrieben.«

Alex lacht.

»Kommst du klar?«, fragt sie mich. Ich meine sogar zu spüren, dass sie ein schlechtes Gewissen überkommt, mich allein zurückzulassen. Wir müssen versuchen, damit klarzukommen, dass kein Chips futterndes Mädchen mehr Arm in Arm mit seinem Freund auf dem Sofa fläzt und Netflix guckt.

»Ja, denke schon«, antworte ich und beuge mich vor, um ihr über den Rücken zu streichen.

»Und du?«

»Geht schon«, sagt sie. »Ich habe Ablenkung, weil der Kunde neu ist. Das ist wie beim ersten Mal, also so ungefähr.«

Ich grinse, weil Alex tatsächlich rot wird wegen der sexuellen Anspielung. Die ist ihr so rausgerutscht und bestimmt fällt ihr in dieser Sekunde ein, dass unser letzter Sex schon etwas zurückliegt. Sie errötet, weil sie weiß, dass ich nun auch anfange nachzurechnen.

»Verstehe ich doch. Viel Glück!«, wünsche ich ihr. Sie drückt mir einen Kuss auf die Wange und ist im nächsten Moment aus der Tür.

Als Stunden später die Tagesschau um ist, zappe ich mich durchs Fernsehprogramm. Eine Dokumentation über Surfspots in Australien, ein drittklassiger Krimi und eine Quizshow. Nichts davon reizt mich. Meine Gedanken schweifen immer wieder zu Lou, zu Alex. Kurzerhand richte ich die WhatsApp-Gruppe »Viva Madrid« ein. Als Profilbild stelle ich ein Foto von uns dreien ein, als Lou ein Baby war. Ich tigere durch die Wohnung, ohne etwas Sinnvolles zu tun. Wahrscheinlich werde ich wahnsinnig, wenn ich nicht noch mal an die frische Luft komme.

Ich schnappe mir meine Jacke, Schlüssel und ein paar Geldscheine.

Im Treppenhaus stürmt mir Beate Hoffmann entgegen. Auch das noch. Hoffentlich erinnert sie mich nicht daran, dass ich ihr als »Bezahlung« für die Schneiderarbeiten ein Abendessen versprochen habe. Sie ist mit ihren Gedanken aber zum Glück ganz woanders.

»Meine Mutter wird sehr verärgert sein!«, sagt sie außer Atem und steckt den Schlüssel in ihre Haustür.

»Wieso das?«, hake ich pflichtschuldig nach.

»Der Friseur hat so lange gedauert und ›Wer wird Millionär‹ ist schon losgegangen.«

»Ja, und?« Ich kann ihr nicht ganz folgen. Mein Blick klebt an ihrer Dauerwelle, die so aussieht, als habe sie sie sich in den Sechzigern verpassen lassen.

»Wir gucken das immer zusammen. Da darf ich nicht zu spät kommen. Sie kann es nicht leiden, wenn einer während der Sendung unnötigen Krach macht. Kann man ja auch verstehen!«

Ich verstehe es nicht, bin aber auch glücklicherweise nicht der Maßstab.

Beate Hoffmann lebt seit ihrer Geburt mit ihrer Mutter zusammen. Seit siebenundfünfzig Jahren. Dabei sieht sie so aus, als seien es sogar noch zehn Jahre mehr. Ihre Mutter ist ungefähr achtzig und klammert sich an ihre Tochter wie eine Laus ans Haar eines Erstklässlers.

»Ja, na klar«, sage ich und gehe die Treppenstufen weiter hinab.

»Ist Lou denn jetzt weg?«, fragt Beate Hoffmann flüsternd. Die Haustür ist geöffnet und sie will vermeiden, ihre Mutter zu stören.

Ich antworte, obwohl ich weiß, dass sie ohnehin schon vollkommen im Bilde ist. Schließlich sind entweder sie oder ihre Mutter rund um die Uhr am Fenster, um die Vorgänge auf der Straße zu überwachen.

»Ja, sie ist heute abgeflogen«, erwidere ich in normaler Lautstärke. Sie sieht mich leicht tadelnd an, setzt aber sofort wieder ihr Lächeln auf. Lou meinte mal, das spare die Hoffmann extra für mich auf. Darüber muss ich lächeln. Irgendwie glaube ich, dass Lou recht hat. Leider fasst Beate Hoffmann dies als Ermunterung auf.

»Ihre Frau ist ja vorhin auch schon wieder mit dem Koffer los.« Sie merkt, dass sie vielleicht zu weit gegangen ist.

»Habe ich durch Zufall gesehen, als ich die Blumen gegossen habe.« Ich verkneife mir, sie darauf hinzuweisen, dass auf ihrer Fensterbank weder Vase noch Blumentopf stehen.

»Ja, ja«, murmle ich und gehe weiter.

»Wenn Sie wollen, könnte ich mal was für Sie kochen. Jetzt, wo Sie so allein sind«, flötet sie, schlägt sich aber sofort die Hand vor den Mund, weil es zu laut war. Die künstlich kackbraune Dauerwelle wippt im Takt dazu. Herrje, Erbarmen.

»Mal sehen, hab viel zu arbeiten momentan«, sage ich vage.

»Ich muss auch rein. Aber wir machen das. Königsberger Klopse, wenn Sie möchten.«

Ein Königsberger Pilsener wäre mir persönlich gerade viel lieber.

Erleichtert atme ich auf, als ich auf der Straße stehe. Wenn diese Wohnung nicht so sensationell schön und für den Stadtteil relativ erschwinglich wäre, wären Beate Hoffmann und ihre Mutter zwei Gründe umzuziehen. Eigentlich ist die Wohnung ohne Lou sowieso zu groß. Gedankenverloren laufe ich durch die Straßen, unterbewusst zielstrebig zur nächsten Kneipe. Im Schrammsweg setze ich mich an die Theke und bestelle ein Bier.

»Bitte schön!« Die Kellnerin hinterm Tresen stellt es mir vor die Nase und ich leere es in einem Zug bis zur Hälfte.

Ein paar Leute sitzen an den Tischen, eine Gruppe steht ein Stück weiter am Tresen.

Mein Handy piepst. Lou ist gelandet.

»Hey, Papa, coole Gruppe, war das das aktuellste Foto von uns?«

Diese Jugend, weiß einfach nicht, was Nostalgie ist.

»Das einzige Foto, auf dem ich noch mehr Haare hab als du«, schreibe ich zurück. Kurz überlege ich, ob ich vorschlagen soll, Cem der Gruppe hinzuzufügen. Mein väterlicher Instinkt rät mir allerdings ab. Alex hat noch nicht auf die Nachricht reagiert.

Bestimmt schlägt sie sich gerade mit der Technik im Konferenzraum rum.

»Wie ist das Wetter?«, tippe ich in die Gruppe.

»Auf dem Flughafen in Madrid ähnlich warm wie am Flughafen in Hamburg.«

Ich hoffe für sie, dass sie gleich ins Freie tritt und ihr dieses südländische Flair entgegenströmt, von dem Alex immer so geschwärmt hat. Mir ist das ja zu warm. Als ich für das Spiel vom Vfl Wolfsburg in Madrid war, war zum Glück Winter und die Temperaturen sehr angenehm. Allerdings hat uns Atlético fußballerisch kalt erwischt damals.

»Da hinten steht, glaube ich, die Familie«, schreibt Lou. »Hasta luego!«

Wie gut, dann wird sie abgeholt. Vom Flughafen Barajas aus dauert es noch eine Weile bis zur Unterkunft. Ich habe mir das alles bei Google Maps genau angesehen. Während mir die Frau hinter der Theke das zweite Bier hinstellt, tippe ich eine Adresse ein, die ich in letzter Zeit schon häufiger im Visier hatte. Eine Website mit besonders charmanten Hotels, an versteckten Orten. Auch in Spaniens Hauptstadt. Vielleicht schaffen Alex und ich es ja, Lou zu besuchen. Ohne sie zu nerven, versteht sich. Ein Wochenende, dann kommen wir endlich mal raus. Ein Design-Boutique-Hotel neben der Plaza de España hat es mir besonders angetan. Mit Swimmingpool auf dem Dach. Dafür gibt es sogar ein Angebot. Das ist zwar immer noch in etwa viermal so viel wie der Preis für das Zimmer, das ich damals in Madrid hatte, aber das wäre es sicher wert.

Meine Hoffnung ist, dass Alex und ich uns dann mal vom Alltagstrott lösen können und das wiederfinden, was wir mal hatten. Und sie mir endlich den Ort zeigen kann, an dem es die besten Churros con chocolate gibt.

»Wer von der Familie holt dich denn genau ab?« Alex hat sich in den Gruppenchat eingemischt.

»Hauptsache, sie kommt gut an«, tippe ich und ärgere mich gleich über mich selbst. Das wird Alex gewiss wieder falsch auffassen.

»Du kennst die doch gar nicht!«, schreibt sie auch prompt und ich spüre selbst über die Distanz, dass sie es mit leichtem Zorn geschrieben hat.

»Könnt ihr mal aufhören, euch übers Handy anzuzicken. Das ist meine Aufgabe«, schreibt Lou, was mich zum Lachen bringt. Ich muss an Alex', unsere Autofahrt vorhin und das Gespräch über genau dieses Thema denken.

»Un beso enorme«, sendet Alex. Hoffentlich kommunizieren die beiden jetzt nicht nur noch auf Spanisch. Dafür würden meine »Cerveza-Kenntnisse« nicht ausreichen.

Ich schicke ein Zunge-Rausstreck-Foto. Lou ebenso. Im Hintergrund sieht man zwei lachende Spanier. Super Einstand unserer Tochter.

»Das ist er!«, schreibt Alex. Muss merkwürdig für sie sein, den Jungen, auf den sie als Kind aufgepasst hat, als erwachsenen Mann zu sehen.

»Ich muss jetzt die Technik checken«, schreibt sie. Ich dachte, das wäre längst erledigt. Die armen Hotelangestellten müssen bis spät abends parat stehen.

Als ich wieder auf das Bild des Hotels blicke und mich gedanklich auf Tortilla und San Miguel einstelle, sehe ich über den Handyrand, wie sich am anderen Ende des Tresens eine rothaarige Frau, eher im Alterssegment meiner Tochter, aus der launigen Gruppe löst, mich anlächelt und mir zuprostet.

Alex

10. November 1989

Trufa und Haselnuss. Das waren die zwei Eissorten, die mich durch meine Zeit in Madrid begleiteten. Die Eisdiele »Palazzo« an der Puerta de Sol war einer der Orte, an denen ich mich fast am liebsten aufhielt.

»Wochenende, ich freu mich so!« Tina rutschte neben mir nervös auf ihrem Stuhl herum und bestellte sich eine Kugel Pistazie. Im November waren immer noch rund 14 Grad.

»Mit wem ziehst du denn los?«, fragte ich.

»Mit Rafa.« Sie sprach diesen Namen so bewundernd und leidenschaftlich aus, als würde sich dahinter ein Hollywood-Star verbergen oder der Weltranglisten-Erste im Tennis.

Natürlich gönnte ich ihr das Verliebtsein. Rafael war der Sohn irgendeiner Bekannten der Freundin der Gastmutter. Bei Tina in der Familie war immer etwas los. Deswegen konnte sie sich auch ins nächtliche Getümmel stürzen. Genau so wie man sich einen Auslandsaufenthalt in Madrid immer erträumt hatte. Und während meine Träume an der Wickelkommode endeten, brachten Tinas sie ins wilde Nachtleben.

»Madrid nunca duerme«, lautete ein Slogan aus der Zeit der Freiheitsepoche nach dem Ende der Franco-Diktatur. »Madrid schläft nie.« Um vier Uhr nachts waren hier mehr Menschen auf der Straße als um vier Uhr nachmittags.

Das galt für alle ... außer mir.

Es war Freitag und ich wusste, dass ich heute und morgen Abend auf die Kinder aufpassen musste. Tina drängte mich immer wieder, mich zu beschweren. Nächstes Wochenende wollte sie mit mir nach Huertas, wo angeblich die wildesten Partys stattfanden. Ich wollte mich lieber im Altstadtviertel La Latina umsehen, in den kultigen Bodegas.

»Da können wir noch hin, wenn wir alt und grau sind«, meinte Tina.

»Mir alles eigentlich egal. Hauptsache, ich komm überhaupt mal raus.« Glauben tat ich nicht daran.

»Apropos, ich habe letzte Nacht übrigens bei Rafa übernachtet. Habe meiner Gastmutter gesagt, ich würde bei einer Freundin schlafen. Ich glaube, sie ahnt was. Schließlich kennt sie seine Mutter über drei Ecken. Macht aber nichts. Sie ist da ja nicht so streng.«

Aufgeregt leckte ich an meinem Eis.

»Und?«, fragte ich und starrte Tina an.

»Na ja, das was du da machst, kann ich auch.« Sie deutete auf mein Eis. Vor Scham versank ich beinahe im Boden und war heilfroh, dass meine Eltern niemals auf Tina treffen würden.

»Ja, Mensch, dann scheint es ja was Festeres zu sein bei euch«, sagte ich. Tina lachte laut auf.

»Was Festes. Ja, das war es.«

Ich konnte jetzt sagen, was ich wollte, sie würde es auf jeden Fall so drehen, wie es ihr am besten in den sexverkleisterten Kram passte.

Einerseits war ich beschämt, andererseits beneidete ich Tina um ihre Erfahrungen. Ich wollte auch endlich loslegen und jemanden kennenlernen. Ein feuriger Spanier mit Hirn und Humor würde mir ganz gut gefallen. Ich wollte endlich sagen können, dass ich die Nacht in Madrid durchgetanzt hatte. Das war aber in meinem Au-pair-Plan nicht vorgesehen.

»Stell dir vor, ich komme nach Hamburg zurück und kann überhaupt nichts Spannendes aus Madrid erzählen.«

Wir liefen über die Puerta del Sol an der Statue »Oso y el Madrono« vorbei. Das bedeutete »Der Bär und der Erdbeerbaum«.

»Na ja, du kannst zum Beispiel sagen, dass du dich jeden Tag mit Tío Pepe getroffen hast«, gab Tina schmunzelnd zurück.

»Witzig.« Ich sah zu der Werbung hoch oben am Gebäude empor. Eine mehr als lebensgroße Sherryflasche, die den Körper eines Mannes bildete. Darüber der Korken als Gesicht mit Schnurrbart, dazu ein roter Hut und ein roter Mantel. Das war DIE Werbung für Sherry schlechthin. Jeder kannte Tío Pepe, so wie man in Deutschland Herrn Kaiser von der Hamburg-Mannheimer kannte.

»Ich würde mich gern mal zusammen mit ihm betrinken.«

»Da bist du bei ihm an der besten Adresse«, witzelte meine Freundin.

»Vielleicht frage ich die Familie wirklich mal.«

Tina wollte mir applaudieren und verlor dabei beinahe ihre Eiswaffel. Im Grunde wussten wir beide, dass ich viel zu brav war, um aufzubegehren.

»Und wenn du dann einen spanischen Freund gefunden hast«, fantasierte Tina weiter, »dann nehmen wir uns zu viert ein Auto und fahren auf einer der Straßen von Madrid gen Süden.«

Tina deutete auf den sogenannten Null-Kilometerstein

hier auf der Puerta del Sol. Hier, direkt in der Landesmitte, begannen sechs Hauptnationalstraßen, die sich sternförmig über das Land verteilten.

»Dann fahren wir so weit wir wollen, egal wohin, nichts kann uns stoppen«, spann ich die fantastische Geschichte weiter. Ich ignorierte, dass mir drei entscheidende Zutaten fehlten: Freizeit, ein Freund und ein Auto.

»Ab auf die Balearen, einfach frei sein«, rief Tina und ich sah sie in zwanzig Jahren schon als freigeistige Künstlerin auf Ibiza leben.

»Irre, oder?«, sagte ein deutsches Pärchen, das neben uns stehen geblieben war und ebenfalls auf den Stein am Boden blickte.

»Einfach frei sein. Wer hätte das gedacht! Habt ihr da Verwandte?« Sie lächelten uns glücklich an.

»Nee!«, sagte ich. Wieso dachten die, dass wir Verwandte auf den Balearen hätten? »Leider nicht.«

»Ach, heute gehören wir alle zusammen«, meinten die beiden, küssten sich und gingen weiter.

»Viva!«, rief Tina ihnen nach und tippte sich mit dem Finger an die Stirn.

Dieses spanische Flair weckte in den meisten Touristen offenbar eine lang unterdrückte Abenteuerlust.

»Ich fahr mal los, zurück zum Babypuder«, meinte ich. »Habt 'nen schönen Abend.«

Durch den Dienstboteneingang kehrte ich in die Wohnung zurück. Allein die Tatsache, dass es hier einen Dienstboteneingang gab, der direkt in die Küche führte, würde bei meinen Freunden in Hamburg für Verwunderung sorgen.

»Deine Mutter hat ein paar Mal angerufen.« Mit diesen Worten empfing mich Teresa. Was mochte das bedeuten?

»Sie ist sehr nett, tu Mama.«

»Hat sie gesagt, was los ist?«, fragte ich und begann sofort zu zittern. Ob etwas mit meinen Großeltern war oder mit Papa? Ich bekam einen Schweißausbruch und malte mir die schrecklichsten Szenarien aus.

Meine Mutter rief normalerweise immer samstags an, wenn die Gasteltern unterwegs waren. Und mittwochs telefonierten wir. Aber doch nicht freitags.

»Was mach ich denn jetzt?«, murmelte ich vor mich hin. Ich würde schnell loslaufen müssen, aus der Urbanización raus, über die staubige Straße an der Bushaltestelle und den Pinien vorbei, rüber zu dem kleinen Einkaufszentrum. Dort stand die einzige Telefonzelle weit und breit.

Kurz zuckte meine Hand, um nach dem Telefon zu greifen, das an der Küchenwand hing. Das konnte ich nicht machen. Ferngespräche waren richtig teuer. Die Gasteltern hatten mir zwar nicht verboten, das Telefon für Auslandsgespräche zu nutzen, es war aber eine Art stille Abmachung zwischen uns.

»Venga, hija!« Teresa nickte mir aufmunternd zu. »Mach schon, ich verrate es nicht.«

Dankbar lächelte ich sie an. Die Familie saß bestimmt im Wohntrakt. Und wenn man sich einer Sache sicher sein konnte, dann war es, dass sich keiner von ihnen freiwillig in den Arbeitsbereich der Küche verirren würde.

Nervös wählte ich unsere Telefonnummer. Einmal vertippte ich mich und musste neu anfangen.

»Hallöchen!«, meldete sich meine Mutter, als wenn sie beschwipst wäre. Ich stellte erleichtert fest, dass sie zumindest nicht klang, als würde sie gerade die Beerdigung meiner Großeltern organisieren.

»Da bist du ja. Hast du es schon gehört?«

»Nein, was denn? Kannst du mich bitte zurückrufen?«

Obwohl ich nicht wusste, worum es ging, machte ich mir große Sorgen um die Telefonrechnung der mutmaßlichen Millionärsfamilie.

»Die Mauer ist offen!«, rief meine Mutter, nachdem es kurz danach geklingelt hatte.

»Welche Mauer?« Ich wusste in dem Moment wirklich nicht sofort, was sie meinte.

»Die von der DDR. Die können alle rüber. Seit gestern Abend. Glaubst du das?«

»Was? Du spinnst!« Kurz erwartete ich ein Donnerwetter, weil ich meiner Mutter vorgeworfen hatte zu spinnen. Sie hatte das aber wohl gar nicht mitbekommen. Sie befand sich offensichtlich im Ausnahmezustand.

»Hetti und Helmut kommen bestimmt bald aus Leipzig. Das ist so irre, sie sind frei.«

Die Worte erinnerten mich an etwas. Plötzlich dachte ich an das deutsche Paar vorhin an der Puerta del Sol. Wir hatten von Freiheit gesprochen und Ibiza gemeint, und sie hatten von der DDR gesprochen. Deswegen hatten sie uns gefragt, ob wir dort Verwandte hätten. Sie waren also alles andere als durchgeknallt gewesen. Weder Tina noch ich hatten seit gestern Abend etwas mitbekommen. Tinas Gastmutter bestimmt, schließlich war sie Deutsche, aber meine Freundin hatte ja die Nacht bei ihrem feurigen Spanier verbracht.

Und die deutsche Zeitung in dem kleinen Kiosk in der Nähe war von vorgestern. Meine Gastfamilie interessierte sich vermutlich nicht das geringste bisschen dafür.

»Mann, Mama, das ist ja super.«

»Hier fahren ganz viele Trabbis rum. Unten am Hafen. Da kommen bestimmt noch viel mehr. Ich geh mal wieder los und guck, ob ich denen irgendwie helfen kann. Ich treffe mich da unten mit Papa.«

»Aber wie ist das überhaupt passiert, wie kam das?«

»Die Leute haben es selbst geschafft, also mit Demos, das Volk!«

Meine Mutter klang sehr aufgeregt. Als ich während der Schulzeit mal auf eine Demo gegangen war, hatte sie dem Lehrer, der uns dafür freigegeben hatte, eine Standpauke gehalten. Diese Demo hingegen schien sie sehr zu beeindrucken.

»Mach schnell den Fernseher an. Die zeigen hier rund um die Uhr Bilder. Auf den spanischen Sendern doch bestimmt auch. Tschüss, wir telefonieren morgen wieder. Grüß die Familie.«

Meine Mutter war gelöst und fröhlich, klang so, als wäre Geburtstag, Weihnachten und Hochzeitstag zusammen. Und ich hätte hier, am Ende der Welt, vermutlich auch in einer Woche noch nichts davon erfahren.

»Etwas Schlimmes?«, fragte Teresa, während sie Kartoffeln für die Tortilla schälte. Sie bereitete das Essen komplett vor, deponierte alles im Kühlschrank, und Raquel, die Herrin des Hauses, musste es zum Abendbrot dann nur noch in die Mikrowelle schieben. Oft überließ sie diese schweißtreibende Aufgabe auch mir.

»Nein, nein, gar nicht«, gab ich zurück. »Die Mauer ist gefallen«, erklärte ich und mein Herz raste dabei. An Teresas Blick war abzulesen, dass sie überlegte, ob es sich um die Chinesische Mauer oder um das kleine Steinmäuerchen unten an der Einfahrt zum Tennisplatz handelte.

Ich wollte so gern Bilder davon sehen. Der einzige Fernseher stand aber im Wohnzimmer, zu dem nur die Familie Zugang hatte. Dieser Bereich war durch eine große Tür vom Rest abgetrennt. Gefühlt war ich dort absolut nicht willkommen, so als hätte an der Tür gestanden: »Alemana, fuera! Die Deutsche raus.«

Im Kinderzimmer war zwar auch ein Gerät, darüber konnte man aber keine normalen Programme empfangen. Nur der Videorekorder war angeschlossen, falls sich die Kinder neben Tennisstunden, Swimmingpool und Küchentischverwüsten langweilen sollten.

Ich würde in die verbotene Zone vordringen müssen. Die Tür erschien mir wie meine persönliche Mauer, die ich zum Einsturz bringen musste.

Was Tausende Demonstranten geschafft hatten, musste mir doch auch gelingen. Ich gab mir einen Ruck und drückte die Klinke herunter. Die Zimmer waren alle sehr gediegen, nahezu barock eingerichtet.

Mein Herzschlag war lauter als die Geräusche, die aus dem Fernseher drangen. Es lief eine Zeichentrickserie. Alle drei Kinder starrten wie gebannt auf den Bildschirm, Juan blätterte in einer Wirtschaftszeitung. Er trug einen weißen, halb offenen Bademantel, was ich etwas befremdlich fand. Raquel lag erschöpft daneben. Ich fragte mich, was wohl so anstrengend gewesen sein mochte. Teresa zu sagen, dass das Bad nicht sauber genug war? Oder das Öffnen der Wasserflasche?

»Hola!«, sagte ich fröhlich in die Runde.

Juan sah über den Zeitungsrand, Raquel erstarrte und blickte mich an wie einen Bulldozer, der soeben ansetzte, ihren Cashmerepullover zu überrollen. Mir war ihre Reaktion egal. Ich hatte so gute Laune wegen der Neuigkeit aus Deutschland und wollte einfach nur jubelnde Menschen im Fernsehen sehen. Wäre in Spanien ein neuer König gekrönt worden, wäre es der Familie bestimmt auch so gegangen.

»Hola!«, erwiderte Raquel und versuchte die Contenance zu wahren.

»Wir fahren erst in zwei bis drei Stunden los, so lange

kümmere ich mich noch um die Kinder«, sagte sie großmütig.

»Ja, nein, gut, ich meine, in Deutschland ist die Mauer gefallen, die in Berlin. Und ich wollte fragen, ob wir vielleicht mal kurz die Nachrichten einschalten könnten?«

Ich deutete auf den Fernseher.

Isa fing sofort an zu weinen.

»Ich will das sehen«, sagte sie.

»Du kannst ja sonst immer Fernsehen«, meinte ich. »Das ist wirklich wichtig. Vielleicht mal kurz?«

Raquel zog eine Augenbraue hoch und setzte ein unechtes Lächeln auf. »Du siehst doch, dass die Kinder das gerne gucken wollen. Da kann man nichts machen.«

Mehr sagte sie nicht. Sie drehte sich wieder weg und tat so, als seien Trickfilme ihr Lebenselixier. Juan zuckte kurz mit den Schultern und las weiter in der Zeitung.

Völlig perplex blieb ich noch ein paar Sekunden stehen. Mir schossen die Tränen in die Augen. Natürlich war ich hier nur eine Art Angestellte, aber wäre es nicht selbstverständlich gewesen, seinen Kindern zu sagen, sie sollten sich mal kurz gehackt legen, damit das Au-pair-Mädchen zumindest aus der Ferne Zeugin eines historischen Ereignisses werden konnte?

»Alles okay?«, fragte Teresa kurz darauf. Sie sah, dass ich weinte. Vor Wut.

»Si, todo fantástico«, antwortete ich süffisant.

Entschlossen ging ich in mein Zimmer, zog mir einen Rock, Strumpfhose, Turnschuhe, ein cooles T-Shirt und eine Jeansjacke über. Danach versuchte ich, mir die Augen zu schminken, was reiflich in die Hose ging.

Daraufhin stürmte ich in die Küche und rief bei Tina an.

»Die Mauer ist gefallen und ich gehe heute Abend mit dir aus. Bin in einer halben Stunde bei dir. Könntest du mir dann noch mal zeigen, wie du das mit dem Kajal immer machst?«

Danach griff ich beherzt nach der Türklinke zum Wohnzimmer. So wie ich sie vor fünfzehn Minuten verlassen hatte, fand ich die ganze Mischpoke immer noch auf der Couch vor.

»Ich nehme mir heute Abend frei«, erklärte ich. Nach zwei Monaten hatte ich mich endlich etwas getraut. »Hasta luego!«

Hoffentlich würde nicht Teresa unter meiner Entscheidung leiden und auf die Kinder aufpassen müssen.

»Das geht nicht. Wir gehen nachher aus. Das ist wichtig.«

Raquel hatte sich sogar hingesetzt.

Ich zog eine Augenbraue hoch und setzte ein unechtes Lächeln auf: »Du siehst doch, dass ich gerne weg möchte, da kann man nichts machen.«

Christoph

August 2019

Endlich klopft es an der Tür. Da bin ich schon über fünfzig, ein gestandener Mann, und verbringe wieder amouröse Stunden in einem Hotelzimmer. Als wenn wir kein Zuhause hätten. Haben wir im Grunde auch nicht. Zumindest kein gemeinsames. Und zu ihr können wir sowieso nicht. Hätte nicht gedacht, dass ich mal in eine Affäre mit einer verheirateten Frau hineinrutsche. Ich habe schon mal eine sehr nette verheiratete Frau kennengelernt, aber damals lebte Monika noch, und außer einem kurzen Flirt ist nichts passiert. Damals …

Ich gehe zur Tür, um ihr zu öffnen.

»Hallo! Schön, dass du endlich da bist!«

»Ja, finde ich auch«, antwortet sie, sieht aber etwas abgespannt aus. Kein Wunder. Der Tag heute war bestimmt nicht leicht für sie. Ich nehme sie fest in den Arm und küsse sie. Doch sie sieht mir dabei nicht direkt in die Augen, als hätte sie ein schlechtes Gewissen.

»Na, fremdelst du ein bisschen?«, necke ich sie ein wenig.

»Wie, nein, ich fremdle nicht. Bin ein bisschen kaputt.«

»Ja, klar, entspann dich. Möchtest du was zu trinken?«

»Ja, gern!« Jetzt sieht sie mich zum ersten Mal an. Und lächelt. Genau deshalb nehme ich diese Situation in Kauf, lasse mich auf etwas ein, das mir schon gegen den Strich geht: diese Heimlichtuereien. Ich habe nämlich durchaus das Selbstbewusstsein zu behaupten, dass ich ein Mann bin, für den man sich von seinem Ehemann trennen könnte. Aber ich habe leicht reden. Denn schließlich bin ich, wenn auch gezwungenermaßen, frei. Und sie ist es eben nicht. Aber dieses Lächeln, ihr Humor, einfach alles an ihr … da kann ich einfach nicht widerstehen.

»Entschuldigung, ich dachte nur, hier würde mein Geschäftspartner auf mich warten. Wir haben eine wichtige Besprechung.«

»Tatsächlich, worum sollte es denn gehen?«, frage ich und gehe auf ihr Spiel ein.

»Ach, Technikkram. Ob große Kabelklinken auf kleine passen und ob es zu laut werden könnte.«

»Klingt ganz nach meinem Fachgebiet«, sage ich und stelle mir vor, wie es wäre, wenn uns jemand zuhören würde. Zwei erwachsene Menschen machen eindeutig zweideutige Anspielungen, bevor sie in einem noblen Hotelbett übereinander herfallen.

»Mit Kabeln, die irgendwo reingesteckt werden müssen, kenne ich mich aus.«

Ich ziehe sie an mich und lasse sie so schnell nicht wieder los. Ich würde mich gern immer und ganz offiziell um diese Frau bemühen, sie glücklich machen. Ihren Mann kenne ich nicht, ich bin sicher, dass er kein schlechter Kerl ist, aber alles hat seine Zeit. Und irgendwann wird es Zeit, sie daran zu erinnern. Aber nicht jetzt.

Sie hat mich aus einem tiefen Loch gezogen. Plötzlich wechselte der Himmel doch noch einmal seine Farbe, von Grau zu Hellblau.

Ich drücke sie sanft auf das Bett, sie streift ihre Schuhe ab. Mal eben die Realität vergessen, die zwei unterschiedlichen Leben zur Seite legen. Seit ich sie kenne, denke ich den ganzen Tag an diesen Körper, dieses Gesicht …

»Wenn du möchtest, können wir uns das nächste Mal auch ein Zimmer teilen«, schlage ich vor, als wir später nebeneinanderliegen.

»Nein, das ist nicht gut«, höre ich zum x-ten Mal. »Die Seminarteilnehmer könnten das mitbekommen. Das wäre unprofessionell.«

Ich nicke, obwohl ich weiß, dass das nicht die ganze Wahrheit ist. Sie hat möglicherweise ein reineres Gewissen, wenn sie danach in ihr eigenes Bett geht.

Sie steht auf und fängt an, ihre Kleidungsstücke einzusammeln. Diesen Moment hasse ich. Warum bleibt sie nicht einfach liegen, wie man das als Paar so macht. Wir könnten etwas Schönes beim Zimmerservice bestellen, den Fernseher einschalten und in den Tag, in die Nacht hineinleben. So wie es Millionen stinknormaler Paare auch tun?

»Okay, dann sehen wir uns morgen beim Frühstück?«, frage ich und muss ein bisschen über sie schmunzeln. Denn mir persönlich ist es komplett egal, was die Seminarteilnehmer über uns denken. Jeder Mensch hat ein Geheimnis. Ich bin ihres. Ich bin frei und kann tun und lassen, was ich will. Zumindest theoretisch, denn das, was ich wirklich will, kann ich momentan nicht haben.

»Ja, können wir machen.« Sie will sich zu mir herunterbeugen, mir einen Kuss geben, als ihr Handy piepst.

Sie nimmt es zur Hand, checkt ihre Nachrichten. Ich sehe an ihrem Blick, dass sie in diesem Moment in ihr altes Leben zurückdriftet. Sache eins, abgehakt, nächster Tagesordnungspunkt. Das ist vielleicht unfair von mir, aber manchmal kommt es mir so vor.

Sie liest eine Nachricht, lächelt kurz.

»Ah, Lou ist gut in Madrid angekommen!«

Lou

August 2019

Tickt der noch ganz richtig? »Das ganze Wochenende bin ich für das Baby zuständig?«, frage ich, als wir in der Wohnung sind. Ich versuche, höflich zu klingen. Schließlich bin ich gerade erst angekommen. Aber das nervt mich schon. Allerdings ist das echt ein Palast hier. Ich habe sogar ein eigenes Badezimmer. Gott, müssen die in Kohle schwimmen.

»Am Wochenende würde ich auch gern mal losziehen, feiern. Schließlich bin ich hier in Madrid«, versuche ich meinen Gasteltern in einem Mix aus Spanisch und Englisch zu erklären.

Jaime und Leticia. Die sind beide echt ganz okay, sie ist sehr hübsch, mit genialen Augenbrauen, die einen Schwung haben, den hätte ich auch gerne.

Und Jaime hat mich ganz herzlich empfangen. Auch der Vater, der mit zu uns vom Flughafen nach Hause gekommen ist. Ob der auch hier wohnt? Platz genug wäre ja. Dass er inzwischen im Bademantel rumläuft, finde ich zwar schräg, aber verstehe einer so alte Menschen. Opa raucht ständig, der hier fühlt sich eben wohl im Frottee-Look. »Aber wir gehen auch am Wochenende weg!«, antwortet Leticia und lacht hell auf.

»Könnt ihr ja. Ihr freitags, ich samstags«, gebe ich zurück. »Dann haben alle was davon. Wie wäre das?«

»Vale!«, sagen Jaime und Leticia, was so viel wie »geht

klar« bedeutet. Hätten wir das also auch unter Dach und Fach, noch bevor mein Koffer überhaupt ausgepackt ist.

Dieser Opa, Juan, grinst mich die ganze Zeit an. Als würde er das mit der Wochenendplanung irgendwie witzig finden. Kapier ich nicht. Hat der 'ne Ahnung, wie öde es wäre, das ganze Wochenende an die Wohnung gekettet zu sein? Na ja, in seinem Bademantel wird er vermutlich nicht oft rausgehen.

Aus dem Kinderzimmer hören wir ein Geräusch.

»Ana ist wach, ich hol sie eben.« Leticia kommt kurz darauf mit einem echt schnuckeligen Kind zurück. Ana ist zwei, und ich denke, ich werde ordentlich Spaß mit ihr haben.

Vielleicht kann ich mit ihr ins Zentrum fahren, ein paar coole Shops angucken. Ihr ein Eis kaufen. Dann kommen wir beide auf unsere Kosten.

Ich nehme sie auf den Arm. Offenbar fühlt sie sich wohl. Fängt gut an.

»Könnte ich mit ihr auch mal mit dem Auto einen Ausflug machen?«, frage ich. »Es soll doch diesen tollen Park in Madrid, den Retiro, geben.« Immerhin habe ich vor dem Abflug aus Hamburg noch mit Ach und Krach meinen Führerschein bestanden.

»Wenn wir es nicht brauchen, okay«, gibt Jaime zurück. Auch Leticia findet es »Vale«.

Der olle Juan zuckt beim Wort »Auto« ein bisschen zusammen.

»Wohnen Sie eigentlich auch hier?«, frage ich frei heraus, weil es mich interessiert.

»Ja, momentan, meine Frau ist vor Kurzem gestorben.«

»Oh, das tut mir leid«, sage ich leise. Gleichzeitig muss ich an Mama denken. Ich erinnere mich daran, dass sie mal gesagt hat, dass sie diese Frau, Raquel, nicht wirklich gemocht hat.

»Er hat noch ein Haus, ist aber oft hier«, erläutert Leticia. Und ich kann nicht so recht heraushören, ob sie das stört oder nicht. Mama würde ausflippen, wenn Papas Vater bei uns einzöge. Aber in Spanien ist das ja noch anders mit den Familien. Die halten offenbar mehr zusammen. Kurz denke ich an Cem und checke mein Handy.

»Ich würde jetzt total gern in die Stadt, alles angucken. Ich fang ja eh erst morgen Nachmittag an, oder? Wäre das in Ordnung?«

Die Familie sieht mich belustigt an. Sie nicken. Es ist ja noch früh. Gerade mal 21:30 Uhr. Um diese Zeit wachen die Spanier doch gerade erst von der Siesta auf. Ich habe tausend Sachen ergoogelt, die ich unbedingt in den nächsten Monaten alle abklappern möchte.

»Génial!«, sage ich und drücke Ana wieder Leticia auf den Arm. Sie plärrt ein wenig. Ich verpasse dem Kind zwei Küsse auf die Wange und spiele »Kommt ein Mann die Treppe hoch« mit ihr. Das gefällt Ana.

Das werden wir in den kommenden Monaten ungefähr noch hundert Millionen Mal spielen. Ich schnappe mir meine kleine Tasche, merke mir den Haustürcode, laufe zur Bushaltestelle, um mich danach ins Nachtleben zu stürzen. Zuerst will ich diesen leckeren Churros-Laden finden.

Alex

November 1989

Mir tropfte Schoko aufs Kinn, als ich von meinem Churro abbiss. Ich hatte ihn, wie man das in Spanien so machte, in die dickflüssige Schokolade getunkt. Sündhaft lecker. Die Chocolatería San Ginés war ein zweigeschossiges Café. So ein Bau aus dem 19. Jahrhundert, hatte in irgendeinem Reiseführer gestanden. Hohe, verspiegelte Wände, von dunkelgrünen, verschnörkelten Balken eingerahmt, ein paar Säulen und eine weiße Theke. Auch draußen konnte man sitzen, in der Passage und unter einem Torbogen.

Man konnte zugucken, wie riesige Schnecken aus Teig geformt wurden, von denen die frittierten Churros abgeschnitten wurden.

»Hab ich dir doch gesagt, dass man hier rund um die Uhr hin kann«, meinte Tina, die nicht das erste Mal hier war.

Wir setzten uns so hin, dass wir durch eine Scheibe einen Fernseher in einer Wohnung im Blick hatten. Dort sah ich die ersten bewegten Bilder des Mauerfalls.

»Guckt euch das an«, sagte ich immer wieder.

»Muss ein super Tag für euch sein«, meinte Rafa, und freute sich darüber, dass Tina und ich so aus dem Häuschen waren.

»Die Leute durften wirklich nicht raus, die ganze Zeit?«

»Nein. Die Leute, die gegen die DDR waren, sind verfolgt worden, schrecklich.« Ich suchte in meinem kleinen, gelben Langenscheidt-Büchlein das Wort für bespitzeln raus.

»Familien wurden beim Mauerbau getrennt, ich bin sicher, da war noch viel mehr, was wir alles noch gar nicht wissen.«

»Ich freu mich für euer Land«, sagte Rafa.

»Ja, wenn man die Menschen so feiern sieht, ist es irgendwie wie Silvester alles, nur natürlich viel wichtiger.«

Toll fand ich, dass Rafa verstand, welch große Bedeutung dieses Ereignis für uns hatte. Er erkundigte sich ausführlich, ob wir dort Familie hätten und was in der DDR los sei.

»In Madrid kommt man an Silvester hierher und isst die ersten Churros des Jahres«, sagte er, als die Nachrichten vorbei waren. Ich war Rafa sehr dankbar, dass er klaglos akzeptiert hatte, dass ich mit dabei war. Tina hatte ihm zu verstehen gegeben, dass ich eine kleine Revoluzzerin war und meinen Gasteltern mal so richtig die Meinung gegeigt hatte. Mein Stolz auf diese ungewöhnliche Aktion war ein wenig dem Unbehagen gewichen. Die waren bestimmt stinksauer auf mich.

»Die Puerta del Sol ist ja gleich um die Ecke«, erklärte Rafa weiter, während Tina ohne Pause an ihm herumzuppelte, ihn streichelte und ihm durch die Haare wuschelte. Es schien ihn nicht weiter zu stören.

»Um Punkt Mitternacht steht man an Silvester auf dem Platz vor dem Uhrenturm an der Post, der Casa de Correos. Und bei jedem Glockenschlag isst man eine Weintraube, das bringt Glück.«

»Mit frechen Früchtchen ins neue Jahr«, dachte ich. Diese Churros machten übrigens süchtig. Knuspriges, frittiertes Gebäck, so wie längliche Krapfen.

»Wann hast du das mit der Mauer gehört?«, fragte ich Tina.

»Als ich vorhin wieder zu Hause war. Britta, meine Gastmutter, war so aufgeregt, dass sie gar nicht weiter gefragt hat, ob ich wirklich bei einer Freundin war.«

Tina lächelte Rafa so verführerisch an, als wollte sie ihn gleich auf dem Tisch zwischen Churros und Chocolate vernaschen.

»Ah, Manolo, qué tal, ven aqui!«

Ein Freund von Rafa gesellte sich zu uns, begrüßte Tina und mich mit einem Küsschen links auf die Wange, einem rechts. Er war etwa Anfang, Mitte zwanzig.

»Hola, qué tal?«

Wie es mir ging, wollte er wissen. Und ich musste zugeben, dass es mir noch nie besser gegangen war. Mit Manolo war es richtig lustig, er meinte, es sei für uns so ein besonderer Tag. Er würde uns ganz Madrid zeigen, und wir müssten bis 6 Uhr morgens feiern.

»Dann flippt meine Gastfamilie wahrscheinlich aus, und ich kann sofort meine Sachen packen«, gab ich zu Bedenken.

»Macht nix, dann kannst du bei mir wohnen«, schlug er vor und meinte das offenbar ernst. Er bestellte Wein für uns alle.

»Ich kenne ein paar Au-pairs, die bei ihren Familien abgehauen sind und dann in einer WG gewohnt und Deutschunterricht gegeben haben.«

Was er sagte, klang verlockend. Es eröffnete völlig neue Möglichkeiten und fühlte sich an, als hätte man jahrelang Sommerurlaub an einem zugebauten Baggersee in Castrop-Rauxel gemacht, um dann festzustellen, dass man auch eine Reise in die Karibik buchen konnte.

»Mach das doch«, rief Tina begeistert, die allerdings

nicht mehr ganz nüchtern war. Auch bei mir wirkte der Wein.

Mich faszinierte alles, ich fühlte mich aber auch etwas überfordert. Ich konnte nicht einfach so alles hinschmeißen.

»Mal sehen, wie sie morgen reagieren«, sagte ich. Manolo zuckte mit den Schultern, schrieb seine Telefonnummer auf eine der dünnen Servietten der Chocolatería und schob sie zu mir rüber.

»Falls du doch Lust hast.«

Er gefiel mir extrem gut, aber sicherlich hatte er schon mit etlichen unglücklichen, deutschen Au-pair-Mädchen über diese Ausstiegsmöglichkeit gesprochen. In Madrid wimmelte es geradezu von hübschen Mädchen. Bestimmt hatte er an jeder Hand fünf.

»Ich habe ja schon viele deutsche Mädchen kennengelernt«, bestätigte Manolo in exakt dieser Sekunden meine Vermutung. »Aber keine war so lecker wie du!« Er lachte sehr nett und drückte mir tatsächlich einen Kuss neben den Mund.

Genau das war es doch, was ich hatte erleben wollen. Abenteuer. Nachtleben. Einen aufregenden Spanier. Dafür hatte es sich gelohnt, gegen die Familie zu rebellieren. Ich hoffte nur, dass sie nicht schon bei meinen Eltern angerufen hatten. Die wären bestimmt völlig außer sich. Wie immer malte ich mir die schlimmsten Szenarien aus. Zum Beispiel, dass mein Vater schon auf dem Weg nach Madrid war, um mich abzuholen.

»Alex, entspann dich mal«, meinte Tina, die die steile Falte auf meiner Stirn bemerkt hatte. Ist doch alles ganz easy.«

»Wollen wir weiter?«, fragte Manolo. Tina und Rafa nickten begeistert. Manolo legte für alle Geld auf den

Tisch, was ich entzückend fand. Er hatte mich quasi eingeladen. Ob er das auch mit jeder machte? Was er wohl beruflich machte, dass er schon alleine wohnte? Es war eine komplett fremde Welt, in die ich eintauchte. Sie reizte mich sehr, aber mein schlechtes Gewissen verbot mir, mich komplett fallenzulassen.

Doch solche Zweifel konnte ich jetzt nicht gebrauchen, heute war der perfekte Abend, um zu feiern.

»Musst du noch mal auf die Toilette?«, fragte Tina mich.

»No, Señorita«, antwortete ich aufgekratzt und war bereit, zur angekündigten Disco aufzubrechen.

»Doch, du musst noch mal aufs Klo!«, sagte Tina mit Nachdruck. Ich hörte auf sie, ging zu den »Servicios«, pinkelte pro forma und wusch mir dann die Hände. Als ich in den Spiegel blickte, wurde mir klar, wieso Tina so vehement gewesen war. Mich lächelte mein Spiegelbild an, ein neunzehnjähriges Mädchen, das ein mit Schokolade verschmiertes Kinn hatte. Sehr verlockend. Trotzdem hatte Manolo mit mir gesprochen, mich eingeladen und war offenbar interessiert an mir. Angeschwipst kicherte ich. Ein Spanier, der sich nicht von Schokoflecken im Gesicht abschrecken ließ, war eindeutig ein Heiratskandidat.

Markus

August 2001

Ganz altmodisch hatte ich bei Alex' Vater um ihre Hand angehalten.

»Sie kam, als ich überhaupt nicht damit gerechnet habe«, hatte ich gesagt. »Und dann kam noch jemand dazu, mit dem wir beide nicht gerechnet haben.«

Damit spielte ich auf Lou an und fand es als Argument eigentlich sehr gut, unsere Tochter mit ins Spiel zu bringen. Alex' Vater hatte mich erwartungsvoll angeguckt. Was er dachte, war aus seinem Blick nicht zu lesen.

»Damit haben Sie vermutlich auch nicht gerechnet, oder?«, beendete ich meine kleine Rede.

»Apropos rechnen. Und jetzt soll ich wohl die Rechnung bezahlen?«, hatte Alex' Vater gesagt, geschmunzelt und sich dabei eine Overstolz angezündet. Vielleicht war er genau so nervös wie ich.

»Ich finde, du hast einen guten Fang gemacht«, hatte er gesagt und genickt. »Also, ihr beide«, meinte ich noch leise vernommen zu haben.

Alex hatte hinterher beim Heiratsantrag gesagt, dass der Spruch ihres Vaters ein sehr großes Kompliment für mich sei. Dann hatte sie geweint – und gelacht. Abwechselnd.

»Ja« gesagt haben wir in Alex' Jugendkirche in Hamburg, in der sie konfirmiert worden war. Die wird sogar »Hochzeitskirche« genannt. Dort hatte sie zum ersten Mal in der Öffentlichkeit ein paar Psalmen vorgetragen. Als Vierzehnjährige.

»Danach habe ich beschlossen, dass ich beruflich unbedingt etwas mit Stimme, Präsenz und Auftreten machen möchte«, hatte sie mir bei den Vorbereitungen zur Hochzeit erzählt.

»So gut warst du?«, wollte ich wissen.

»Nein, so schlecht«, gab sie lachend zurück. »Grottig. Ich habe einen Satz vorgelesen, da rief jemand aus der letzten Reihe: lauter, bitte!«

Alex lachte sich halb schlapp bei der Erinnerung daran. »Hast du so was in einer Kirche schon mal gehört?«

»Nö, bestimmt haben sie alle ›Ogottogottogott‹ gedacht.«

»Das wollte ich nicht noch einmal erleben. Deswegen habe ich Stimmtraining genommen, heimlich vor der Kamera geübt.«

»Du solltest das beruflich machen«, schlug ich vor. »Du kannst das inzwischen so gut, und viele Firmenbosse kommen doch nicht unfallfrei durch einen Satz.«

»Du bist wirklich süß, aber diese Firmen haben kaum auf mich gewartet.«

Nach ihrem Kommunikationsstudium hatte Alex in einer PR-Agentur gearbeitet, aber nun, mit Lou, mussten wir sowieso umdenken.

»Jetzt, wo das Baby da ist, passt eine neue Geschäftsidee nicht so gut.«

»In ein, zwei Jahren spreche ich dich noch mal darauf an«, ermutigte ich sie. »Du kannst das. Wir kriegen das hin.«

In Alex' Blick sah ich Dankbarkeit. Dafür, dass ich sie unterstützte. Für mich war Alex Superwoman. Ich hätte es auch großartig gefunden, wenn sie ein Geschäft mit Wollsocken auf den Malediven eröffnet hätte. Weil ich wusste, dass sie auch zu mir stehen würde, selbst, wenn ich ein Auto mit zweieinhalb Rädern und Steuerrad unter der Motorhaube erfinden würde.

Die Hochzeitsfeier war genau so, wie wir sie uns gewünscht hatten. Locker, lässig, stimmungsvoll. In einem Restaurant unten am Elbstrand in Övelgönne, nicht weit von der Strandperle entfernt. Man konnte sowohl drinnen, als auch draußen in Liegestühlen sitzen und die großen Pötte vorbeiziehen sehen. Es war so warm, dass Alex irgendwann ihre Schuhe auszog und barfuß durch den Sand lief. Sie trug ein sehr hübsches Spitzenkleid, Vintage, mit V-Ausschnitt in A-Linie, wie mir beigebracht wurde.

»Meine Frau kann sowohl A als auch V tragen und sie lässt sich kein X für ein U vormachen. Ich finde sie 1 a und werde bis zum Z bei ihr bleiben«, flocht ich in meine Begrüßungsrede für unsere Gäste ein.

»Und wir freuen uns, dass wir in sechs Jahren auch eine Abc-Schützin haben«, sagte ich und zeigte auf Lou, die die halbe Feier in einer Tragetasche, die man aus dem Kinderwagen herausnehmen konnte, verpennte.

»ALEX steht für A wie anbetungswürdig, für L wie meine große Liebe, für E wie elfenhaft.« An der Stelle gab es Lacher, vor allem von meiner Frau, die heute schon dreimal über die Schleppe des Kleides gestolpert war. »Und X wie Nix anderes will ich.«

Alle applaudierten, Alex nahm das Mikrofon.

»Dafür gibt es einen riesigen Markuss«, meinte sie und drückte mir einen auf den Mund.

»Ich bin sehr froh, dass mein Bett in der Silvesternacht

1999/2000 nicht leer war, als ich nach Hause kam. Es ist sowieso ein riesengroßes Glück, dass alle, die irgendwie in diese Nacht damals verstrickt waren, jetzt hier bei uns sein können.« Dabei sah sie ihren Vater an, was mich rührte.

Danach bedankte sie sich bei unseren Trauzeugen Ulrike und Daniel für ihren unermüdlichen Einsatz. Beim Wort »unermüdlich« grinsten viele, die die ganze Ulrike-Geschichte kannten. Niemals würde ich Alex erzählen, wie Ulrike mich noch am selben Abend auf unserer Hochzeitsparty aufs Herrenklo verfolgte und mir, okay im Vollrausch, ein unsittliches Angebot machte. Ich hatte sie am Arm genommen und zurück zu dem Typen aus dem Fitness-Studio gebracht, mit dem ich sie erst kürzlich verkuppelt hatte.

Wir tanzten ausgelassen, die Band machte eine Wahnsinnsstimmung. Lou verhielt sich vorbildlich, allerdings konnte ich gar nicht sagen, ob unsere Tochter überhaupt anwesend war, weil beide Omas den ganzen Abend über ihrer Betttasche hingen und das Kind verdeckten. Alex' Vater hielt auch noch eine Rede.

»Mit Herzensdingen kenne ich mich aus, wie ihr alle wisst.« Er zeigte auf den Punkt unter seiner Brust und auf seine Zigarette, die selbstverständlich glomm. Alex verdrehte leicht die Augen. »Ich hoffe, dass euer Herzschlag füreinander immer konstant ist und nie Aussetzer hat.«

Bevor Alex zu gerührt wurde und anfing zu heulen, erzählte ihr Vater die Geschichte, wie sie als Kind unbedingt den Kioskbesitzer im Freibad heiraten wollte. Die Story kannte ich noch gar nicht.

»Als ich sie fragte, wieso«, fuhr ihr Vater fort zu erzählen, dass es nur um die Süßigkeitentüten gegangen war, die der Mann verkaufte. »Da kann ich mir immer aussuchen, was ich will, wenn wir verheiratet sind«, hatte Alex als Kind argumentiert.

»Lieber Markus, ich kann dir also nur den Tipp geben, immer genügend Lakritzschnecken und Brausebonbons im Haus zu haben.«

Alex' Vater war sehr charmant und kam bei den Gästen gut an. Dies animierte auch meinen Vater, spontan eine Rede zu halten, die er sich vermutlich zwischen Theke und Strand auf die Schnelle ausgedacht hatte. Der Inhalt in Stichworten: »Anker werfen, Segel setzen, Horizont erweitern«, was man als Wolfsburger eben so von der Seefahrt wusste. Da mein Vater schon ordentlich getankt hatte, nahm ihm niemand übel, dass es nicht den Hauch einer Pointe gab. Dafür war alles, was er sagte, sehr, sehr liebevoll. Meine Mutter hatte Tränen in den Augen.

»Du bist es«, flüsterte Alex mir zu, und ich hätte glücklicher nicht sein können. Mich konnte es dann auch nicht mehr aus dem Gleichgewicht bringen, dass plötzlich auch noch Ulrike an ihr volles Glas klopfte. Sie leerte es in einem Zug. Alkoholpegelmäßig stufte ich sie ungefähr im Silvester-2000er-Bereich ein.

»Hallo Alex, und hallo mein geliebter Markus«, fing sie säuselnd an, was ich akustisch sehr gut verstehen konnte, weil ich nur ein paar Schritte entfernt stand. Meine frisch angetraute Frau hatte den Anfang glücklicherweise nicht mitbekommen.

Von weiter hinten rief sie: »Lauter, bitte!«

Alex

August 2019

Wie eine Maschine funktioniere ich. Laut und deutlich spreche ich die Kursteilnehmer an, spule mein Programm wie ein Roboter ab. Im Kopf versuche ich auszurechnen, wie viele dieser Seminare ich schon gegeben habe. Seit 15 Jahren bin ich dabei.

»Ich werde so leicht rot und schäme mich, vor vielen zu sprechen«, nuschelt die junge Frau aus Schwaben.

»Stellen Sie sich mal bitte hin«, fordere ich sie auf. Sie spricht nicht nur zu leise, sie hat auch eine sehr hohe, schrille Stimme, die direkt das Nervensystem trifft.

»Wir haben die Bruststimme und die Kopfstimme. Sie sprechen momentan eher mit der Kopfstimme«, erkläre ich und spreche dabei zu Demonstrationszwecken sehr hoch und muss prompt nach Luft schnappen. »Um tiefer und auch voller zu klingen, wäre es gut, wenn die Stimme auch in Ihrem Körper weiter nach unten rutscht.« Dabei mache ich einen auf Luciano Pavarotti.

Die Frau soll demnächst eine Führungsposition einnehmen, deswegen hat ihre Firma sie vorher zu diesem Crashkurs geschickt, denn in Zukunft wird sie Reden und Power-Point-Präsentationen vor vielen Menschen halten müssen. Momentan macht sie den Eindruck, als würde sie sich sogar vor ihrem eigenen Spiegelbild erschrecken.

»Okay«, fasse ich zusammen und versuche, freundlich zu klingen. Schließlich bin ich genau dafür da, dass sie in dem, was sie nicht so gut kann, zumindest ein wenig besser wird.

»Nur damit wir das alle verstehen: Das Herz soll nicht in die Hose rutschen, aber die Stimme in die Brust.«

Auch heute zündet der Scherz wieder. Zum gefühlt zehnmillionsten Mal. Ich bin glücklich über diesen Job, für mich ist diese Arbeit ein absoluter Traum. Ich kann mir meine Zeit frei einteilen, reise durch die Gegend, bekomme im Restaurant der Hotels leckeres Essen serviert, in dem die Schalotten garantiert nicht angebrannt sind.

»Und das mit dem Rotwerden ist kein Problem«, ermutige ich die junge Frau, deren Stimme gerade beim Übergang vom Kopf zur Brust im Nasenbereich hängen geblieben ist.

»Dann ziehen Sie sich was aufregendes Rotes an, und auf alle wirkt es so, als sei Ihr Make-up darauf abgestimmt.«

Auch damit kriege ich die Teilnehmer. Alles wirklich nette Menschen – wenn sich nur meine Gedanken nicht dauernd selbstständig machten.

Meine Stimmung ist inzwischen in einen unterirdisch tiefen Keller gesunken.

Ist das diese Midlife-Nummer, von der alle reden?

›Schlechtes Gewissen, schlechtes Gewissen‹, hämmert mir meine innere Stimme ein. Von meinen Eltern bin ich mit sehr hohen moralischen Ansprüchen erzogen worden. Im Grunde einfache Regeln: Alles, was mit Männern und Sexualität zu tun hat, ist verboten. Hätte ich mich doch nur daran gehalten, dann hätte ich nicht diese immensen Probleme.

Vielleicht hat meine miese Laune auch mit dem Wetter zu tun. Dann hätten wir doch alle Klischees beisammen: fast fünfzig und wetterfühlig.

Der Herbst ist nicht mehr golden, sondern kriecht unangenehm kühl den Rücken hinunter. Mich fröstelt.

›Du bist eine Betrügerin, eine schamlose Betrügerin‹, foltert mich meine innere Stimme.

Mein Handy blinkt. Eine Nachricht. Ob Lou etwas passiert ist?

Das ist stets mein erster Gedanke, wenn ein Krankenwagen durch die Straßen fährt, mein Handy klingelt oder ein Gewitter vorhergesagt wird.

»Reg dich ab, Mama!«, hat meine Tochter mir neulich aus Madrid gesimst. »Was soll hier schon passieren?« Obwohl die Nachricht nur geschrieben war, erahnte ich den genervten Unterton.

»Weiß man ja nie«, antwortete ich und konnte mich eines »Déjà-vu-Eindrucks« nicht erwehren. Irgendwann, vor etlichen Jahrzehnten, habe ich diese Konversation so oder so ähnlich schon einmal geführt, nur dass ich nun auf der Nervige-Eltern-Seite stehe.

Ich muss dringend die Nachricht lesen. Jetzt sofort. Seit Lou aus dem Haus ist, bin ich in ständiger Sorge. Eigentlich sollte ich durchatmen, froh sein, endlich Zeit für mich zu haben

»Ha!«, gebe ich unkontrolliert von mir.

»Wie bitte?«, fragt die Frau aus Schwaben, die immer noch brav neben ihrem Stuhl steht. Die anderen Kursteilnehmer sehen mich erwartungsvoll an. Wie lange habe ich nichts mehr gesagt? Ich könnte es nicht mit Bestimmtheit sagen.

»Ha, ich habe eine Idee: Haben Sie Lust, sich eine kleine Rede auszudenken, die Sie dann in die Kamera sprechen?«, sage ich, bemüht Seriosität auszustrahlen und wieder die Oberhand zu gewinnen.

»Am besten nur Stichworte notieren, dann klingt es lockerer.«

»Welches Thema, wie lang soll es werden? So was kann ich nicht so gut. Echt, gleich vor der Kamera?«

Die üblichen Reaktionen. Dafür werde ich bezahlt. Ich liebe die Arbeit mit den verschiedenen Menschen. Sie zu fordern und zu fördern, auf die Eigenarten ihrer Stimme, ihrer Präsentation einzugehen und dabei kein Handy vor der Nase zu haben und die Frage, ob meiner Tochter etwas passiert sein könnte. Im Horrorszenarien-Ausmalen bin ich großartig. Von Entführung, über Raub bis hin zu der Vorstellung, Lou könne in einen Gulli gestürzt sein, ist alles dabei.

Jeden Morgen google ich als erstes, ob Madrid noch steht, oder nicht zufällig von einem Blizzard oder Tsunami weggefegt wurde. Ich, die Mutter, über die alle immer sagten, sie würden bewundern, dass ich so locker mit meiner Tochter umgehe und einfach mein Ding durchziehe.

»Sie haben fünfzehn Minuten, um sich die kurze Rede auszudenken«, schließe ich den Arbeitsauftrag ab.

Als alle über ihren Zetteln brüten, greife ich flink nach meinem Handy und checke unauffällig unterm Tisch die Nachrichten.

Es sind zwei eingegangen. Eine von Markus:

»Na, wie läuft's denn so? Wann kommst du eigentlich noch mal genau wieder?«

»Ich warte auf deinem Zimmer. Wann bist du durch?« Die stammt von Christoph. Sofort melden sich Engel und Teufel auf meinen Schultern. Das schlechte Gewissen und die Lust. Die Lust, die Herbstkälte zu vertreiben.

Ich schreibe Markus eine vage Antwort, schließlich könnte es sein, dass Christoph morgen nach Ende des Seminars noch eine Nacht dranhängen will. Deshalb muss ich ein wenig flexibel formulieren, Markus zu Hause mit halbgaren Aussagen hinhalten und mir alle Eventualitäten offenhalten.

Ich starre auf Markus' Nachricht. Auf die 13 Wörter. Sie klingen müde. Nicht wie die eines leidenschaftlichen Ehemannes, der die Rückkehr seiner Frau kaum erwarten kann und schon mal das Badewasser einlassen, die Champagnerflöten füllen und die Duftkerzen entzünden will. Stattdessen klingt es eher nach einer Routine-Abfrage. So wie man fragt, ob noch genügend Mehl da ist. Aber wer soll es ihm verdenken? Schließlich empfange ich ihn auch nicht im neckischen Négligé und kämpfe nicht richtig für diese Beziehung. Ich weiß, dass ich träge bin und keine Impulse setze, Markus kein Zeichen sende, dass ich noch da bin. Dass wir noch da sind. Vielleicht ist es auch einfach zu spät. Er tut nicht viel, und ich tue noch weniger. Vielleicht spürt er auch diese Leere in sich, seit Lou weg ist. Und Markus hat noch nicht mal jemanden, mit dem er sich ablenken kann. So wie ich, fällt mir dabei wieder ein, und ich schäme mich ein bisschen.

Obwohl, woher will ich wissen, was mein Mann in der Zeit macht, in der ich in die vorgewärmten Hotellaken sinke?

Wieder blinkt mein Handy. Diesmal ist es Lou. Die gute Nachricht: Sie lebt noch. Ich muss mich wirklich zusammenreißen, immerhin ist sie achtzehn. Ich habe sie nie übermäßig betüddelt. Jetzt aber, wo sie aus dem Haus ist, merke ich, wie mir die Zeit durch die Finger geronnen ist.

»Hier alles easy«, schreibt sie und schickt ein Selfie von sich und dem Au-pair-Kind. Ich starre lange auf die Gesichtszüge der beiden. Dem von der kleinen Ana und dem meines eigenen Kindes. In dem einen erkenne ich meine Vergangenheit, in dem anderen meine Gegenwart.

Lou

September 2019

Das nehme ich in Kauf. Wenn ich Mama in regelmäßigen Abständen Fotos whatsappe, ist sie erst mal ruhiggestellt. Was macht die eigentlich auf einmal für einen Stress? So war sie sonst echt nie. So klettig irgendwie.

»Hast du Husten, hast du Schnupfen, hast du deine Tage, soll ich dir Tabletten schicken oder die Zeitung von letzter Woche?« Nervig. Sie könnte mal eine Medizin gegen Liebeskummer besorgen. Das wäre das Einzige, was ich akut brauchen könnte. Diagnose: Cem vermissen. Unheilbar.

Wir haben uns in den sieben Wochen, die ich weg bin, ein paar Nachrichten geschickt. Auf die Nummer mit dem vergessenen T-Shirt ist er nicht reingefallen, hat mich aber auch nicht blöd auflaufen lassen. Wieso er so lange nicht geantwortet hat, hat er nicht geschrieben.

Anhand seines WhatsApp-Accounts kann ich sehen, wann er das letzte Mal online war. Das gibt mir ein wenig Sicherheit. Nicht, dass ich da jetzt ständig draufglotzen würde, oder so. Nicht zu wissen, wem er schreibt, macht das allerdings alles gleich wieder zunichte. Neulich ist mir durch Zufall aufgefallen, dass er abends ganz lange online war. Irgendwann konnte ich es vor Eifersucht und Neugierde nicht mehr aushalten und habe gecheckt, wer meiner Kontakte noch aktiv war. Die einzige Person, die ebenfalls online war, war Cems Oma.

Wie kann ich mich eigentlich über meine Mutter aufregen, wenn ich selbst jeden von Cems Schritten zu kontrollieren versuche? Das darf nie jemand erfahren. Wäre ja extrem peinlich. Ich vermisse ihn wahnsinnig. Dennoch war die Entscheidung, sich zu trennen, weiterhin vernünftig und die einzig richtige. Wenn er mir nur nicht so fehlen würde. Er will auch noch ins Ausland gehen, bevor er irgendwann mit seinem Studium anfängt. Bald ist Oktober. Da geht das Semester los.

»Wohin willst du denn? Wirklich nach Neuseeland?«, hatte ich Cem gefragt, obwohl wir uns vor meinem Abflug drauf geeinigt hatten, den anderen nicht auszuquetschen, sondern jeden einfach für sich leben zu lassen. Wer hatte sich diesen Scheiß eigentlich ausgedacht? Ach ja, da fällt es mir wieder ein: ich! Und Cem ist der Einzige, der sich wirklich daran hält.

»Weiß ich noch nicht«, hatte er geantwortet. Keine Silbe mehr. Das machte mich rasend. Ich musste mich dringend ablenken.

»Qué pasa?«, frage ich die kleine Ana, die vor mir in der Sandkiste hockt und mault, weil sie ihre Schaufel nicht findet. Ich gebe ihr einen Keks. Sofort strahlt sie.

Als Ana den aufgemümmelt hat, fängt sie wieder leicht an zu quengeln. Ich habe die strikte Anweisung, das Kind nicht mit Süßigkeiten zu mästen. Deswegen überlege ich, was mein Opa in dieser Situation getan hätte. Er hätte mich auf seinen Schoß gehoben, seinen Zeigefinger leicht auf meine Brust gedrückt und wäre mit den anderen Fingern bis zum Gesicht hochgewandert.

»Kommt ein Mann die Treppe hoch …«, hätte er dabei

gesagt, dann mit dem gekrümmten Zeigefinger gegen die Stirn getippt. »... klopft an ...«, an meinem Ohr gezupft, »... klingelt.« Und danach meine Nase sanft zusammengedrückt. »Guten Tag, Herr Nasemann.«

Als ich das mit Ana mache, quietscht sie genauso begeistert auf wie ich als Kind. Das soll auch Mamas Lieblingsspiel gewesen sein, hat Opa mal erzählt.

»Nochemal, nochemal«, seien ihre Anfeuerungsrufe gewesen. Ich glaube, mein Großvater hat den Nasemann in seinem Leben fast so oft gemacht wie er sich eine Zigarette angezündet hat.

»Aiz, aiz!«, ruft Ana. Es ist der Versuch, das spanische Wort für Nase, nariz, auszusprechen.

Es klingt wie Eis. Eigentlich könnte ich mal wieder zum Palazzo-Eisladen, in dem Mama früher so gerne war. Sie hat mich angefleht, die Besitzer nicht zu fragen, ob sie sich noch an sie erinnern. Sie befürchtet wohl, dass sie das tatsächlich könnten. Nach dreißig Jahren ...

»Hola Lou, qué tal?« Jaime kommt heute am Freitag früh von der Arbeit heim, steigt aus seinem Wagen und setzt sich neben uns auf die Bank. Ana streckt ihrem Vater lachend die Ärmchen entgegen.

»Könntest du mir einen Gefallen tun?«, fragt Jaime.

»Claro!«, antworte ich und hoffe, dass es irgendwas mit Essen zu tun hat. Ich verhungere und habe schon die Hälfte der Kekse verputzt.

»Mein Onkel kommt in einer Stunde am Flughafen an. Er wohnt eigentlich auf Mallorca, jetzt ist er zu Besuch hier. War ihm zu kalt oder zu windig da, oder was weiß ich. Sehr kurzfristig angemeldete Besuche sind seine Spezialität. Ich muss oben noch etwas Dringendes erledigen und Leticia ist auch noch unterwegs. Ginge das?«

»Logo. Wie heißt er denn?«, frage ich und versuche, mir alle Familienmitglieder ins Gedächtnis zu rufen. Da kommen schon gut und gerne zwei Fußballmannschaften zusammen.

»Pedro.«

»Der Bruder von Juan?« Ich sehe sofort den leicht geöffneten Bademantel vor mir.

»Nein, ein Cousin meiner Mutter. Also so eine Art Onkel. Ich habe ihm beschrieben, wie du aussiehst. Er müsste dich erkennen. Hier ist ein Foto von ihm.«

Auf seinem Handy zeigt Juan mir das Bild eines grau melierten Mannes, der an einem Tisch sitzt und Paella isst. Sofort knurrt mein Magen wieder. Wenn ich nicht bald was zu essen kriege, dann raste ich aus, madre mía. Andere haben bei Liebeskummer keinen Appetit mehr. Das kann ich von mir leider nicht behaupten.

»Schläft er dann hier?«

»Por Dios, no!«, sagt Juan und lacht laut auf. Er wird mir immer sympathischer.

»Ich habe für ihn ein Zimmer im ›Hotel Preciados‹ in der Calle de Preciados bestellt. Gleich bei der Puerta del Sol, da kann er heute Abend von mir aus in eine Tapas-Bar. Wir sehen ihn dann morgen. Könntest du ihn bitte noch ins Hotel bringen?«

Ich nicke. Auf jeden Fall werde ich auch noch einen heimlichen Abstecher in die Tapas-Bar machen. Ich finde es cool, dass Jaime mir sein Auto anvertraut. Das scheint ihm mehr wert zu sein als sein Onkel. Den würde Jaime offenbar auch der Putzfrau anvertrauen oder einem einäugigen Taxifahrer. Aber ich weiß ja inzwischen, wie das in Spanien mit Verwandten ist. Man kann nicht mit und nicht ohne.

»Lass dir ruhig Zeit«, ermutigt mich Jaime. »Ich glaube, wir gehen heute eh nicht mehr weg.«

Ich tue unbeteiligt, meine Lebensgeister erwachen aber sofort und ich mache bereits Pläne: Nachdem ich Pedro abgesetzt habe, werde ich meine deutsche Freundin Pia anrufen und mich mit ihr verabreden. Ich habe sie im Kino kennengelernt. Wir waren beide allein unterwegs und hatten so einen Pärchen-Sitz zugewiesen bekommen. Das war für uns ein Zeichen. Der Film war stinklangweilig, unser Barbesuch danach das genaue Gegenteil. »Okay, dann zieh ich mich schnell um und fahr sofort los!«, sage ich und sprinte in die Wohnung. Jaime grinst zufrieden. Scheint sich wirklich nicht unbedingt um seinen Lieblingsonkel zu handeln. Aber schlimmer als der Typ im Bademantel kann er eigentlich nicht sein.

Über die M40 bin ich in einer guten halben Stunde in Barajas. Als ich in der Ankunftshalle warte, stelle ich fest, dass die meisten älteren Herren genau wie Pedro aussehen. Nie im Leben werde ich den erkennen. Das ist auch nicht weiter schlimm, stelle ich kurz darauf fest, denn er erkennt mich.

»Hola!«, sagt er und tippt mir auf die Schulter. Als ich mich zu ihm umdrehe, beschließe ich spontan, Pia doch nicht anzurufen und mir fällt die Kinnlade runter.

Alex

Dezember 1989

»Papa!?«

Bitte, lieber Gott, mach, dass das eine Fata Morgana ist. Es war allerdings eher eine Vater Morgana.

»Hast du dich verfahren?«, fragte ich den Mann, der vor der Sprachschule herumtigerte und nervös an seiner Zigarette zog. Den Namen der Schule und die Adresse hatte ich mal in einem Telefonat erwähnt.

»Alex, da bist du ja!«

Mein Vater warf seine Kippe auf den Boden und nahm mich fest in die Arme. Tina beobachtete dieses Schauspiel irritiert.

»Ist jemand gestorben?«, fragte ich besorgt, weil ich zwar wusste, dass mein Vater zu vielem fähig war, aber anstatt zum Tennisclub in Hamburg zu fahren, auf die Autobahn nach Madrid abzubiegen, war dann auch für ihn sehr spontan.

»Ja, Bette Davis«, antwortete er. »Aber schon vor zwei Monaten.«

»Ich dachte, du kennst nur Heino und Karel Gott?«, gab ich zurück und bezweifelte, dass dieses absurde Gespräch wirklich stattfand.

»Die leben aber noch«, klärte mich mein Vater auf. Er hatte etwas abgenommen, das stand ihm aber ganz gut.

»Na, Karel Gott sei Dank!«

Neben uns prustete jemand los.

»Das ist Tina. Wir gehen gleich zur Deutschen Schule. Zu einer Weihnachts-Aufführung.«

»Hallo!« Er schüttelte ihr die Hand. »Bis wann geht das denn? Wollen wir danach gleich los?«

Fieberhaft überlegte ich, ob mir irgendeine Info durchgerutscht war. Eigentlich hatte ich nicht vor August 1990 damit gerechnet, meinen Vater wiederzusehen. Davor hingegen wollte ich noch mindestens tausend Mal Manolo sehen. Das mit uns entwickelte sich recht gut. Neulich waren wir alle zusammen Pizza essen gewesen. Er hatte mir mit mehreren Küssen zu meinem zweiten Monat in Madrid gratuliert. Zwar nur auf die Wange, aber immerhin. Er wollte auch jetzt noch kurz hier vorbeikommen, bevor wir abends ins Kino gehen wollten.

Vor allem freute ich mich auf das Fußballspiel am 30.12. von Real Madrid im Bernabéu-Stadion, zu dem er mich einladen wollte. Ich spekulierte darauf, mit ihm Silvester zu verbringen, damit wir uns gegenseitig zwölf Weintrauben in den Mund schieben konnten.

»Und danach die Zunge«, hatte Tina auf ihre unnachahmliche Art und Weise gesagt. Mir sollte es nur recht sein. Bei all diesen aufregenden Vorstellungen hatte mein Vater eine eher untergeordnete, sprich gar keine Rolle gespielt.

»Wohin wollen wir denn?«, erkundigte ich mich vorsichtig bei ihm.

»Nach Hause natürlich, es ist doch Weihnachten. Mama schiebt schon den Puter in den Ofen.«

Ich musste im falschen Film sein. In einem Gespräch mit meiner weinenden Mutter hatten wir uns schließlich darauf geeinigt, dass ich Heiligabend nicht nach Hamburg kommen würde.

Tina und ich wollten stattdessen ganz erwachsen in

einem Restaurant in Madrid essen und danach gediegen feiern gehen. Extra für diesen Anlass hatten wir uns zwei schwarze Kleider gekauft. Zum ersten Mal über Weihnachten allein. Ich wollte auch deshalb in Madrid bleiben, damit mir hier meine Felle in Sachen Manolo nicht davonschwammen.

»Papa, ich habe mit Mama doch alles besprochen. Ich bleibe doch hier.«

»Das war doch ein Witz von dir, oder?«, gab mein Vater zurück. Er bestimmte also, was ich wie meinte und machte offenbar keine Witze. Er hatte ganz fest vor, mich heute, fünf Tage vor Heiligabend, ins Auto zu packen und nach Hause zu zerren.

»Wer soll denn sonst mit mir den Tannenbaum kaufen? Einer vorne, einer hinten.« Er kniff mich leicht in die Wange.

Ja, das alte Ritual. Einmal waren wir mit einer XXL-Tanne im Auto gefahren, deren Spitze bei minus fünf Grad weit aus dem Fenster hing. Beim Festhalten ohne Handschuhe wären mir fast die Finger abgefroren.

Ich fühlte mich in die Enge getrieben.

»Ich weiß gar nicht, ob ich schon wegkann«, nuschelte ich und bemerkte, wie Tina entrüstet die Augen aufriss. Ich knickte ein. Wieso eigentlich? Weil mein feiner Herr Vater der Meinung war, meine Meinung zähle nicht. Musste ich mich fügen? Er war zwar der Herr im Haus, allerdings in einem, in dem ich gar nicht mehr wohnte.

»Und nach Silvester kannst du dann zurückfliegen«, erklärte mein Vater, so als würde er seiner Sekretärin etwas in den Stenoblock diktieren. »Den Flug habe ich schon gebucht. Spendier ich dir!«

Sehr großzügig. Jetzt sollte ich wohl auch noch dankbar dafür sein, dass mein Vater all meine Pläne über den Haufen warf.

»Ich wollte aber zum Fußball, zu Real«, spielte ich einen weiteren Trumpf aus und wusste, dass der bei meinem Vater eigentlich stechen müsste.

»Ach!?« Er wurde hellhörig. »Wann?«

»Am 30. Dezember.«

»Das geht leider nicht, weil wir für Silvester ja den Hummer bestellt haben. Aber vielleicht gucken wir mal im Frühjahr eine Partie an.«

Okay, dies würde also nicht seine letzte Stippvisite sein.

»Die Familie hier denkt aber, dass ich die ganze Zeit über hier bin. Die brauchen mich«, spielte ich ein weiteres Ass aus. Auch wenn ich darauf noch am ehesten verzichten konnte.

»Brauchen sie nicht. Sie sind über die Feiertage gar nicht da. Habe ich alles telefonisch geklärt.«

Ob mein Vater auch noch bis zur Rente mein Leben für mich regeln würde? Bestimmt hielt er mich immer noch für ein kleines Kind, zumindest benahm er sich so.

Am meisten ärgerte ich mich über mich selbst. Weil ich nicht aufbegehrte. Stattdessen hatte ich sogar ein schlechtes Gewissen, weil es mir unangenehm gewesen wäre, wenn mein Vater das Geld für den Rückflug umsonst gezahlt hätte. Dabei war das ja indirekte Erpressung.

»Heute können wir auf gar keinen Fall los«, schmetterte ich meinem Vater entgegen und fand mich extrem mutig.

»Wir müssen zur Deutschen Schule«, fügte ich hinzu und sah, wie Tina hektisch auf ihre Uhr tippte. Wo blieb Manolo denn nur?

Conchita, unsere Lehrerin, trat vor die Tür, um zu rauchen.

»Bist du noch ein wenig hier?«, fragte ich sie. Sie nickte.

»Könntest du Manolo bitte sagen, dass ich losmusste, wir uns aber nachher vorm Kino treffen?«

»Vale«, antwortete Conchi und hob den Daumen.

Immerhin musste ich meinem Vater dann zumindest Manolo nicht vorstellen, was mir in etwa so peinlich gewesen wäre, wie beim Klauen erwischt zu werden.

»Na gut, dann bleibe ich eine Nacht und suche mir jetzt ein Hotel«, sagte mein Vater einsichtig. »Ich ruf nachher noch bei dir an und sag dir, in welchem ich übernachte. Wann bist du zu erreichen?«

Am liebsten hätte ich geschrien. Ich wusste nicht, wann ich wieder zu Hause sein würde. Und ich wollte mir auch nicht von meinem Vater, der ungeplant das Drehbuch umgeschrieben hatte, Vorschriften machen lassen.

»Kannst ja eine Nachricht hinterlassen.«

»Gut, dann bis morgen früh um zehn«, sagte er strahlend. Er freute sich offenbar wirklich darüber, mich zu sehen. So, als ob er mich sehr vermisst hätte. Dennoch war der Auftritt eine glatte Sechs. Mein Vater zwinkerte Tina und mir zu, bei näherer Betrachtung könnte er aber auch die schwarzhaarige Conchi hinter uns gemeint haben. Und das Schlimmste: Sie zwinkerte zurück.

»Nicht dein Ernst!«, fauchte Tina mich an, sobald wir außer Sichtweite waren.

»Es tut mir leid, ich wusste wirklich nicht, dass er kommt.«

»Wäre das mein Vater gewesen, ich hätte ihn einfach stehen lassen.« Das glaubte ich Tina aufs Wort, aber ich war nun mal nicht sie. Und sie hatte keine Ahnung, welches Donnerwetter mir drohte, würde ich mich widersetzen. Der Fairness halber musste ich gestehen, dass ich nicht mal genau wusste, was geschehen würde, schließlich hatte ich mich noch nie getraut, bei einer solchen Sache Widerworte zu geben.

»Mit wem soll ich denn jetzt Heiligabend feiern?« Sie hatte ja so recht. Schrecklich von mir, sie alleinzulassen. Keinem konnte ich es recht machen, am wenigsten mir selbst.

Den ›Club der toten Dichter‹ würde ich nicht ausfallen lassen. ›El club de los poetas muertos‹ wollten Manolo und ich gemeinsam im Kino ansehen.

Ein Schatten lag auf diesem Rendezvous. Immerhin würde ich ihm noch verklickern müssen, dass weder aus Fußbällen noch aus Weintrauben etwas werden würde. Wobei er von Zweiterem ja noch nicht einmal wusste.

»Das kann nicht wahr sein!«, zischte ich wenig später in der Aula der Deutschen Schule und stieß Tina in die Seite. Dabei blickte ich rechts von uns ins Publikum und fixierte einen Mann.

»Ja, süß nicht?« Tina sah verzückt zu den Kindern auf der Bühne.

»Süß trifft es jetzt nicht wirklich«, gab ich zurück. »Eher männlich. Wusstest du, dass er hier ist?«

»Jan? Ja, klar. Deswegen sind wir doch hier.« Tina sah mich an, als wäre ich gerade durch meine Hauptschul-Prüfung gefallen. Jan war der Sohn der Familie, in der sie lebte, quasi ihr Au-pair-Schützling.

»Doch nicht Jan. Bernd!«, gab ich zurück und ließ dabei den Mann in der vierten Stuhlreihe auf der anderen Seite nicht aus den Augen.

»Sag mal, Alex, hat dir das mit deinem alten Herrn jetzt so sehr zugesetzt, dass du jetzt nur noch wirres Zeug redest?«

»Guck doch!«, flüsterte ich und deutete unauffällig mit dem Kopf in Richtung meiner Entdeckung.

»Du sollst dir die Kinder ansehen.«

Die sangen gerade eine rührende Version von »Feliz Navidad«, vermischt mit »Ihr Kinderlein kommet«.

»Da sitzt Bernd Schuster!«, raunte ich. Hatte sie Tomaten auf den Augen, oder was?

»Kenn ich nicht. Ist das ein Vater?«, fragte Tina.

»Vermutlich hat er seine Kinder hier«, erklärte ich ungeduldig. Konnte es sein, dass jemand tatsächlich nicht wusste, wer Bernd Schuster war?

»Von Real Madrid. Der blonde Engel. Oder blonder Bengel. Ganz wie du willst. Astreiner Fußballer, Enfant terrible der Deutschen Nationalmannschaft. 1. FC Köln, Barcelona, jetzt Madrid.«

Meine Freundin begann ungehemmt zu gackern. »Alex, du bist echt durchgeknallt. Keine Ahnung, wer dieser Bernd ist. Aber ich kenne kein Mädchen, das sich so gut mit irgendwelchen Fußballern auskennt. Wahrscheinlich weißt du auch noch, wo er als Kind zum ersten Mal gespielt hat.«

»SV Hammerschmiede Augsburg.«

»Klar!« Tina verdrehte die Augen.

»Lass den doch da in Ruhe sitzen«, meinte sie nur.

»Tu ich ja. Mein Vater würde ausrasten vor Freude, wenn er wüsste, dass Bernd Schuster hier ist.«

»Gott bewahre, dass der jetzt auch noch hierherkommt«, meinte Tina wispernd, was uns einen bösen Blick von unserem Sitznachbarn einbrachte. »Obwohl ganz gut sieht er ja aus, dein Papa.«

Tina würde mir ewig ein Rätsel bleiben. Wie konnte man einen knapp fünfzigjährigen Mann attraktiv finden?

Nach der Aufführung drückte ich mich peinlichst lange in Bernd Schusters Nähe herum und zog dem achtjährigen Jan sehr umständlich seine Jacke an. Ich traute mich nicht, den Fußballstar anzusprechen.

»Das da ist …«, begann ich leise und zog Jans Reißverschluss hoch.

»Der Papa von David und Benjamin«, antwortete er gelangweilt, weil er den Deutschen offenbar ziemlich oft sah und das Ganze ungefähr so aufregend fand wie eine Portion Sauerkraut.

»Er hat auch schon mit uns auf dem Schulhof Fußball gespielt, er hat was drauf«, sagte Jan. »Hat uns ein bisschen trainiert.«

»Der wird bestimmt mal ein großartiger Coach!«, sagte ich mehr zu mir selbst, weil sonst sowieso keiner zuhörte.

Aufgekratzt fuhr ich zurück zu meiner Familie, packte einen Koffer für den Weihnachtsurlaub in Deutschland und warf mir das schwarze Kleid über. Das, das eigentlich für Tinas und meine wilde »Stille Nacht« gedacht gewesen war. Sollte es eben gleich im Kino zum Einsatz kommen. Wenn alles gut lief, würde ich erst im Morgengrauen zurückkehren, mir den Koffer schnappen und mit dem Bus zum Hotel meines Vaters fahren.

»Leider kann ich weder am 30.12. noch an Silvester«, würde ich Manolo erklären. So übte ich meine Rede auf dem Weg zur Plaza del Callao, wo sich das Kino befand. Danach würde ich ihm Folgendes sagen: »Alles die Schuld meines Vaters, aber du hast ja gesagt, dass Real auch noch mal am 6. Januar spielt. Und da komme ich auf jeden Fall hin. Treffpunkt vorm Stadion, wie geplant.

Und danach gehen wir zum Cibeles-Brunnen, wo Real all

seine Meisterschaften feiert und ich lade dich auf einen Drink ein.«

Hoffentlich würde Manolo das schlucken und sich über den Jahreswechsel nicht eine andere deutsche Freundin suchen, die nicht von ihrem dominanten Vater entführt worden war. Meine Gedanken überschlugen sich, meine Sorge wuchs, aber ich versuchte, mich zu beruhigen. Immerhin hatte ich den heutigen Abend, um Manolo davon zu überzeugen, dass ich die Richtige für ihn war.

Die, mit der man nach der Kinovorstellung noch romantisch durch den Parque del Retiro flanieren konnte. Dieser Park war eine Oase der Ruhe im Herzen von Madrid. In die Ruderboote auf dem kleinen See würde man nicht mehr steigen können, aber vielleicht würden wir auf einer Bank sitzen, mich würde ein wenig »frösteln«, obwohl es für deutsche Verhältnisse und für Dezember geradezu sommerlich warm war. Auf der Bank würden wir uns vielleicht den innigen Kuss geben, den ich mir in der Silvesternacht erhofft hatte. Davon könnte ich dann auf der gesamten Rückfahrt nach Hamburg zehren.

Der Plan stand.

Nur leider stand kein Manolo vor dem Kino.

Auch nach eineinhalb Stunden gab es immer noch kein Lebenszeichen von ihm. Ich Idiotin. Wieso hatte ich auch ausgerechnet Conchita die Kinonachricht überbringen lassen, die mit dem sexysten Hinterteil zwischen Madrid und Mallorca gesegnet war.

Markus

Juli 2003

Mann, hatte die Frau 'ne tolle Kiste. Ne tolle Sandkiste. Sogar mit einer Rutsche in Elefantenform. Wir saßen im Garten von Leos Mama und sahen den Kindern beim Spielen zu.

Vier weitere Mütter waren dabei. Ich hätte nicht mal sagen können, ob sie selbst einen Vornamen hatten.

»Hallo, ich bin die Mama von Marie«, hatte sich die erste lächelnd vorgestellt. Es folgten die Mamas von Benno, Ronja und Lisa.

»Hi, ich bin Markus«, hatte ich zurückgegeben und mich in einen Stuhl fallen lassen.

Unsere Gastgeberin schenkte mir aus einem Krug gekühltes Limettenwasser ein. Die Mamas von Benno, Ronja, Marie und Lisa füllten im Abstand von drei Minuten abwechselnd mein Glas auf.

An diesem Spielenachmittag nahm ich, dank der übertriebenen Fürsorge der Damen, schätzungsweise den Wasserbedarf eines gesamten Jahres zu mir.

»Nimm doch ein wenig vom Kohlrabi.«

Die Blonde im rosafarbenen Top schob mir eine Tupperdose mit frisch geschnittenem Gemüse rüber. Ich zuckte mit den Schultern und klopfte mir danach entschuldigend auf den Bauch.

»Nein, danke. Leider habe ich vorhin schon gegessen.«

Ich zwinkerte dem rosa Top zu. In Wahrheit knurrte mein Magen lauter als die altmodische Kaffeemaschine meiner Mutter. Ich sehnte mich nach Schnitzel mit Pommes.

»Ach, wie schade. Oder lieber Paprika?«

Die Grüne-Hosen-Mama fischte eine weitere Tupperdose aus ihrer Babytasche. Die war voluminöser als mein Koffer für einen zweiwöchigen Urlaub. »Gegen Paprika bin ich leider allergisch«, gab ich zurück.

»Ach, wie schade!«, meinte die mit den goldenen Ohrringen. »Ist die Lou auch allergisch dagegen?«

»Nein!«, antwortete ich und beobachtete, wie meiner zweijährigen Tochter just in diesem Moment einer ihrer Spielkameraden mit voller Wucht einen Eimer auf den Kopf hämmerte.

»Die Lou reagiert nur allergisch auf aggressive Sandkisten-Kumpel.«

Die Mama-Gruppe lachte unnatürlich laut auf. Da sich niemand als Mutter des Übeltäters outete, stand ich auf und erklärte dem Schaufel-Klopper, dass er sich gefälligst zurückhalten solle.

»Der Leo hat gerade so eine Phase, so was macht der sonst nicht!«, rief die Gastgeberin aus ihrem Sonnenstuhl herüber.

»Aua!«, heulte Lou, ich strich ihr über die Haare und suchte nach einer Beule.

»Nicht mehr! Verstanden, Leo?!«, ermahnte ich den Jungen, weil ich möglichst nicht wegen eines Schädelbruches in die Notaufnahme fahren wollte.

»Leo ist ein ganz Lieber. Der hatte bis gestern Ohrenschmerzen, da ist er dann manchmal ein wenig unausgeglichen.«

»Ja, ja, das kenn ich«, sagten das rosa Top, die grüne Hose und das blau geblümte Kleid unisono.

Innerlich schüttelte ich den Kopf. Was diese Mütter sich so vormachten, anstatt zuzugeben, dass Sohn oder Tochter verhaltensauffällig waren, steckten die Kids immer gerade in irgendeiner Phase, die alles entschuldigte, und an die direkt, ohne Pause, eine weitere Phase anknüpfte.

In der Kindergartengruppe war ich der einzige Vater, der hauptsächlich für das Kind verantwortlich war.

Alex hatte sich tatsächlich als Coach selbstständig gemacht und mich ausgiebigst dafür gelobt, dass ich sie unterstützte. Deswegen brachte meist ich Lou morgens zur Kita, ging danach in dem kleinen Waldstück eine Runde joggen, duschte, setzte mich an den Schreibtisch, erledigte meinen Job für VW von zu Hause aus und holte Lou gegen 14 Uhr wieder ab.

Wir kauften zusammen ein, danach malten wir Zettel, Teppiche und Tapeten voll, warfen Bälle und Kissen und aßen mein selbstgekochtes Abendbrot, das ausgewogen war, aber dennoch nur selten aus Kohlrabi bestand. Manchmal teilten wir uns auch einen dicken Döner-Teller.

Am meisten freuten wir uns, wenn Alex von ihren Geschäftsreisen zurückkam und ihr sternereifes Risotto kochte. Momentan war meine Frau gerade vier Tage lang in München. Sie hatte so gestrahlt, als sie dieses Projekt angefangen hatte, dass mein Herz allein schon angesichts ihrer Freude aufgegangen war.

»Danke, das ist unser beider Verdienst«, hatte sie geflüstert. »Immerhin hast du mich erst dazu gebracht. Wir sind das beste Team zwischen Eppendorf und Elfenbeinküste.« Diese Doppelpartnerin war ein Geschenk, auch wenn ich nun häufiger solo unterwegs war.

»Und die Lou wächst dann quasi ohne die Mama auf?«, wagte sich die Frau im blau geblümten Kleid an das heikle

Thema. Sie blinzelte gegen die Sonne. Ich fragte mich, wieso sie die Sonnenbrille in die Haare schob und nicht aufsetzte? Es blendete ganz schön.

»Na ja, nicht so ganz«, gab ich zurück. »Manchmal hilft mir auch meine Exfreundin oder eine achtzehnjährige brasilianische Babysitterin!«

Natürlich war das kompletter Humbug, aber allein für den Blick der Tupper-Tanten lohnte sich diese überzogene, an den langen, seidigen schwarzen Haaren herbeigezogene Story.

»War nur Quatsch. Meine Frau ist beruflich viel unterwegs, in der Zeit kümmere ich mich«, klärte ich auf.

Erstaunlicherweise waren die Damen erst still, warfen sich dann bedeutungsvolle Blicke zu und klimperten danach mitleidig mit den Wimpern.

»Falls du mal Unterstützung brauchst, mich kannst du gern immer anrufen«, bot die Hausherrin an. Sie gab mir ihre Handynummer, die ich unter »Mama Leo« in meinem Telefon abspeicherte.

»Also, du kannst dienstags natürlich auch mit uns zum Kinder-Yoga. Da gibt es auch ein ganz schönes Café.«

Schon hatte ich die nächste Nummer. Da musste ich gar keine komplizierten Tricks anwenden, wie beispielsweise einer hübschen Frau absichtlich einen Kratzer in die Stoßstange zu fahren. Die Telefonnummern flogen mir nur so zu. Ich bildete mir wirklich nicht sonderlich viel auf mein Aussehen ein, auch war ich nicht der Meinung, dass mein Charme dermaßen umwerfend war. Hier in diesem Garten neben der Sandkiste merkte ich aber, dass es offenbar reichte, als Vater allein mit seinem Kind unterwegs zu sein, um die Hormone einiger Mütter in Wallung zu bringen. Ich vermutete, ich hätte auch einen Bierbauch oder einen Wasserkopf haben können. Sie hätten trotzdem angebissen.

»Wir gehen schon zum Kinderschwimmen«, erzählte ich. »Aber mal sehen, Lou hat ein paar Yoga-Asanas ja schon drauf.«

Ich deutete auf meine Tochter, die sich im Sand über Leo gebeugt, einen Fuß auf Ronja abgestellt hatte und mit der ausgestreckten Hand nach Maries Schaufel griff.

»Die Süße. Bestimmt toll, den ganzen Tag mit so einem lustigen Vater unterwegs zu sein«, meinte Leos Mama. »Mein Mann arbeitet ja sehr, sehr viel.«

»So einer von der Sorte, der, wenn er von der Arbeit nach Hause kommt, das Mädchen im Garten fragt, wer es ist?«, sagte ich.

Es war bitter, aber alle lachten über diesen vor Klischees nur so triefenden Witz.

Als mein Glas zum 15. Mal aufgefüllt wurde, klingelte mein Handy. Ich hoffte, dass es Alex war, weil ich sie vermisste und gern abends im Bett mit ihr über die Mütter gelästert hätte. Nicht fies, einfach nur die Situation erzählen, schön übertreiben, versteht sich, und sich dann als verschworenes Team darüber freuen, dass wir beide so gaaanz anders waren als alle anderen Eltern. Auch, wenn es vielleicht gar nicht so war, und sich zeitgleich ein anderes Paar, ein paar Wohnungen und Betten weiter, vermutlich zeitgleich über uns beömmelte.

»Hallo, hier ist Ulrike!«, hörte ich die bekannte Stimme der besten Freundin meiner Frau.

»Hey, wie geht's?«

»Och, könnte besser, weißte ja«, gab sie zurück. »Und bei dir? Hast du alles im Griff?«

Ulrike schien eine Excel-Liste mit Alex' Auswärtsterminen erstellt zu haben. Jedes Mal, wenn meine Frau beruflich in einer anderen Stadt war, rief Ulrike spätestens nach einem Tag an und erkundigte sich beiläufig nach meinem Befinden.

»Logo. Hier läuft alles bestens.« Ich griff nach dem Glas und nahm einen großen Schluck Limonenwasser.

»Soll ich euch mal was kochen?« Ulrike kam schnell zur Sache. Es war mir ein Rätsel, was sie an mir fand. Ob es noch immer die Schmach war, dass nicht sie, sondern ihre Freundin Alex damals das Rennen gemacht hatte? Dabei sah ich es ja ganz anders. Ich hatte das Rennen gemacht, hatte meinen Jackpot gewonnen: Alex.

»Heute Abend wärmen wir uns eine Suppe auf. Hat Alex in den Kühlschrank gestellt.«

»Ach, diese Gemüsesuppe. Die hat sie schon vor zehn Jahren gekocht …« Der Rest des Satzes hing in der Luft, und ich bildete mir ein, dass sie folgenden Zusatz verschluckte: Die Suppe schmeckte schon damals nicht.

Alex würde vermutlich explodieren, wenn sie wüsste, dass ihre Freundin so über ihre Kochkünste redete und vor allem, dass Ulrike mich gefühlt noch häufiger anrief, als ich Limonenwasser nachgeschenkt bekam.

»Wir können uns ja bald mal wieder treffen, wenn Alex zurück ist«, schlug ich vor. »Wie geht's denn Adrian?«

»Hmm!«, gab Ulrike zurück. »Hmm« stand für: Es hat schon wieder nicht geklappt, er hat sich getrennt, nachdem ich seine Unterhosen gebügelt habe, ich habe es aber nur gut gemeint, und ihn hat's genervt, und im Grunde habe *ich* mich getrennt, weil das sowieso nicht gut gehen konnte, und ich finde eh nie einen, mich will keiner, dabei gebe ich mir solche Mühe.

»Das tut mir leid. Hast du Lust, am Wochenende vorbeizukommen?«, versuchte ich Ulrike zu trösten. Sie war zwar irgendwie etwas überdreht, schräg, laut und anhänglich, aber immerhin war sie die beste Freundin meiner Frau und meine Silvester-Retterin.

Irgendwie mochte ich sie, wenn auch am liebsten mit mindestens zwei Armlängen Abstand zwischen uns.

»Okay, gern. Ich bringe Guacamole mit.«

»Ah, doch ein neuer Freund?«

Sie tat mir den Gefallen und lachte auch darüber.

Ein wenig rührte sie mich. Für Ulrike war Guacamole in etwa das, was für andere in Stresssituationen eine Packung Zigaretten war, vier Kugeln Eis oder drei Zentner Schokolade.

»Prima!«

»Soll ich die Guacamole heute schon mal bei dir vorbereiten?«, fügte sie noch hinzu, aber ich überhörte den Vorschlag einfach.

Nachdem ich mich von allen »Mamas von« im Garten verabschiedet hatte, schob ich meine Lou im Kinderwagen nach Hause.

»Papa, da Haus. Papa, da Auto. Papa, da Ball. Papa, da Plume.«

Auf unserem Heimweg zitierte die Kleine fast den gesamten Brockhaus. Ich war irre stolz auf sie und konnte mich an dem kleinen, wippenden Etwas kaum sattsehen. Ich hatte ihr einen winzigen Zopf gemacht, der vorwitzig auf und ab hüpfte. Vor unserem Haus blieben wir stehen. Den Kinderwagen stellte ich im Erdgeschoss ab. Lou reckte mir ihre Arme entgegen. Ich stieg die ersten Stufen hoch.

»Kommt ein Mann die Treppe rauf …«, begann ich ein Spiel, das ich mir von meinem Schwiegervater abgeschaut hatte. Bei »klopft an, klingelt« im ersten Stock, öffnete sich wie auf Kommando eine Wohnungstür und Beate Hoffmann trat in den Hausflur.

»Ach, hallo, Herr Brandner. Was für ein Zufall.«

»Frau Hoffmann, na so was!«, antwortete ich und ließ den Griff um Lou etwas lockerer, wodurch sie leicht runterrutschte.

»Hopsala, hab viel zu schleppen, muss schnell hoch«, sagte ich entschuldigend.

»Wo ich Sie gerade hier so treffe«, meinte Beate Hoffmann noch, die garantiert die vergangenen Stunden in Fensternähe verbracht hatte. Vielleicht wechselte sie sich auch mit ihrer Mutter ab. Wie auch immer, ich würde sogar mehr Miete zahlen, wenn es dafür einen Fahrstuhl in diesem Haus gegeben und ich nicht mehr an dieser Wohnungstür vorbeigemusst hätte. Manchmal stellte ich mir vor, wie Beate Hoffmann direkt hinter ihrer Wohnungstür in Mantel und Schuhen auf der Lauer lag, um dann im richtigen Moment ihre Tür aufzureißen. Es klang vielleicht lächerlich, aber bei unserer verschrobenen Nachbarin lag das durchaus im Bereich des Möglichen.

»Soll ich Ihnen nicht was kochen, wenn Ihre Frau mal wieder nicht da ist. Das muss ja unglaublich anstrengend sein für Sie, mit dem Kind und allem.«

Sie klang so, als wäre meine Frau nach Sibirien ausgewandert und hätte mich mit Fünflingen sitzen gelassen.

»Königsberger Klopse?«, versuchte sie mir den Mund wässrig zu machen.

»Nein, danke, wir haben Suppe!« Demonstrativ stieg ich auf die nächste Stufe.

»Suppe!?«, stieß Frau Hoffmann geradezu verächtlich aus. Was hatten die nur alle gegen Alex' Suppe einzuwenden? Die schmeckte super.

»Oder wie wär's mit Gulasch?«

»Auch nicht, sehr nett, aber wir haben alles.«

Lou zappelte auf meinem Arm. »Papa, da Oma!«, rief sie, was unfair war, weil Beate Hoffmann zwar älter aussah als das Jugendstilhaus, in dem wir lebten, aber doch jünger war als Königin Silvia.

»Ich könnte sonst auch mal ihre Hemden bügeln oder was ausbessern und nähen für Sie«, rief sie mir hinterher.

Gott bewahre. An meine Kleidung würde ich Beate Hoffmann garantiert nicht ranlassen. Mit Nadel und Faden. Das fehlte noch. Auf keinen Fall, dachte ich und hoffte inständig, dass ich niemals auf diese Hilfe angewiesen sein würde.

Während Lou und ich die leckere Suppe auslöffelten, die Alex uns eingebrockt hatte, überschlug ich, dass ich heute drei Essensangebote ausgeschlagen hatte. Würde ich all die Einladungen annehmen, wäre ich bald kugelrund.

»Wie schmeckt die Suppe?«, fragte Alex kurz darauf fröhlich, als sie uns anrief.

»Hervorragend, waren alle ganz neidisch drauf.«

»Was habt ihr denn gemacht, gab's irgendwas Besonderes?«

Ich dachte an die Mamas von Leo, Ronja, Marie, Benno und Lisa, an Ulrike sowie Beate Hoffmann und sagte: »Nö, nix Besonderes, alles wie immer!«

Lou

Oktober 2019

»Cem!?«

Ich hasse banale Sätze. Angenommen, jemand vertraut mir beispielsweise seine Sorgen und Nöte an: Vater Krebs, Mutter Alzheimer, Schwester Prostituierte, Job gekündigt, Hund überfahren, Nutellaglas leer, Wasserrohrbruch, Nichte gemobbt, Lieblingsverein kurz vorm Abstieg. Wenn man dann nichts Besseres zu sagen weiß als: »Ja, ist alles nicht so leicht, nicht!?«, dann ist das nicht sonderlich mitfühlend und zudem einfallslos. Man könnte sich wenigstens bemühen zu helfen, indem man erwähnt, dass es bei Aldi Nutella gerade im Angebot gibt. Wie auch immer. Deswegen würde ich in entscheidenden Momenten niemals Banalitäten von mir geben. Dachte ich.

»Was machst du denn hier?« ist die kläglichste Bemerkung, die mir einfällt, als Cem am Flughafen von Madrid vor mir steht.

»Mir war so kalt«, erwidert er schief grinsend.

»Ja, stimmt«, gebe ich dümmlich zurück. »Hier ist es wärmer als in Hamburg.«

»Ich brauche aber gar nicht die spanische Sonne. Ich meinte, dass ich mein T-Shirt brauche.« Cem sieht mich aus seinen dunklen Augen so herzerweichend an. Der Blick hat mich schon in der 5. Klasse gekillt. Offenbar scheint er auch meine Synapsen außer Gefecht zu setzen.

»Ich habe kein T-Shirt mehr von dir«, erkläre ich ihm. »Egal«, meint Cem und wischt meine Bemerkung mit einer Handbewegung weg. Langsam erinnere ich mich daran, dass das ja meine Finte gewesen war, die Sache mit dem angeblich vergessenen T-Shirt. Ich bin wirklich nicht auf der Höhe …

»Ich wollte das T-Shirt sowieso nicht lange anlassen«, sagt Cem und versucht weiter, mich endlich auf die richtige Spur zu bringen. Dass er meinetwegen in Madrid sein könnte, ist bei mir noch nicht in das Verarbeitungszentrum meines Hirns vorgedrungen.

»Oh, ach so!«

»Hättest du vielleicht Lust, mir dabei zu helfen?«

Cem sieht mich leicht belustigt an, weil ich ihn nur wie ein Ölgötze anstarre.

»Ja, wirklich gern, aber ich kann nicht. Also, noch nicht. Ich muss den Onkel meines Gastvaters hier abholen.«

»Pedro?«, fragt Cem, was ich merkwürdig finde, schließlich kennt er weder meinen Gastvater noch dessen Onkel.

Eine innere Stimme sagt mir, dass ich gedanklich gerade in Zeitlupe unterwegs bin. Meine an und für sich recht schnelle Auffassungsgabe hat sich eine kleine Auszeit genommen.

»Genau, Pedro. Woher weißt du das?« Ich straffe die Schultern und versuche, wieder einigermaßen zurechnungsfähig zu wirken. Da steht der Mann meiner Träume mit dem ich so viele Dinge zum ersten Mal erlebt habe: eine 6 in Mathe, einen Lehrer von der Schule ekeln, Alkohol trinken, rauchen, behaupten, ich würde bei meiner Freundin übernachten, schwänzen, Sex haben (so richtig). Von dem ich mich getrennt habe, weil ich dachte, es sei vernünftiger für uns beide. Und zack, steht er vor mir und erzählt mir was von verlorenen T-Shirts.

»Weil ich Pedro bin«, sagt Cem und versucht weiter, mein Brett vor dem Kopf durchzusägen. Ich schaue wie ein Eichhörnchen, dem ein lilafarbener Nasenbär die Eicheln gemopst hat.

»Mann, Lou, jetzt wach mal auf.«

Cem lacht so herrlich, dieses Lachen, wenn seine rechte Augenbraue so zuckt und das kleine Grübchen vorwitzig aufblitzt. Wie ich all das vermisst habe.

Aufwachen!

»Das hast du mit Jaime zusammen eingefädelt?«, frage ich.

»Na endlich, da ist sie ja wieder«, bemerkt Cem und streicht mir eine braune Haarsträhne aus dem Gesicht.

»Wie hast du das gemacht?«

»Nicht nur du kannst Spanier über Facebook anschreiben«, sagt mein Exfreund, also im Herzen eigentlich immer noch Freund.

»Wie habt ihr euch denn verständigt?«, will ich wissen.

»Sein Englisch ist ungefähr so gut wie mein Chinesisch«, erklärt Cem grinsend. »Aber es ging, wie du siehst.«

Um ganz sicherzugehen, frage ich noch einmal dümmlich nach: »Also, Pedro kommt jetzt nicht?«

»Nein, der kommt nicht. Nur Tío Cem. Und du hast ein paar Tage frei. Das Einzige, was stimmt, ist, dass wir in dem coolen Hotel wohnen. Komm!«

Er schultert seine Reisetasche, nimmt meine Hand, schaut mich fragend an, weil er nicht weiß, in welche Richtung wir gehen müssen.

»Ich hab dich vermisst, Lou. Machen wir nicht noch mal, diese Schlussmach-Sache, okay?!«

»Okay!«, antworte ich nur und freue mich irrsinnig.

Es stellt sich heraus, dass meine Eltern, Jaime und Cems Eltern zusammengelegt haben, um uns ein paar Nächte in einem tollen Hotel zu spendieren.

Im Zimmer schaue ich verliebt zu, wie Cem sich etwas Leichteres anzieht. Danach zeige ich ihm meine Stadt.

»Pimientos del Padrón, richtig?« Cem versucht, die Tapasnamen von der Speisekarte in der Bodega vorzulesen.

Wir sitzen an einem der typischen kleinen, runden Tische vor der »Tinto y Tapas Bar« an der Calle de Almadén. Auf dem Tisch steht eine Blechbüchse, in der Papierservietten stecken, die dünner sind als Alicia aus unserem Abitur-Jahrgang. Und die war echt magersüchtig.

Daneben stecken Zahnstocher. Die Spanier mögen's handfest und unkompliziert. Kein Chichi, das gefällt mir sehr.

»Ja, das sind kleine, grüne gebratene Paprika aus Padrón; eine Provinz in Coruña ist das. Sehr lecker. Mit groben Salzkörnern.«

»Klingt gut. Teilen wir uns das?«

»Ja, gerne«, sage ich. »Wir müssen aber viel mehr nehmen. Mindestens fünf kleine Teller, sonst wird man nicht satt«, erkläre ich.

»Pro Person bestimmt, oder?«

»Klar!«

»Freut mich, dass du so einen Appetit hast«, sagt Cem. »Du hast ein bisschen abgenommen, oder?«

»Äh, kann sein!«, erwidere ich, freue mich aber nicht darüber, denn ich weiß ja, wieso ich abgenommen habe. Liebeskummer ist eine verdammt gute Diät. Dabei habe ich ja sogar gegessen.

»Ja, aber erstaunlicherweise ist der Appetit heute komplett zurückgekehrt.«

»Wie praktisch«, findet Cem, küsst mich auf die Wange und trinkt einen Schluck San Miguel.

»Wollen wir noch ein kleines Stück Tortilla nehmen?«

»Klar, such du aus. Ich bin rundum zufrieden.«

»Gut«, sage ich lächelnd und bestelle für uns. »Dann noch Patatas bravas, Jamón Serrano, Aceitunas, Croquetas, Pescaíto frito, Pan con tomate und Albóndigas.«

»Okay, da hat jemand offenbar seit einem Monat keine feste Nahrung mehr zu sich genommen«, merkt Cem amüsiert an, als der Kellner alles notiert hat.

»Du sollst eben alles probieren«, erkläre ich.

Kurze Zeit später stehen gebratene Kartoffeln mit Aioli auf dem Tisch, dazu Tomatenbrot, frittierte Fischlein, Hackbällchen in Tomatensoße, Kroketten, Serrano-Schinken, Oliven und ein Stück Tortilla.

»Na dann, lass es dir schmecken!« Cem greift sich eine Olive und führt ein Hackbällchen zum Mund. Er sieht verführerisch aus, lässig und lustig. Einer der Gründe, weshalb ich mich in ihn verliebt habe.

Ich schiebe mir gleichzeitig zwei Scheiben Serranoschinken und ein Stück Tortilla in den Mund. Cem tropft Tomatensoße auf die Hose. Keiner der Leute an den Nebentischen schaut pikiert zu uns rüber. Sie genießen selbst Rotwein und ihre Tapas.

»Die essen hier immer erst ganz spät«, erkläre ich. »Das ist quasi die Vorspeise.«

»Ich glaube, ich vertrag nachher nur noch einen Nachtisch«, meint Cem bestimmt.

»Ah. Crema Catalana ist super.« Ich schnappe mir die Speisekarte, noch bevor wir überhaupt die Hälfte der Tapas verputzt haben.

»Glaub ich dir. Aber das meinte ich gar nicht mit dem Nachtisch.«

Diesmal stehe ich nicht so auf dem Schlauch, wie noch vorhin am Flughafen. Ich sehe Cem verschmitzt an und stelle fest, dass er sich auch freut, die alte Lou wiederzuhaben.

Christoph

1977

Meine Freunde haben mich ausgelacht. Weil ich auch Mädchen zu meinem zwölften Geburtstag eingeladen habe.

»Was wollen die denn hier, igitt! Und total jung«, meinte Robert, verzog erst den Mund und stopfte sich dann ein Stück »Kalter Hund« hinein. Was er dachte, war mir egal.

Sie wussten ja nicht, wieso fünf Mädchen auf meiner Feier beim Kusskriegen rumtobten. Die anderen waren nur Statisten. Es war alles wegen Monika. Damit sie nicht ganz allein auf meiner Feier wäre, hatte ich noch ein paar andere Mädchen aus meiner Klasse eingeladen. Mein Plan war allerdings nicht ganz aufgegangen. Monika war nämlich verschwunden. Na klar, sie war erst neun, wohnte ein paar Häuser weiter und hatte vielleicht Angst vor dem Kusskriegen und all meinen polterigen Freunden. Von Jörg, dem ständig die Nase triefte, würde ich mich als Mädchen auch nicht fangen lassen wollen.

»Ohhh, Mist, du bist so schnell, Christoph. Mann. Na gut, dann küss mich eben.«

Sabine, die eigentlich eine der Schnellsten aus unserer Klasse war, hatte sich bereits zum dritten Mal erwischen lassen. Erst tat sie ganz entrüstet, nachher küsste sie mich aber mehr als ich sie. Verstehe einer die Mädchen.

Verunsichert blickte ich mich im Garten um, von Monika keine Spur.

»Leute, alle auf Regine!«, hörte ich Jörg rufen, woraufhin ein tumultartiges Gekreische ausbrach. Die Chance nutzte ich und verdrückte mich ins Haus.

Ich ging an meinem Geburtstagstisch vorbei. Zwei »Was-ist-Was«-Bücher, ein Fußball, Slimey und zwei Kinogutscheine. Für »Bernard und Bianca, die Mäusepolizei«. Eigentlich Babykram. Aber das Geschenk kam von Monika. Darüber hatte ich mich riesig gefreut, ich zermarterte mir aber gleichzeitig auch mein Hirn. Wollte sie damit sagen, dass wir uns den Film gemeinsam ansehen sollten? Und war es überhaupt okay, als jetzt Zwölfjähriger mit einer Neunjährigen ins Kino zu gehen? Sie hatte bald Geburtstag und würde zehn werden, dann wäre es gewiss etwas anderes.

Denn Monika war das Mädchen, das ich eines Tages heiraten würde. Das hatte ich auch meiner Mutter so mitgeteilt. Seit ich Monika das erste Mal in ihrer beigen Cordhose auf ihrem roten Fahrrad durch unsere Straße hatte flitzen sehen, sie bei meinem Anblick vom Rad gestürzt war, sich die Knie aufgeschlagen, aber nicht geheult hatte. Seitdem wusste ich, dass Monika die Frau fürs Leben war. Und nicht Sabine. Obwohl die schon viel weiter war, also irgendwie richtig erwachsen. Und küssen konnte.

»Na, wer ist denn da?«

Meine Mutter rief aus der Küche. Dort saß sie mit Monika in unserer gemütlichen Essecke. Monika trank Kakao, vor ihr stand ein Teller mit einem Stück »Kaltem Hund«, meinem Lieblingskuchen.

»Hast du keine Lust mehr?«, fragte ich vorsichtig nach. Mama lächelte mich an.

»Doch, schon!«, sagte Monika. Sie trug eine Jeans mit einem Herzflicken auf einem Knie. »Ich wollte aber unbedingt schon was von dem Kuchen. Nicht, dass Sabine da auch am meisten abbekommt.« Sie lachte mich keck an.

Ihr blondes Haar sah verstrubbelt aus, nicht wie bei den Püppchen aus meiner Klasse. Sabine war neulich mit Lippenstift in die Klasse gekommen, hatte Robert behauptet. Irgendjemand glaubte, es komme von den Leckmuscheln vom Süßigkeitenladen. Monika hingegen war wie sie war. Ohne Lippenstift und so 'nen Kram. Ich freute mich schon drauf, wenn sie nach den Sommerferien auf meine Schule käme. Aufs Gymnasium, momentan ging sie noch in die vierte Klasse. Ich war schon in der siebten.

»Musst dich ranhalten, wenn du noch was vom Besten abhaben willst«, sagte auch Mama belustigt.

»Besser Kalter Hund als gar kein Haustier«, setzte Monika einen drauf. Wir lachten. Offenbar hatte sie den Tod ihres Hamsters Fridolin überwunden.

»Eigentlich hätte ich heute Training gehabt, ich wollte aber zu dir!«, sagte Monika und hielt mir ihren Becher Kakao hin. »Willste was abhaben?«

Ich trank aus ihrem Becher und fand, dass das ein toller Geburtstag war.

Auch Monika summte vor sich hin. Sie liebte Musik und erzählte immer, dass sie mal in die Arena di Verona in Italien wollte, um sich dort ›Carmen‹ anzusehen. Also, so eine Oper. Dass sie den Namen überhaupt kannte. Mit neun Jahren! Ich hatte keine Ahnung, wo diese Arena war. Kannte mich mehr mit anderen Arenen aus, wie dem Volksparkstadion vom HSV.

»Wenn ich Monika geheiratet habe, fahren wir in den Flitterwochen nach Verona in eine Arena«, hatte ich meinen Eltern eines Tages erklärt. Beide lächelten und fanden das eine super Idee.

»Danke für das Geburtstagsgeschenk«, sagte ich zu Monika.

»Magst du ›Bernard und Bianca‹? Ich hab's schon gesehen, würde aber am liebsten noch mal hin!«, meinte Monika und lächelte mich an. Das fand ich sehr mutig. Ich weiß nicht, ob ich mich mit neun Jahren schon getraut hätte, so direkt so etwas anzusprechen. Auch mit zwölf noch nicht. ›Bernard und Bianca‹ war was für Kinder, hatte Jörg neulich geschimpft. Ehrlich gesagt, würde ich auch viel lieber in den neuen James Bond mit Roger Moore: ›Der Spion, der mich liebte.‹ Davon sprachen alle Jungs in meiner Klasse. Der musste klasse sein. Action, Schießereien und Frauen, die toll aussahen, aber irgendwie gar keine Aufgabe im Film hatten.

Ich würde mich zum Gespött der Schule machen, wenn ich zugäbe, dass ich mit einer Neunjährigen in ›Bernard und Bianca‹ gehe. Ich mopste mir etwas von dem leckeren Kuchen auf Monikas Teller. Sie schob ihn sofort näher zu mir hin. Dann schielte ich kurz zu meiner Mutter, die nahezu unmerklich nickte.

»Wollen wir zusammen in ›Bernard und Bianca‹ gehen?«, fragte ich Monika. »Den wollte ich schon die ganze Zeit sehen.«

Monika nickte und strahlte. »Und wenn der uns zu langweilig ist, gehen wir einfach in den James Bond!«

Kurz darauf waren wir zurück im Garten und Monika ließ sich von mir fangen.

Alex

6. Januar 1990

Endlich war ich wieder zurück. Die Weihnachts- und Silvestertage in Hamburg waren die reinste Tortur gewesen. Papa hatte die ganze Fahrt von Madrid nach Deutschland gequalmt und geredet. So schwülstigen Kram, was ihm unsere Familie bedeutet und anderes Gefühls-Blabla. Und ich war mit meinen Gedanken nur bei Manolo gewesen. Der nicht zum Kino gekommen war, und den ich danach auch nicht mehr getroffen hatte. Ich war zu seiner Wohnung gegangen und hatte einen Zettel in seinen Briefkasten geworfen. Mit tausend Erklärungen und dem Hinweis, dass ich auf jeden Fall am 6. Januar mit ihm zum Fußballspiel von Real gehen würde.

»Hast du Manolo gesagt, dass ich zum Fußball komme?«, fragte ich Tina halb keuchend, als ich sie endlich am Telefon hatte. Kaum hatte ich meine Tasche in meinem Zimmer abgestellt, hatte ich mich in die Küche geschlichen und das Telefon benutzt. Das war gewagt, schließlich war heute »Dreikönigstag«, für die Spanier noch viel wichtiger als Weihnachten. An diesem Tag gab es die Geschenke. Das hieß aber auch, dass die ganze Familie jede Sekunde nach Hause kommen und ich auffliegen konnte. Wegen unerlaubten Benutzens des Telefons.

Ich war ganz froh, dass niemand da war. So konnte ich

mich besser auf mein Vorhaben konzentrieren: Manolo zurückgewinnen!

»Alex, ich habe ihn gar nicht gesehen, ich war die ganze Zeit hier mit meiner Familie unterwegs«, erklärte Tina und klang noch ein wenig beleidigt. »Du warst ja nicht da!«

»Ja, ich weiß, es tut mir auch leid. Glaub mir, es war echt nervig zu Hause. Ich habe die ganze Zeit nur an euch gedacht.«

»Also an mich hast du gedacht?«, fragte Tina und ich hörte, wie sie schon wieder verschmitzt grinste. Richtig sauer war sie also nicht mehr. »Gib's doch zu, du hast nur an Manolo gedacht.«

Ich seufzte. »Ja, du hast ja recht. Hast du was von ihm gehört?«

»Nein, wir sind zu irgendwelchen Verwandten außerhalb von Madrid gefahren.«

Stöhnend schlug ich meinen Kopf gegen die Küchenwand.

»Sag mal, hast du hier jeden Tag dreimal angerufen?«, fragte Tina. »Die Putzfrau hat einen Zettel hingelegt.«

»Ich? Nein. Wieso?«

Sowohl Tina als auch ich wussten, dass natürlich ich es gewesen war, die das Telefon von Tinas Gastfamilie gefoltert hatte. Freundlicherweise erwähnte sie es nicht wieder.

Bei Manolo hatte ich über die Feiertage nämlich niemanden erreicht. Als wäre er verschollen. Auch heute nahm niemand den Hörer in seiner Wohnung ab. Es war zum wahnsinnig werden.

»Hoffentlich hat er meine Nachricht bekommen.«

»Bestimmt!«, sagte Tina ermutigend. »Vielleicht musste er auch mit seiner Familie irgendwo nach jwd fahren. Er kommt auf jeden Fall nachher ans Stadion. Du hast doch sogar den Treffpunkt aufgeschrieben, oder?«

Tina war eine gute Freundin. Rund zehnmal hatte ich ihr den Inhalt meines Briefes an Manolo wiedergegeben. Sie hatte mit mir alles analysiert, wieder und wieder. Auch die Möglichkeit erörtert, dass jemand aus Manolos WG den Zettel einfach weggeworfen haben könnte, weil der handschriftliche, abgerissene Karo-Zettel wie eine Einkaufsliste aussah.

»Soll ich mal bei Conchi anrufen?«, fragte ich plötzlich.

»Weil du glaubst, dass er bei ihr ist?«

»Immerhin habe ich ihr an dem Tag gesagt, sie soll ihm Bescheid geben. Vielleicht haben die beiden sich da verknallt.«

Tina seufzte.

»Die kennen sich doch schon lange. Er ist viel zu jung für sie. Die kann doch ganz andere Kaliber kriegen«, meinte Tina.

»Was soll das denn bedeuten?«, fragte ich gekränkt. »Dass Manolo zweite Wahl ist?«

»Nein, natürlich nicht. Herrje. So kenn ich dich ja gar nicht. Du bist doch sonst immer so ruhig und vernünftig und jetzt auf einmal so eine Aufregung.«

»Ich mag ihn echt sehr!«, erklärte ich und Tina lachte.

»Merkt man gar nicht. Alex, ich muss mich hier um diese Dreikönigsnummer mit den Geschenken kümmern. Geh du einfach nachher zu dem Spiel. Da ist er dann bestimmt. Mucha suerte, viel Glück!«

Ich legte auf, lehnte mich gegen die Wand und atmete tief durch.

Ich musste mich tatsächlich etwas beruhigen, schick, dennoch sportlich anziehen, um mich dann später auf den Weg zum Bernabéu-Stadion zu machen, wo Manolo vorm Kassenhäuschen auf mich warten und alles gut werden würde.

Mir wurde schlecht. Von Manolo war ein paar Stunden später weit und breit nichts zu sehen. Die Tränen schossen mir in die Augen, weil meine schlimmsten Befürchtungen wahr wurden. Manolo hatte mich schlicht und einfach aus seinem Gedächtnis radiert. Natürlich hatte er sich in den Weihnachtsferien eine andere gesucht. Genügend Material war ja vorhanden, dachte ich wütend, vor allem aber war ich traurig. Er wollte mich einfach nicht. Kein Happy End.

»Alex?« Hinter mir hörte ich eine Stimme, schöpfte kurz Hoffnung, wusste aber schon beim Umdrehen, dass sich mein Wunsch nicht erfüllen würde. Anstelle von Manolo stand Juan hinter mir. Mein Gastvater trug einen Real-Madrid-Schal um den Hals. Normalerweise redete er so gut wie gar nicht mit mir. Abgesehen von der ominösen Autofahrt, als er mich zur Sprachschule gebracht hatte.

»Hola!«, sagte ich schlapp, wischte mir schnell über die Augen und hoffte inständig, dass kein Kajal verschmiert war und Juan nicht merken würde, dass ich geheult hatte.

»Bist du schon aus Hamburg zurück? Wir haben erst übermorgen mit dir gerechnet.«

Ich war überrumpelt. Mich erstaunten zwei Dinge. Erstens, dass Juan überhaupt wusste, dass ich in Hamburg lebte. Es hätte mich auch nicht gewundert, wenn er gedacht hätte, ich würde aus Griechenland stammen oder aus Nowosibirsk. Und zweitens, dass er so gelöst war. So aufgeschlossen hatte ich den Vater der Familie, in der ich Windeln wechselte und Babybrei verfütterte, noch nie gesehen.

»Ich bin heute zurückgekommen«, erklärte ich. »Bei euch zu Hause war niemand vorhin. Wo sind denn die anderen?«

»Die sind alle in Bilbao. Bei den Schwiegereltern«, sagte Juan und verdrehte ein wenig die Augen.

»Und du bist nicht mit?«, sagte ich und stellte damit das Offensichtliche fest.

»Nein, leider. Ich habe beruflich zu tun.«

Aha, beruflich also. Wusste gar nicht, dass Fußball mit seinem Job zu tun hatte. Beinahe hätte ich grinsen müssen, wenn die Sache mit Manolo nicht so blöd gewesen wäre.

»Wolltest du zum Spiel?« Juan deutete auf die Kassenhäuschen. »Du bekommst keine Karte mehr, es ist das Lokalderby gegen Atlético Madrid. Restlos ausverkauft.«

Ich zuckte nur mit den Schultern. Niemals würde ich zugeben, dass ich mich hier mit einem Spanier treffen wollte, in den ich mich verliebt, der mich aber versetzt hatte.

»Ach, schade, ich hatte gedacht, ich guck einfach mal«, plapperte ich drauflos.

»Komm mit, ich habe noch eine Karte.« Juan schob mich an allen Leuten vorbei zu einem VIP-Eingang.

Als ich kurz darauf in einer Loge saß, in der kalte Getränke und Häppchen serviert wurden, kam es mir vor, wie Geburtstag und Weihnachten zusammen. Von mir aus auch die Heiligen Drei Könige obendrauf.

Die Leute in der Loge waren alle sehr freundlich zu mir, ich hatte einen Wahnsinnsblick auf das Spielfeld und erlebte mit, wie Real in den weißen Trikots heilige drei Tore schoss. Das letzte sogar durch Bernd Schuster.

»Den habe ich neulich getroffen!«, meinte ich – und Juans Freunde scharten sich um mich, um die Geschichte von der Deutschen zu hören, die offenbar Bernd Schuster kannte. Ein wenig übertreiben war heute okay, fand ich. Selten hatte ich mich in der Zeit in Madrid so wenig als Au-pair gefühlt wie an diesem Abend, an dem alle an meinen fußballbegeisterten Lippen hingen.

»Du bist die Nichte von Bernd Schuster?«, fragte einer, der neu dazugekommen war. Ich klärte ihn nicht auf.

Nicht, dass ich Manolo vergaß, dafür saß der Stachel viel zu tief. Aber ich genoss alles, das aufregende Ambiente, den Sekt und die Scampi-Spieße, den Sieg von Real im Duell gegen Atlético, die Fahrt nach Hause in dem geräumigen Auto. Ich war angeheitert und aufgekratzt. Auch in dem Moment, als wir in die große leere Wohnung kamen und Juan sagte, dass der Rest der Familie erst am nächsten Abend zurückkehren würde.

Markus

November 2019

Der Hamburger Regen peitscht von schräg links unten in mein Gesicht. Ungemütlich, aber immer noch angenehmer als in den sicheren vier Wänden zu vereinsamen.

Inzwischen fürchte ich mich vor meiner eigenen Wohnung, bekomme dort Beklemmungen. Egal, ob Alex da ist oder nicht. Wenn sie nicht da ist, vermisse ich Lou. Wenn Alex da ist, schleichen wir wie zwei Katzen umeinander, vorsichtig bedacht, keinen falschen Schritt zu machen, kein falsches Wort zu sagen. Ich grüble viel in letzter Zeit. Ob das der unaufhaltbare Lauf der Dinge ist? Dass man einfach nur noch nebeneinander hertrottet?

Dass die Liebe verschwindet, ohne sich zu verabschieden? Aber wohin geht die Liebe, wenn sie geht? Eindeutig zu trübsinnige Gedanken und zu philosophische. Das passt nicht zu einem fest auf dem Boden der Tatsachen stehenden Zahlenmenschen aus Wolfsburg.

Als ich neulich mal all meinen Mut zusammengenommen und gefragt habe, ob sie sich auch einsam fühlen würde, ist sie vom Sofa aufgestanden und hat uns Tee und Wurststullen gemacht. Ich weiß, dass das eine Ausflucht war, um nicht antworten zu müssen.

»Hallo Markus, wie immer?«

Kaum habe ich die Tür der Kneipe am Schrammsweg aufgestoßen, begrüßt mich auch schon die Barfrau freundlich. Natürlich ist es schön, dass sie meinen Namen kennt und weiß, was ich trinke, weil ich quasi ein Stammkunde bin. Aber spricht das nicht auch irgendwie dafür, dass man zu Hause kein Stammkunde mehr ist?

Der Name der Bar »Schramme 10« gefällt mir. Auch ich fühle mich angeschrammt, ein bisschen wie der rot gestrichene Raum – mit Ecken und Kanten.

Wüssten meine Freunde, wie trübsinnig ich bin, würden sie mich sofort schnappen und eine Woche lang mit Alkohol betäuben. Nicht die schlechteste Idee.

»Ja, gern!« Ich setze mich auf meinen Stammplatz (ha!) an der Theke und greife nach ein paar Erdnüssen und der »Mopo«.

Mir gefällt diese gemütliche Sicherheit: Mein Platz, mein Bier, meine Zeitung. Und meine Gesprächspartnerin.

»Hey, schön, dich wiederzusehen.«

Saskia setzt sich auf den Barhocker neben mich. Es ist wie eine stille Verabredung, seit sie mir damals bei meinem ersten Besuch dieses umwerfende Lächeln geschenkt hat. Zweimal in der Woche treffen wir abends in der »Schramme« aufeinander. Völlig zwanglos. Wir haben nie ausgemacht, dass Samstag und Mittwoch »unsere Tage« sind, aber irgendwie hat es sich so ergeben. Das ist schön. Schön unkompliziert.

»Na, Lady, was ist bei dir so passiert? Geheiratet, im Lotto gewonnen?«

Saskia grinst mich an und greift nach einer Erdnuss.

»Wen sollte ich denn heiraten?«, fragt sie und führt die Erdnuss zum Mund. »Gegen dich sind doch alle anderen Peanuts!«

Ihr Wortwitz erinnert mich ein wenig an Alex' in unserer Anfangsphase.

Saskia ist jung, etwa Mitte zwanzig. Ich habe nicht genau

nachgefragt, weil ich nicht genau wissen wollte, ob ich ihr Vater sein könnte. Immerhin ist sie älter als Lou. Meine Tochter würde die Augen verdrehen, wenn sie wüsste, dass ich alter Knacker hier mit so einem jungen Ding herum…, ja, was eigentlich? Rummache? Trifft es das? Flirte ich mit Saskia, weil wir uns alle drei Tage eine Schale Erdnüsse teilen? Zu Hause wartet eh niemand auf mich. Die Idee, mit Alex ein paar Tage bei Lou in Madrid zu verbringen, habe ich vorerst ad acta gelegt.

Erst vorgestern hatten wir wieder einen unnötigen Streit. Eine Diskussion um nichts und wieder nichts. Ich weiß nicht einmal mehr, worum es ging, ich weiß nur, dass ich das nicht mehr will. Ich brauche ein bisschen Harmonie. Von mir aus auch ein paar Probleme, aber bitte schön portioniert, und nicht diese Eiseskälte. Die Website mit den romantischen Hotels habe ich mir trotzdem gemerkt, denn wer weiß, vielleicht ergibt sich eine Gelegenheit.

»Und du, inzwischen geschieden?« Saskia reißt mich aus meinen Grübeleien.

Ich sehe in ihr frisches Gesicht und lächle.

»Nein. Nicht geschieden. Dafür habe ich nicht die Nüsse, weißt du doch!« Dabei tippe ich auf das Erdnussschälchen.

»Du meinst, du hast die Eier nicht?«, gibt sie zurück und schaut mich intensiv an.

»Oder die, eins von beidem war's.«

Ich nehme einen Schluck Bier. Sie greift ebenfalls zu meiner Flasche und trinkt.

»Das sehe ich ganz anders!«

Beinahe lache ich laut los, weil mich diese junge Frau so offensiv und irgendwie auch plump anflirtet. Ein bisschen wie Ulrike in Höchstform.

Dennoch reagiere ich auf ihre Worte. Ja, ganz eindeutig, Saskia flirtet mit mir.

Sie arbeitet in einer Eventagentur, organisiert Veranstaltungen und hat mit wahnsinnig vielen Menschen zu tun. Vom Sozialsenator, über Sportvorstände bis hin zu Hochzeitspaaren.

Und obwohl diese lebenslustige, attraktive Frau Hinz und Kunz in Hamburg kennt, kommt sie immer wieder in die Schramme, um mit mir Erdnüsse zu teilen. Verstehen kann ich das nicht richtig …

»Man könnte beinahe annehmen, dir läge was an mir!« Das habe ich unbeabsichtigt laut ausgesprochen. Aber ist jetzt sowieso egal.

»Könnte man«, gibt sie zurück und verschwindet Richtung Toilette.

Dieses Selbstbewusstsein macht mich zugegebenermaßen an.

Anstatt an meinen Lippen zu hängen, macht sie sich rar. Irgendwie sexy.

Motivationslos blättere ich ein wenig in der »Mopo«, lese, dass ein Krokodil in Hagenbecks Tierpark jetzt schon seit Tagen durchschläft, zudem, dass ein Tief über unserer Stadt hängt und dass es heute eine stürmische Nacht werden soll.

Das Kreuzworträtsel ist bereits ausgefüllt. Schön zu wissen, dass man nicht die einzige einsame Seele ist.

Ich schreibe eine Nachricht an Lou und versuche, in einem sentimentalen Augenblick, Alex auf ihrer Tagung anzurufen, um sie zu fragen, ob sie Lust auf einen Kurztrip nach Madrid hat. Sie geht nicht ran. Nach einiger Zeit sehe ich mich um und stelle fest, dass Saskia noch nicht wieder zurück ist. Längere Sitzung offenbar. Was waren ihre letzten Worte, bevor sie zur Toilette ging? Ich bestelle noch ein Bier und scrolle mich durch Facebook. Als Saskia kurz darauf immer noch nicht wiederaufgetaucht ist, stecke ich mein Handy ein und falte die Zeitung zusammen. Ich lege sie mit der Überschrift »Stürmische Nacht« nach oben auf den Tresen. Dann gehe ich zu den Toiletten, um dort mal nach dem Rechten zu sehen.

Alex

4. September 2019

Dafür, dass er mir angeblich eigentlich den Himmel auf Erden bereiten will, ist hier gerade eher ein Orkan im Anmarsch.

Christoph und ich stehen auf dem Aeropuerto Valerio Catullo in Verona. Die Stimmung könnte schlechter nicht sein. So habe ich ihn noch nie erlebt. Christoph spricht kein Wort.

Dabei wollte ich ihn doch nur überraschen.

»Ich hätte halt gern vorher gewusst, wo es hingeht!«, hatte Christoph schmallippig angemerkt, als wir vorhin am Hamburger Flughafen eingecheckt hatten. Wie er dort gestanden hatte mit seinen leicht grau melierten Haaren, dem blauen, dünnen V-Pullover, der lässig über der Jeans hing, ich hätte mich in diesem Moment glatt noch mal in ihn verliebt.

»Dann wäre es aber keine Überraschung mehr gewesen«, antwortete ich.

»Manche Überraschungen können aber auch unangenehm sein«, hatte er knapp erwidert und sich seitdem ausgeschwiegen

Ich verstehe die Welt nicht mehr. Christoph gibt mir seit einiger Zeit zu verstehen, dass er sich mehr von mir wünscht, eine gemeinsame Zukunft, und auch gerne mal ein Zeichen hätte, dass ich zu ihm stehe. Sehr offen hat er mir erklärt, dass die momentane Situation für ihn nicht tragbar ist. Dass eine ewige Affäre keine Option für ihn sei. Sprich, dass ich mich entscheiden solle.

Christophs klare Ansagen und Pläne habe ich mir sehr zu Herzen genommen. Ich kann ihn gut verstehen. Das, was wir momentan miteinander haben, ist weder Fisch noch Fleisch. Für jemanden, der eigentlich mehr möchte, zur Ruhe kommen, eine zweite Chance auf ein glückliches Leben haben, ist das sehr unbefriedigend.

Anfangs war es für mich nur ein Ausbruch aus dem Alltag, ein Abenteuerritt durch die unbekannte Prärie.

Doch ich muss zugeben, dass ich inzwischen immer mehr für ihn empfinde. Er hat es verdient zu wissen, woran er ist. Nicht, dass ich das selbst ganz sicher wüsste. Es fällt mir schwer, mich auf den Gedanken einzulassen, mich von Markus zu trennen. Christoph verlieren möchte ich aber auch nicht. Natürlich habe ich auch Angst, dass Christoph irgendwann genug hat und sich eine andere sucht. Chancen dafür bieten sich bestimmt mehr als genug. Deswegen habe ich diesen Überraschungstrip organisiert. Nur für Christoph und mich, ohne Seminar dazwischen. Reine Freizeit für uns. Markus habe ich erzählt, dass ich beruflich unterwegs bin. Er hat gar nicht nachgefragt.

Und jetzt ist meine Super-Überraschung offenbar nach hinten losgegangen.

»Sollen wir direkt wieder zurückfliegen oder wie wollen wir es machen?«

Etwas ratlos stehe ich neben Christoph und hole uns erst mal einen Kaffee von einer kleinen Bar. »Nein, nein, müssen wir nicht!«, sagt Christoph, nachdem er einen Schluck getrunken hat, und klingt schon etwas versöhnlicher.

Ich habe nicht den Hauch einer Ahnung, was ich falsch gemacht habe.

Ich meine, hey, Verona! Casa di Giulietta, geht es noch romantischer? Der Steinbalkon aus Shakespeares ›Romeo und Julia‹. Ähnlich versteinert ist Christophs Blick, als ich ihm stolz verkünde, dass ich Karten für die Arena di Verona besorgt habe, für ›Carmen‹.

Dafür habe ich mir extra ein sündhaft teures Seidenkleid gekauft, obwohl ich momentan viel mehr Lust habe, die zwei Tage im Schlafanzug auf dem Hotelzimmer zu verbringen.

Hier scheint sich eine Katastrophe anzubahnen und ich habe nicht die leistete Ahnung, warum.

Schweigend fahren wir zum »Hotel Colomba d'Oro«, einem stilvollen Prachtbau mit leicht plüschigen Zimmern, einer grandiosen Lobby und einem Innenhof, in dem ich Christoph beim Frühstück erzählen wollte, dass ich mir ein Leben mit ihm durchaus vorstellen könnte. Sicher, ich werfe doch gern meine Ehe weg, um dann neben einem offenbar eingeschnappten Mann durch Verona zu laufen. Sehr schön, das hätte ich mir wohl alles sparen können! Als wir ankommen, packt mein Liebhaber weder seine Tasche aus, noch schubst er mich leidenschaftlich aufs Bett, stattdessen verlässt er ohne ein weiteres Wort das Zimmer. Jetzt bin ich wirklich komplett ratlos.

»Es tut mir sehr leid!«, sagt Christoph, als er etwa eine Stunde später wieder zur Tür hereinkommt. Ich liege auf dem Bett und verstecke schnell die Frust-Schokolade unter dem Kopfkissen, die ich zum Glück in der Minibar gefunden habe. Außerdem wische ich mir kurz über die Augen, um mögliche Kajalreste zu entfernen.

»Ich würde dir gern erklären, warum ich so reagiert habe.«

Er legt mir ein Päckchen auf die Bettdecke, Croccante di Verona, eine Spezialität aus Honig, Krokant und Haselnüssen.

»Ich habe etwas gesucht, das so süß ist wie du, aber das ist schwierig.« Welch Kehrtwende nach diesem mehr als merkwürdigen Start.

»Okay, genug der Süßholzraspelei.« Er sieht immer noch nicht wirklich entspannt aus.

»Das ist schon okay. Süß bin ich lieber als sauer. Alles besser als beschimpft oder angeschwiegen zu werden«, erwidere ich und beginne das Papier von der Krokantverpackung abzuknibbeln. Dafür, dass ich eben noch enorm genervt, traurig und verzweifelt war, bin ich doch sehr bereit, mir die Erklärung für sein merkwürdiges Verhalten anzuhören.

»Monika, meine Frau, liebte Verona. Dabei ging es nicht so sehr um die Stadt, sondern um die Opern in der Arena.«

Er trinkt einen Schluck Wasser, holt tief Luft und fährt fort.

»Sie hat so gern gesungen, und ihr größter Traum war es, mit mir einmal ›Carmen‹ in der Arena di Verona anzusehen. Davon haben wir so oft gesprochen.«

»Seid ihr denn irgendwann mal hier gewesen?«

Christoph schüttelt den Kopf.

»Nein, nie. Verrückt, oder? Immer kam irgendwas dazwischen. Wir hatten ja nicht einmal Kinder, die uns davon hätten abhalten können, aber trotzdem hat es nie geklappt. Wie ein Traum, den man sich nicht erfüllt, damit die Blase nicht platzt, oder so ähnlich. Eigentlich kam immer der Alltag dazwischen. Arbeit, Sport, Feiern, Fernsehen, all so unwichtiges Zeug. Und dann kam Monikas Krankheit.«

Ich schlucke und höre auf, mit dem Papier zu rascheln.

»Einmal waren wir auf der Website, hatten uns schon ein Datum ausgesucht, ist gar nicht so einfach, die Saison geht ja nur von Juni bis September, und sie haben auch nicht nur ›Carmen‹ im Programm. Aber das weißt du ja. Dann kam aber der Arzt mit der Krebs-Diagnose, und alles andere war plötzlich unwichtig. Auf Monikas Beerdigung wurde Musik aus ›Carmen‹ gespielt.«

Er schweigt kurz, muss sich sammeln.

»Es hat mich vorhin einfach geschockt, als du so ohne Vorwarnung gesagt hast, dass wir nach Verona fliegen. Dabei kennst du diese Geschichte ja gar nicht. Woher auch. Ich habe dir nie viel von Monika erzählt. Ich habe einfach so ein schlechtes Gewissen, weil ich sie nie hergebracht habe. Sie hätte es wirklich verdient. Mir kam es einfach falsch vor, das nun mit dir zu erleben. Wie ein Verrat.«

Er steht auf, läuft im Zimmer auf und ab.

Lange sehe ich Christoph an. Jeder Mensch hat seine eigene Geschichte, und nicht immer hat alles etwas mit uns zu tun.

Ich lächle ihn an. Jeder hat das Recht, mal aus der Haut zu fahren, sich gehen zu lassen, seine Vergangenheit in der Gegenwart aufzuarbeiten. Das muss eine gute Beziehung aushalten.

»Lust auf ein Stückchen Krokant?«, frage ich. »Sehr lecker!«

Ich gehe auf ihn zu, beuge mich zu ihm hinunter und umarme ihn.

»Danke, dass du es mir erzählt hast. Ich verstehe das.«

»Es war falsch, das alles an dir auszulassen. Im Grunde ist es eine schöne Überraschung. Allerdings muss ich auch noch etwas anderes loswerden«, fährt Christoph fort und ich ahne, dass mir das, was jetzt kommt, vermutlich nicht gefallen wird.

»Diese Reise kann ich sowieso nicht unbeschwert genießen, weil mir unsere ungeklärte Situation zu schaffen macht. Das kann ich vor mir selbst nicht mehr verantworten. Ich möchte, dass du dich entscheidest. Ganz oder gar nicht. Und wenn es für ihn ist, dann ist es eben so. Aber dann herrscht zumindest Klarheit.«

Ich nicke. Er hat recht. Das hat er verdient. Und ich bin nicht die Prinzessin auf der Erbse, die jemanden wie einen Besen in die Ecke stellt und wieder hervorholt, wenn es ihr gerade passt.

»Du musst jetzt nichts dazu sagen. Denk bitte nur einfach drüber nach und triff eine Entscheidung. Bestimmt ist das dann auch für dich eine Erleichterung.« Das klingt erwachsen und vernünftig.

»So!«, sagt Christoph. Plötzlich weicht der ernste Gesichtsausdruck dem altbekannten Flackern.

»Das Krokant ist für dich. Ich hätte aber wahnsinnig gern ein Eis. Ich bin da gerade an einer Gelateria vorbeigekommen, die musst du sehen. Sie holen das Eis mit Spachteln aus den Töpfen. Ungefähr hundert Sorten. Hast du Lust?«

Vermutlich werde ich in diesen zwei Tagen etwa acht Kilo zulegen, aber das ist mir egal.

Eine halbe Stunde später schlendern wir mit einem köstlichen Eis aus der Gelateria Ponte Pietra Verona an der Adige, also der Etsch, entlang und erzählen uns Anekdoten aus unserer Vergangenheit.

»Einmal habe ich zehn Pfannkuchen geschafft, meine Mutter kam gar nicht hinterher mit dem Backen.« Er grinst bei der Erinnerung daran. Da kann ich mithalten.

»Ich habe als Au-pair mehr Eis verputzt, als sämtliche Italiener in ihrem gesamten Leben zusammen«, sage ich lachend und lecke an Trufa und Nocciola.

»In Spanien war das, oder?«, fragt Christoph.

»Ja, in Madrid.«

»Und warst du mal wieder da?« Er legt den Arm um mich, als wir unter Julias Balkon stehen.

Ich schüttle den Kopf und erzähle ihm meine tragische Madrid-Geschichte, die ich in all den Jahren noch nie jemandem erzählt habe. Aber jetzt passt es einfach.

Christoph drückt mich noch fester an sich, während ich mich mit einem leichten Schleier vor den Augen umsehe. Neben uns steht ein junges, deutsches Paar. Ich frage es nach der Uhrzeit, um ins Gespräch zu kommen.

»Sind Sie zum ersten Mal hier?«

»Ja, wir wohnen da im Hostello, so einer Art Jugendherberge. Das ist sehr schön. Und Sie, auch zum ersten Mal?«

Mir stockt der Atem. Ein sensibles Thema, und ich habe es auch noch aufgebracht.

»Ja, zum ersten Mal«, antwortet Christoph aber sehr fröhlich. »Und wir finden es auch sehr schön!«

»Ah, okay, sonst hätten Sie uns ein paar Tipps geben können«, meint der junge Mann. »Ich kriege nämlich gleich eine Nackenstarre, wenn ich noch länger zum Balkon hochgucken muss.«

Seine Freundin stupst ihn leicht in die Seite, lacht aber sehr verliebt.

»Wie wär's mit runtergucken?«, schlage ich ihm vor.

»Viel besser«, findet er. »Du musst jetzt aber nicht gleich vor mir auf die Knie gehen«, erwidert die junge Frau lachend.

Ich mag ihn. Und sie auch. Ein junges, unbeschwertes Paar.

»Nein, nein, ich meine etwas anderes«, gebe ich zurück und greife in meine Handtasche.

»Hätten Sie dazu Lust?«, frage ich und reiche ihnen die Tickets für ›Carmen‹. »Aus dem Amphitheater von oben nach unten schauen.«

»Arena di Verona, echt jetzt?« Die beiden sind völlig aus dem Häuschen, was mich sehr rührt.

»Meinen Sie das ernst?«

Bevor ich etwas sagen kann, nickt Christoph. »Ja, das meinen wir ernst. Wir würden uns freuen, wenn Sie dort hingingen. Davon können Sie dann Ihren Enkelkindern noch erzählen.«

»Oha. Überprüfen Sie das dann?«, will er wissen.

»Keine Sorge«, meint Christoph. »Dann haben wir schon Alzheimer und sitzen im Seniorenstift.«

Beide lachen laut los.

»Aber die sind doch sehr teuer?«, erkundigt sie sich.

Sie hat recht. 150 Euro pro Stück, aber ich hätte sie auch verschenkt, wenn sie doppelt so viel gekostet hätten.

»Ja, aber das ist schon in Ordnung.« Ich glaube, die beiden halten uns für ein klein wenig plemplem.

»Und Sie wollen sie wirklich nicht?«

»Nein, wir haben etwas anderes vor!«

Glücklich gehen die beiden weiter, nachdem sie sich tausend Mal bedankt haben.

Christoph schenkt mir ein anerkennendes Lächeln, das mehr wert ist als die Arena oder das Maracanã Stadion oder die Royal Albert Hall oder der Madison Square Garden. Wir schlendern Arm in Arm durch die Gassen von Verona und setzen uns zum Abendessen draußen in die gemütlichen Korbstühle des Darí Ristorante & Enoteca.

Das erscheint mir der genau richtige Ort für uns, denn es wirbt mit Gefühlen am Tisch, »Emozioni a tavola« und Speisen für besondere Momente im Leben, »Occasioni speciali.« Und die Vorstellung, dass wir solche Momente bald möglicherweise nicht mehr haben könnten, gefällt mir gar nicht. So unangenehm es auch ist und mich in Zugzwang bringt, den Tritt in den Allerwertesten habe ich gebraucht.

Lou

August 2011

So viel Aufregung um nix. Das Klassenzimmer sah fast genauso aus wie das in meiner Grundschule. Okay, das Ding, in dem ich jetzt war, nannte sich Gymnasium. Klang schon cool, aber einen großen Unterschied bemerkte ich noch nicht. Nur der Lehrer, Herr Lehmann, sah irgendwie strenger aus und ziemlich alt.

»Hier geht's ein bisschen anders zu als in der Anstalt, in der ihr vorher rumgespielt habt«, sagte er und lachte. Es klang ein bisschen gemein.

»Wir haben da nicht gespielt, wir haben Lesen und Schreiben gelernt«, sagte ich und fand mich mit meinen zehn Jahren ziemlich mutig.

Sarah stieß mich von der Seite an und machte mir Zeichen, besser ruhig zu sein. Sie war schon immer etwas vorsichtiger als ich, kletterte auch nicht auf so hohe Bäume. Kam daher auch mit weniger Schrammen nach Hause.

»Kannst du das Wort auch buchstabieren?«, fragte Herr Lehmann.

»Ja. K. I. N. D. E. R.« Danach stockte ich, weil es ein sehr langes Wort war.

Mama und Papa hatten gesagt, ich müsse mir am ersten Tag in der neuen Schule keine Sorgen machen. Wir würden bestimmt noch nichts auswendig lernen oder vorlesen müssen. Denkste!

Herr Lehmann fing gleich mit dem Unterricht an.

»Na, da fehlt wohl doch noch ein bisschen was, nicht?!«

Das klang auch nicht wirklich nett.

Ich traute mich gar nicht, den Lehrer anzugucken. Er machte mir Angst. Schüchtern sah ich mich im Klassenraum um. Mein Blick blieb an einem Jungen hängen. Der sah echt toll aus und er lächelte mich an. Sofort fühlte ich mich sicherer. Mein Kopf wurde auf einmal ganz heiß. Peinlich. Schnell guckte ich wieder weg.

»Na, dann frag ich das mit dem Kindergarten morgen noch mal ab. Mal sehen, ob ihr eure Namen buchstabieren könnt.«

Herr Lehmann las unsere Namen vor.

Jeder, der aufgerufen wurde, musste seinen Vornamen buchstabieren und den Beruf des Vaters angeben. Was das sollte, kapierte ich überhaupt nicht.

»Wieso will er das wissen?«, flüsterte ich Sarah zu.

»Ist doch egal!«, wisperte sie zurück.

»Fräulein Bergner«, rief Herr Lehmann meine Freundin auf. Ich hatte mich so auf den Tag auf dem Gymnasium gefreut, und dann war der Lehrer echt merkwürdig.

»S. A. R. A. H.«, buchstabierte sie brav. »Mein Vater arbeitet bei einer Versicherung.«

»Nicht, dass der versucht, mir unnütze Versicherungen anzudrehen.« Herr Lehmann lachte als Einziger über seinen Witz.

Unser Klassenlehrer rief die nächsten Kinder auf, die die Berufe ihrer Eltern aufzählten. Einer arbeitete in einer Bank, ein anderer war Journalist.

Zu jedem hatte er einen Spruch auf Lager, meist einen blöden Witz, dabei kannte er unsere Väter doch gar nicht. Auf einmal sprach Herr Lehmann sehr langsam und blickte zu dem Jungen, der mich so nett angelächelt hatte.

»Herr Yavuz!«, begann er ganz langsam und sehr deutlich zu sagen. »Können Sie mich verstehen?«

»Klar, kann ich!«, sagte der nette Junge.

»Und hast du auch einen Vornamen?« Herr Lehmann sprach immer noch sehr laut und langsam.

»C. E. M.«, buchstabierte er.

»Und wie soll sich dieser ungewöhnliche Name aussprechen?«

»Cem!«, sagte der Junge.

»Aha. Tschem, richtig?« Herr Lehmann guckte so, als würde ihm der Name nicht gefallen. Ich fand ihn cool. Mal was anderes als Jonas oder Leon.

»Ja, so spricht man den Namen aus!«

»Wenn du noch ein P dranhängst wird Champ draus«, erklärte Herr Lehmann. Laut. Langsam. Deutlich. »Aber das ist ein englisches Wort. Wahrscheinlich sprichst du nur Türkisch?«

Das fand ich jetzt richtig doof. Wir hatten doch eben gehört, dass Cem genau wie wir Deutsch sprach. Was sollte das? Mir gefiel es nicht auf der neuen Schule. Bis auf Cem, den mochte ich auf Anhieb.

»Ich spreche deutsch und türkisch«, sagte er.

»Hat dein Vater auch einen Beruf?«, wollte Herr Lehmann wissen. Wieso sollte Cems Vater keinen Beruf haben? Cem sah auch nicht so begeistert aus.

»Ja, natürlich!«, erwiderte er. Ich bewunderte, dass er nicht anfing zu weinen.

»Mein Vater handelt mit Lebensmitteln, Obst und Gemüse«, sagte Cem.

»Oh, auch mit Knoblauch?«

In der ganzen Klasse war es jetzt auffallend still. Niemand traute sich zu atmen, sich zu bewegen oder etwas zu sagen.

»Na ja, machen wir weiter.« Herr Lehmann las die nächsten Nachnamen vor. Diesmal wieder in ganz normalem Tempo.

Eine Leonie, Matilda und ein Hannes meldeten sich und flüsterten ihre Vornamen.

»Und Fräulein Brandner! Der Vorname, bitte«, rief Herr Lehmann.

Ich überlegte kurz, was ich antworten sollte. Sarah schaute mich ängstlich an. Aber das war mir in diesem Moment egal. Herr Lehmann benahm sich unmöglich, fand ich. Ich wollte diesen netten Jungen jedenfalls verteidigen.

Ich sah zu Cem rüber, lächelte und sagte: »A-Y-S-E. Spricht sich Aische!«

Kurz atmete ich durch, stellte mir vor, wie ich schwankend, aber selbstsicher einen Baum bis zum Gipfel hochkletterte und ignorierte Sarahs hektische Gesten.

»Und mein Vater verkauft Döner!«

Alex

November 2019

Zur Musik von Abba blättere ich und blättere … Wenn man erst mal ein Fotoalbum in die Hand genommen hat, kann man es nicht mehr weglegen. Das ist ähnlich wie mit einer Tafel Schokolade. Dabei kann ich die Bilder und eingeklebten Karten nur schwer erkennen, weil mir ein Schleier vor den Augen hängt, ein Tränenschleier.

»Fon Lou für Mami. Danke, das du mir mit Kwatsch machst.«

Das Bild hat mir Lou als Sechsjährige zum Muttertag gemalt. Daneben das Foto von ihr, wie sie in einem roten Cordkleid ein paar Blumen in der Hand hält.

Im Hintergrund läuft »Slipping through my fingers«, das Lied über das funny, little girl, das immer größer wird, und die Zeit, die der Mutter durch die Finger rinnt. Denn plötzlich ist die Tochter groß, und als wären die Jahre nur ein Wimpernschlag gewesen, ist sie aus dem Haus.

Ich liege auf unserem Teppich und meine Tränen füllen mein Weißweinglas, ohne dass ich die Flasche bräuchte.

Als sie mir das Bild neben den Frühstücksteller gelegt hatte, hatte ich es gar nicht richtig würdigen können, weil ich gedanklich bei meinem nächsten Seminar gewesen war. Gerade war die Nachricht gekommen, dass drei Teilnehmer abgesprungen waren. Zu dem Zeitpunkt hatte ich große Angst, dass mein neuer Job nicht so richtig in die Gänge kommen würde. Ich hatte das Bild wahrgenommen, aber hatte ich mich damals überhaupt bei der kleinen Lou dafür bedankt?

Ich greife nach meinem Handy und tippe:

»*Nachricht fon Mami für Lou. Danke, das du immer mir mit lachst.*«

Mir fällt es schwer, das DASS falsch zu schreiben. Immerhin habe ich Lou die richtige Schreibweise jahrelang eingeimpft. Aber nur so, mit dem falschen DAS, ergibt die Nachricht Sinn.

Auf einem anderen Foto steht Lou zwischen Markus und mir während unseres Sommerurlaubs an der Côte d'Azur. Sie ist etwa fünf und hat ihren neuen blauen Sternchenbadeanzug an. Abends waren wir in Nizza in einem Café auf dem Blumenmarkt, dem Marché aux fleurs, und haben im Freien etwas gegessen. Die Küche befand sich im ersten Stock. Ich hatte einen Salat bestellt und kurze Zeit später war über die Markise der Terrasse etwas gerollt und mir direkt auf den Kopf geplumpst. Ein Ei! Natürlich war es noch roh gewesen.

»Oh, là, là«, riefen die Franzosen. »Eieiei«, sagte Markus. Wir bekamen uns überhaupt nicht mehr ein vor Lachen, während mir Eiweiß und -gelb über die Haare auf mein Kleid getropft war.

»Do I really see what's in her mind?«, singen Abba weiter, während ich das Foto betrachte, auf dem die etwa fünfzehnjährige Lou gedankenverloren auf ihrem Bett hockt. Mir kullern jetzt die Tränen wie Sturzbäche hinunter. An diesem Tag hatten wir uns fürchterlich gestritten, weil sie so launisch gewesen war. Den ganzen Tag über hatte sie nicht mit mir geredet. Sie wollte mir partout nicht sagen, was los war, wieso sie keinen Hunger, keinen Durst, kein Garnichts hatte. Um sie ein bisschen zu ärgern, hatte ich ein Foto von ihr geknipst, woraufhin sie komplett ausgeflippt war.

Im Nachhinein hatte sich herausgestellt, dass sie fürchterlichen Liebeskummer wegen Cem gehabt hatte, weil ihr eine Freundin gesimst hatte, sie habe Cem mit einem Mädchen aus einer anderen Schule im Einkaufszentrum gesehen. Lou konnte Cem nicht erreichen und hatte das Schlimmste befürchtet. Die beiden waren eigentlich immer wie Pattex gewesen, einfach nicht auseinanderzukriegen.

Nach einem fürchterlichen Abend und einer grauenhaften Nacht hatte sich am kommenden Tag herausgestellt, dass Lous Freundin sich getäuscht hatte, Cem war gar nicht im Einkaufszentrum gewesen, sondern im Krankenhaus, weil seine Oma gestorben war.

Mein Handy piept. Vielleicht ist es Markus, der erklärt, warum er noch nicht zu Hause ist. Das ist ungewöhnlich. Von einer Verabredung hat er nichts gesagt, zumindest erinnere ich mich nicht. Ich kann die Nachricht noch nicht öffnen, bin viel zu vertieft in das Fotoalbum.

»Lous Klasse: 6C« prangt über dem nächsten Foto. Da steht sie in einer Jeans, einem Motto-Shirt und mit Zahnspange inmitten ihrer Klassenkameraden. Direkt neben Cem. Alle sehen fröhlich aus. Auch Frau Hansen, die neue Lehrerin. Sie war nach dem ersten Halbjahr der 5. in die Klasse gekommen und hatte Herrn Lehmann abgelöst.

Mit vereinter Kraft hatten wir uns gegen den Lehrer, der nicht nur wegen rassistischer Sprüche mehrfach unangenehm aufgefallen war, zur Wehr gesetzt.

»Vielleicht werde ich Politikerin!«, hatte Lou gemeint, nachdem der Schulleiter verkündet hatte, dass sich Herr Lehmann aus persönlichen Gründen in den vorzeitigen Ruhestand verabschieden würde.

Diesen Erfolg hatte die ganze Klasse mit einer Schneeballschlacht auf dem Spielplatz im Alsterpark gefeiert.

Es war wahnsinnig kalt gewesen, aber das hatte uns nichts ausgemacht. Aus einem kleinen Café hatten die Eltern Unmengen an heißem Kakao geholt.

Bei dieser Gelegenheit hatten wir auch Cems Eltern kennengelernt, die uns seitdem zu Lous Geburtstag immer einen exorbitanten Früchtekorb zuschicken.

Wir waren natürlich sehr stolz darauf, dass Lou Cem verteidigt hatte.

»Hinterfrag immer alles, lass dir nichts bieten. Wenn dir dein gesunder Menschenverstand sagt, dass etwas nicht richtig ist, dann wehr dich. Bloß nicht wie die Lemminge sein und immer mit dem Strom schwimmen«, hatte Markus ihr eingeimpft.

Vorm Schlafengehen hatte Lou mich gefragt, was Lemminge seien.

Ich erinnere mich an unser Einschlafritual. Die kleine achtjährige Lou in ihrem Hochbett ruft mir beim Rausgehen zu: »Schlaf schön und träum was Schönes. Und sag das auch Papa, wenn du ins Bett gehst. Vergiss das nicht.«

Abend für Abend hat sie Markus und mir diese Sätze exakt so mit auf den Weg gegeben. Grinsend habe ich jedes Mal versprochen, dass ich es auf keinen Fall vergessen werde, und sie bitte nicht vergessen solle einzuschlafen. Jahr um Jahr. Irgendwann hatte sie einfach aufgehört, den Satz zu sagen.

Irgendwann musste man sie auch nicht mehr ins Bett bringen, weil sie selbst schlafen ging oder weil Cem sie ins Bett brachte.

Und inzwischen schläft sie in einem fremden Bett.

Ich schluchze und schrecke plötzlich hoch.

»Ist das hier ein Abba-Revival-Konzert?«

Ich habe nicht mitbekommen, dass Markus zur Tür hereingekommen ist. Er lächelt.

Hastig wische ich mir die Tränen weg. Markus setzt sich neben mich auf den Fußboden und greift nach dem Fotoalbum.

»Das haben wir gut hingekriegt«, sagt er, als er die Fotos unserer Tochter ansieht. Ich bin mir nicht sicher, ob er das DAS besonders betont hat.

»Ja, das haben wir!«, sage ich, streiche ihm leicht über die Schulter und frage nicht, wo er war.

Als ich weiterblättere, sehen wir ein Foto von uns allen, wie wir am Hafen in unserem Lieblingsrestaurant Markus' und meinen zehnten Hochzeitstag feiern. Gerade eben sind die Tränen halbwegs getrocknet, da kommt in dieser Sekunde jede Menge Nachschub. Bevor ich zu wehmütig werde, checke ich die Nachricht, die vorhin eingegangen ist. Als wäre es Gedankenübertragung: Lou hat mir geschrieben, in einem Augenblick, der ein vollkommenes Gefühlschaos in mir ausgelöst hat. Sie holt mich damit sofort auf den Boden zurück:

»Sag mal, Mama, bist du betrunken, oder was? Es muss DASS heißen!«

Markus

September 2011

Das war so nicht verabredet. Mein Vater Hans wollte offenbar sein Ansprachen-Desaster auf unserer Hochzeit wiedergutmachen. Er klopfte in dem portugiesischen Restaurant an sein Bierglas, kramte einen Zettel aus seiner Jackettasche und erhob sich. Anders als bei der Hochzeit vor genau zehn Jahren hatte er jedoch noch nicht wirklich viel getrunken. Dafür schickte ich ein Dankgebet gen Himmel.

Alex warf mir einen Blick zu, der praktisch alles bedeuten konnte. Von »Wusstest du das etwa?«, bis hin zu »Das stehen wir auch noch durch.«

Mein Vater räusperte sich:

»Wer die Rose liebt, nimmt die Dorne in Kauf«, begann er und sah meine Mutter Gitta verschmitzt an.

Meine Eltern waren gesellige Typen. Vielleicht nicht die geistreichsten, nicht die intellektuellsten, nicht die reichsten, aber sehr gutherzige Menschen.

»Heute feiern wir die Rosenhochzeit von Alexandra und Markus. Hipp, hipp …«

»Hurra!«, rief meine Mutter lautstark. Der Rest verpennte den Einsatz.

Alex und ich wollten nichts weiter, als mit ein paar Leuten essen gehen und überhaupt kein großes Gewese um diesen Tag machen. »Es heißt nicht umsonst Rosenhochzeit, denn in diesen zehn Jahren hat man schon Blütezeiten erlebt«, nahm Hans den Faden vom Anfang wieder auf, »aber auch ein ums andere Mal die Dornen gespürt.«

»Autsch!«, rief Alex' Vater Helge, dem seine Frau Hilde offenbar aus Versehen ihr Stuhlbein auf den Fuß gedonnert hatte, als sie an ihrer eingeklemmten Handtasche herumfummelte.

Mein Vater ließ sich davon nicht beirren. Diesmal wollte *er* der Redner des Abends werden.

»Wann hast du mir eigentlich das letzte Mal Rosen mitgebracht?«, fragte Alex' Mutter plötzlich.

»Wofür? Dafür, dass du mir meinen Fuß zerquetschst?«

»Vielleicht würde ich ihn dir nicht zerquetschen, wenn du mal Blumen mitbrächtest«, gab Alex' Mutter Hilde leicht pikiert zurück.

Ich litt ein bisschen mit meinem Vater, weil keiner sich so recht auf seine Rede konzentrierte.

»Aber bei Markus und Alex wissen wir, dass die beiden zusammen besonders aufblühen«, sagte er laut und mir gefielen die Worte. Obwohl ich mich bei näherer Betrachtung schon fragte, woher er das eigentlich wusste, denn gefragt, wie es bei uns lief, hatte er noch nie.

Es rührte mich, dass er sich solche Mühe gab.

Unter dem Tisch spürte ich einen Fuß an meinem Bein. Da es an unserem Tisch extrem eng war, konnte das schon mal passieren. War das vielleicht Alex' Vater, der seinen malträtierten Fuß ausstreckte? Als der Fuß sich weiter auf den Weg nach oben machte, hielt ich den Atem an und betete still, dass das ein Versehen war.

»Lasst mich an dieser Stelle Johann Wilhelm Ludwig Gleim zitieren«, dozierte mein Vater und rückte dabei seine Brille zurecht.

»Wen?«, fragten drei Leute gleichzeitig.

»Nicht Goethe, der andere!«, gab mein Vater zurück.

»Wieso Goethe?«, fragte Alex' Mutter. »Der hieß doch Johann Wolfgang, und nicht Johann Wilhelm.«

»Weiß ich doch!« Mein Vater klang inzwischen etwas ungehalten, was eigentlich gar nicht seine Art war.

»Ist doch egal jetzt«, rief ich dazwischen und versuchte, den Fuß an meinem Bein zu ignorieren. »Lasst ihn doch weitermachen.«

Alex warf mir einen amüsierten, aufmunternden Blick zu, den ich dankend erwiderte. Wir hatten uns daran gewöhnt, dass Familienfeste nicht einfach ganz normal über die Bühne gingen.

»Rosen pflücken, Rosen blühn, morgen ist nicht heut!«, zitierte mein Vater mit Verve.

»Ist morgen eigentlich schon wieder Schule?«, fragte Lou auf einmal und sah Cem entsetzt an. Die beiden hingen seit der Einschulung aufs Gymnasium vor einem Monat wie Kletten aneinander.

»Ja, morgen ist Schule!«, gab ich zurück und machte ihr ein Zeichen, still zu sein. Schließlich hielt ihr Opa eine Rede.

»Ich muss noch Hausaufgaben machen. Herr Lehmann schimpft sonst.« Dieser Lehrer musste ein wahrer Diktator sein, so sehr wie meine Tochter vor ihm zitterte.

»Macht nichts, Louchen«, mischte sich Alex ein. »Kümmern wir uns nachher drum!«

Mein Vater hustete laut.

»Keine Stunde lass entfliehen, flüchtig ist die Zeit!«

Diese Worte ließ Hans im Restaurant verhallen, damit alle sie auf sich wirken lassen konnten.

Dass die anderen Gäste in dem sehr vollen und enorm lauten Restaurant mit dem Essen aufgehört hatten und dem Geschehen an unserem Tisch lauschten, störte ihn nicht.

Zwei Kellner waren schon vor Minuten mit je drei Tellern an unseren Tisch getreten, trauten sich aber nicht, während der Ansprache zu servieren.

»Das ist doch nicht von Goethe!«, meinte Alex' Mutter und mich beschlich der leise Verdacht, dass ein Hörgerät angebracht sein könnte.

»Hat doch auch keiner gesagt«, wies Helge seine Frau zurecht.

»Klar, hat er Goethe gesagt.«

»Nicht in dem Zusammenhang.« Alex klang streng.

»Dass er es NICHT ist, hat er gesagt.«

Ich tätschelte ihre Hand und Alex grinste mich an. Wir warfen uns einen wissenden Blick zu, der bedeutete, dass wir unsere Familien sowieso nicht ändern konnten und das wollten wir eigentlich auch gar nicht.

»Hoffentlich nehmt ihr euch das für die nächsten zehn, nein zwanzig, nein fünfzig Jahre zu Herzen«, rief mein Vater. Erleichtert stellte ich fest, dass es so klang, als würde er zum Abschluss seiner Rede kommen.

Die Kellner, die die schweren Teller balancierten, taten mir leid. Vier Stück zählte ich auf dem Arm der jungen Auszubildenden. Sie war knallrot im Gesicht.

»Und da es ja eine Rosenhochzeit ist, habe ich etwas für euch.«

Umständlich zog mein Vater etwas unter dem Tisch hervor.

»Autsch!«, rief diesmal meine Mutter neben ihm und strich sich übers Bein.

»Pass doch auf!«

Mein Vater präsentierte eine Staudenrose.

»Es heißt, man solle am zehnten Hochzeitstag einen Rosenstrauch einpflanzen, das bringt Glück.«

»Wo sollen sie den denn einpflanzen?«, wollte Alex' Mutter wissen. »Sie haben doch gar keinen Garten.«

»Dann halt auf den Balkon stellen«, verteidigte meine Mutter ihren Ehemann. Der Schmerz am Bein war vergessen. Wenn jemand ihren Liebsten angriff oder ihren Sohn, konnte sie zur Furie werden.

»Genau, wir stellen die Rose auf den Balkon, sehr schöne Idee«, meinte Alex und lächelte meinen Vater dankbar an. Dafür lächelte ich sie dankbar an. Heute Abend im Bett würden wir den gesamten absurden Dialog kichernd wiedergeben.

»Ich habe jetzt echt Hunger«, meinte mein Trauzeuge Daniel, der sich das Spektakel bisher schweigend angesehen hatte.

Für die Kellner, denen der Schweiß in Sturzbächen über die Stirn lief, war das wie ein erlösender Startschuss.

»Wer hatte die Dorade?«, rief der eine.

»Und deswegen hoffen wir, durch die Blume gesagt …«

»Ich hatte Dorade«, meldete sich Alex' Mutter zu Wort. »Aber ohne diese komischen Pommes!«

»Die hatte ich«, erklärte ich und sah meinen Vater aufmunternd an.

»Wir hoffen also, dass eure Liebe …«

»Gambas?«

»Immer blüht.«

»Gambas hier rüber!«

»Und niemals welkt.«

»In Norddeutschland sagt man eigentlich nicht Rosenhochzeit, wenn man zehn Jahre verheiratet ist«, klärte Alex' Mutter auf, während sie nach einem Teller griff.

»Wie, nicht Rosenhochzeit?«

»Hier sagt man hölzerne Hochzeit!«

»Papperlapapp!«, meinte mein Vater. Offenbar war er

der Ansicht, dass seine Rede nicht genügend gewürdigt wurde.

Weitere Teller wurden quer über den Tisch gereicht.

»Ist das nicht eigentlich die Petersilienhochzeit?«

»Petersilie war leider aus. Aber die Kartoffeln sind auch so lecker!«

Die junge Kellnerin zuckte entschuldigend mit den Schultern.

»Gibt's noch Brot?«

»Hölzerne Hochzeit!?« Mein Vater setzte sich kopfschüttelnd und begann hektisch, seine Gabel in den mit Olivenöl getränkten Salat zu spießen.

»Hätte ich Alex und Markus dann einen Knüppel schenken sollen, oder was?«

Wir lachten alle. Während Alex mir einen Kuss auf den Mund drückte, spürte ich den Fuß an meinem Bein wieder.

Ich konnte es nicht glauben, aber Ulrikes Fuß arbeitete sich unaufhaltsam weiter hoch.

Abrupt stand ich auf und suchte nach dem Kellner: »Könnte ich bitte noch ein paar Eiswürfel bekommen?«

Lou

November 2019

Ein Videoanruf kommt rein. Ich drücke ihn weg. Eine Sekunde später klingelt es wieder. Ich nehme den Anruf nicht an. Nach einer Ewigkeit hört es auf zu klingeln. Stattdessen ploppt eine WhatsApp auf. Meine Oma Gitta hat das Internet für sich entdeckt. Sie quält mich ungelogen jeden Tag mit Videoanrufen.

Ich weiß schon gar nicht mehr, was ich ihr erzählen soll.

»Lou, ich sehe doch, dass du online bist. Geht es dir nicht gut?«

Meine Oma hat das System meines Erachtens viel zu gut durchschaut.

»Bin im Spanisch-Unterricht, kann nicht rangehen«, lüge ich zurück.

»Dann melde ich mich in einer Stunde wieder«, schreibt sie.

Stöhnend rufe ich meine Mutter per Videocall an. Sie geht sofort ran.

»Mama, mach bitte irgendwas!«, beginne ich das Gespräch. »Was ist passiert?«

»Oma ruft mich jeden Tag an. Jeden einzelnen. Per Video. Egal, ob ich schlafe, esse oder sonst was mache.«

»Jeden Tag?«, fragt sie sicherheitshalber noch einmal und kann sich ein Grinsen nicht verkneifen: »Dagegen bin ich ja total harmlos.«

»Okay, ich rede mal mit ihr«, verspricht Mama zögerlich.

»Ist mir egal, wie du das machst, aber ich kann nicht mehr. Auch als Cem hier war, hat sie dauernd gestört. Das war manchmal ganz schön peinlich.«

Ich kann geradezu spüren, wie meine Mutter rot wird, weil sie sich vermutlich bildlich vorstellt, was genau daran peinlich war.

»Sie rafft auch nicht, dass man sie schon sehen kann, wenn ich noch gar nicht rangegangen bin.« Ich mache eine Kunstpause und füge dann hinzu: »Sie schnäuzt sich dann ganz oft die Nase.«

»Sie ist einsam, seit Opa Hans nicht mehr da ist.«

»Ja, kann ja sein. Aber sag Papa doch bitte, er soll da sonst auch mal ein Machtwort sprechen. Oder sie beim Bridge anmelden oder bei der Seniorenwassergymnastik.«

Seit ich meine Oma mal mit einer Badekappe mit aufgeklebten, grünen Plastikblumen am Ostseestrand gesehen habe, überlege ich, ob Fische eigentlich auch einen Herzinfarkt bekommen können.

»Sie hat ja auch nix zu erzählen«, beschwere ich mich weiter. »Und ich habe ihr schon zehn Mal versichert, dass meine Füße nie kalt sind.«

Mama seufzt. Ich weiß, was sie gleich als Nächstes fragen wird. Es hat etwas mit Stricknadeln, quietschpinkfarbener Wolle und einem eigentümlichen Strickstil zu tun.

»Hast du die dicken Socken dabei, die ich dir neulich zum Geburtstag geschenkt habe?«

Ich lache höhnisch.

»Das war zu meinem 13. Geburtstag, Mama. Seitdem hat Oma schon fünf Wollläden leergestrickt.«

»Wenn du weiterhin so frech zu mir bist, sag ich Oma, dass sie sich häufiger bei dir melden könnte.«

»Nein, bitte nicht, Mama. Es sind die schönsten, dicksten, unkratzigsten Wintersocken der Welt. Es sind nur 298 Maschen gefallen und das Muster ist, nun ja, einzigartig.«

Meine Mutter weiß, dass ich sie für diese Socken ewig lieben werde. Eines Abends beschloss sie, etwas häuslicher zu werden. Während andere Mütter in einer solchen Situation etliche Bleche Plätzchen buken oder anfingen, Kissen in Fischform zu nähen, versuchte sie sich am Stricken. Etliche Flüche und eine halbe Ewigkeit später überreichte sie mir etwas, das wie ein Mix aus Topflappen und der Freiheitsstatue aussah.

Wenn niemand hinsah, trug ich die Socken in unserer Wohnung.

Einmal hatte Beate Hoffmann abends an unserer Tür geklingelt, weil sie angeblich keine Eier mehr hatte.

»Aber die Eier, um diese Uhrzeit hier zu klingeln, haben Sie?«, hatte ich gefragt und gewusst, dass das richtig Ärger geben würde.

»Nein, ich habe eben keine Eier mehr«, meinte meine schrullige Nachbarin, die schon so lange nicht mehr vor die Tür gegangen war, dass selbst dieser Ausdruck an ihr vorbeigegangen war. Ebenso wie die Modetrends der vergangenen drei Jahrzehnte.

»Oh, was für hübsche Socken«, hatte Beate Hoffmann strahlend gesagt, als ihr Blick auf meine Füße gefallen war.

»Hat meine Mutter gestrickt«, hatte ich zurückgegeben, wobei ihr Blick sich verfinstert hatte.

»Wenn du möchtest, kann ich dir auch gerne mal welche stricken«, hatte sie angeboten.

Ich war gerade in meiner »Ich-hasse-meine-Eltern«-Phase gewesen.

»Nö, danke«, hatte ich deshalb erwidert, »aber mein Vater könnte welche gebrauchen.«

Das Weihnachtsfest, an dem ein Päckchen vor unserer Tür gelegen hatte, in dem dunkelgrüne Socken mit rotem Rentier-Muster steckten, vergesse ich nie. Meine Mutter wohl auch nicht.

»Ich brauche die Socken nur hier in Madrid nicht. Selbst jetzt ist es noch so warm, dass ich barfuß laufen könnte.«

Ich übertreibe. Aber das weiß sie natürlich.

»Und wer wärmt dir die Füße, jetzt wo Cem nicht mehr da ist?«, fragt sie grinsend.

In dem Moment klopft jemand an meine Tür.

»Sí«, rufe ich und lasse das Handy sinken, sodass Mama vermutlich sehen kann, wer in mein Zimmer kommt.

»Juan!«, sagen Mama und ich gleichzeitig. Ich klinge ein wenig gleichgültig, Mama hingegen nahezu entsetzt.

»Wohnt er etwa auch bei euch?«, fragt sie, während Juan geduldig wartet, bis ich das Gespräch beendet habe.

»Nein!«, sage ich sofort. Aber Mamas Stimmung ist komplett umgeschlagen, von heiter auf wolkig.

»Was ist eigentlich mit dem Studium?«, fragt Mama wie aus dem Nichts. Ein sehr abrupter Themenwechsel. Ihre Stimme klingt so eisig, dass ich nun liebend gern die blöden Socken anhätte.

»Weißt du doch, dass noch nichts mit dem Studium ist. Was soll das denn jetzt?«

Juan steht immer noch in meinem Zimmer. Ich frage ihn kurz auf Spanisch, ob ich gleich zu ihm ins Wohnzimmer kommen soll. Er antwortet, dass er etwas mit mir besprechen müsse.

»Was muss er denn jetzt mit dir besprechen?« Mama hat jedes Wort verstanden und ist völlig hysterisch.

»Weiß ich nicht, sonst würde er ja kaum hier stehen«, gebe ich zickig zurück.

Dieser vorwurfsvolle Tonfall meiner Mutter macht mich rasend. Was habe ich ihr denn getan? Ich kann doch nichts dafür, dass der Großvater der Kompanie in seinem hässlichen Bademantel plötzlich in meinem Zimmer steht. »Er fühlt sich wohl allein«, erkläre ich und sehe zu Juan hoch. Der versteht logischerweise nichts von dem, was ich sage. Ich weiß noch nicht einmal, ob er überhaupt wirklich kapiert hat, dass meine Mutter früher bei ihm Au-pair-Mädchen war, auch wenn er das behauptet hat.

»Vielleicht kann ich ihn mit Oma Gitta verkuppeln«, schlage ich vor und finde die Idee verdammt lustig.

»Dann könnte sie ihn jeden Tag anrufen und mich in Ruhe lassen.«

»Lou, lass den Quatsch!«, weist Mama mich zurecht.

Die spinnt wirklich manchmal.

»Mann, das war ein Scherz.«

Mama wischt sich übers Gesicht.

»Ja, aber ich möchte jetzt, dass du endlich mal guckst, was du studieren willst, du kannst ja nicht ewig als Au-pair arbeiten.«

»Lass mich endlich in Ruhe mit dem beknackten Studium, ich bin hier gerade erst angekommen.«

Juan schaut erschrocken und verzieht das Gesicht. Mit einer Geste deutet er an, dass er dann doch lieber draußen wartet.

»Ist das deine Mutter?«, fragt er noch leise.

Hört meine Adlerauge-Amselohr-Mutter natürlich auch.

»Was geht ihn das an?«, fragt sie schroff.

»Soll ich ihn grüßen?«

»Nein, lass mal. Kümmer dich lieber um deine Zukunft!«

Das ist typisch meine Mutter. Ihr passt plötzlich etwas nicht und dann projiziert sie das auf mich. Sie hat jetzt diesen leicht verkniffenen Mund, den sie immer hat, wenn sie ungerecht wird, mich im schlimmsten Fall anschreit, weil sie wegen irgendwas unzufrieden ist. Schuld kann einfach nur eine Tafel Schokolade sein, die sie komplett aufgefuttert hat, anstatt nur ein Stückchen zu lutschen. Schon hat sie miese Laune.

Langsam werde ich auch wütend.

»Na klar, Mama, das mache ich jetzt. Nur weil du 500 Gramm zugenommen hast oder dir jemand den Parkplatz weggeschnappt hat, oder was weiß ich.«

Ich komme so richtig schön in Fahrt.

»Deswegen werde ich jetzt all meine Sachen packen und zurück nach Hamburg kommen.« Ich schreie inzwischen. Juan hat das Zimmer längst verlassen. »Und Chinesisch studieren oder Straßenbau, nur damit du endlich zufrieden bist!«

Ich lege wutentbrannt auf, schnappe mir meine Jacke, stürme zur Tür, an dem erstaunten Juan vorbei, auf die Straße. Die Tränen laufen mir übers Gesicht, so viele, dass es schon brennt. Am Spielplatz ignoriere ich die anderen Au-pairs, mit denen ich sonst nett plaudere. Ich beachte auch nicht das klingelnde Telefon. Nee, Mama, zu spät, du kannst mich mal. Keuchend sprinte ich zur Hauptstraße, keine Ahnung, wohin ich will. Eigentlich muss ich gleich anfangen zu arbeiten. Aber das ist mir jetzt egal, ich will nur noch weg. Wenn ich mich beeile, erwische ich noch den Bus in Richtung Zentrum. Der fährt auf der anderen Straßenseite ab. Ich versuche, die Tränen und Seitenstiche zu ignorieren.

Ich habe Glück und sehe, dass der Bus gerade an der

Haltestelle auf der anderen Straßenseite ankommt. Ich aktiviere meine letzten Reserven und setze zum Schlusssprint an. Viel zu spät sehe ich, dass auch der Bus in die andere Richtung gerade losfährt.

Alex

November 2019

Wir sitzen in einem der gelben Hop-on-Hop-off-Busse und fahren am Brandenburger Tor vorbei.

Eigentlich müsste ich Berlin wie meine Westentasche kennen, so häufig wie ich hier schon Seminare gegeben habe. Allerdings habe ich da meist nur das Hotelzimmer und den Seminarraum gesehen.

»Ich hoffe, dein Mann wollte nicht schon immer mit dir in Berlin ins Konzerthaus«, sagt Christoph. Er spielt auf unser halb missglücktes Verona-Wochenende an und es spricht für ihn, dass er das selbstironisch kommentiert. Wir beide wissen, dass diese Tage hier die Tage der Wahrheit werden. Ich muss ihm sagen, wie und ob es mit uns weitergeht.

»Nein, nein, keine Sorge«, entgegne ich entspannt. Diese abwechslungsreiche Fahrt durch Berlin im Doppeldecker-Touribus kommt mir wie eine Metapher für mein momentanes Leben vor.

Für 24 Euro kann man 24 Stunden lang an den entscheidenden Sightseeing-Stationen ein- und aussteigen.

Dabei denke ich an Markus. Was mache ich hier, was will ich nun wirklich? Hoppe ich bei Christoph on und bei Markus off? Bin ich an diesem Punkt angekommen?

Mit Christoph fühle ich mich so wohl, dass ich bereit bin, meinem bisherigen Busfahrer Markus mitzuteilen, dass ich überlege umzusteigen. Ob er wohl aus allen Wolken fallen würde?

Wir streiten uns schon sehr oft, allerdings fliegen bei uns nicht die Fetzen, Geschirr oder Bücher. Wir schweigen uns meist an. Und das kann noch schmerzhafter und erdrückender sein, als sich anzuschreien.

Am Checkpoint Charlie machen Christoph und ich ein Selfie. Gerade als ich überlege, es bei Facebook zu posten, fällt mir ein, dass wir inkognito hier sind.

Beinahe hätte ich alle Sicherheitsvorkehrungen ignoriert. Natürlich kann ich kein verliebtes Foto von Christoph und mir posten. Markus könnte es sehen. Seine Ehefrau in den Armen eines anderen, während sie behauptet, gerade einen Kurs zu geben. Oder will ich insgeheim vielleicht, dass Markus es endlich weiß. Um mich aus dieser Situation zu befreien, die Entscheidung jemand anderem zu überlassen?

»Na, was machst du?«, fragt Christoph. Anstatt Berlin anzusehen, starre ich auf mein Telefon.

»Ach nichts Besonderes. Ich suche nach alten Freunden hier in der Stadt«, lüge ich. Auf keinen Fall möchte ich Christoph verletzen. Er soll nicht wissen, worüber ich gerade nachgedacht habe. Dass ihn die momentane Situation verletzt, weiß ich ja. Und ihm wäre auch zuzutrauen, dass sich so viel angestaut hat, dass er urplötzlich aufsteht, aus diesem Bus und meinem Leben aussteigt.

Hätte er sich wohl in mich verliebt, wenn seine Frau noch leben würde?

Diese Frage habe ich mir tatsächlich schon ein paar Mal gestellt. Christoph ahnt natürlich nicht, dass ich mir solche Gedanken mache, schließlich sieht er sich als denjenigen, der immer warten muss.

»Wen kennst du denn hier?«, will Christoph wissen. Immerhin habe ich gerade behauptet, ich würde bei Facebook nach alten Bekannten fahnden.

Krampfhaft überlege ich, wer mir einfällt.

Ich krame in der Vergangenheit und stoße auf einen Namen.

»Tina!«, rufe ich. Die anderen Sightseeing-Gäste im Bus schrecken hoch. Ich winke beruhigend ab.

»Wer ist Tina?«

»Eine Freundin, die ich in Madrid kennengelernt habe. Damals, als, du weißt schon.«

Neulich hatte ich Christoph die ganze schmerzhafte Geschichte ja schon erzählt, auch Tina habe ich natürlich erwähnt.

»Sie ist vermutlich viel länger geblieben als ich. Ich bin ja überstürzt zurück nach Deutschland.«

»Wohnt sie denn noch in Berlin?«, fragt er mich.

»Das weiß ich gar nicht«, antworte ich gedankenverloren. Im Hinterkopf rechne ich nach. »Ich habe sie schon seit dreißig Jahren nicht mehr gesehen. Auch nie wieder gesprochen.«

»Ich dachte, ihr wärt so gut befreundet gewesen.«

»Ja, waren wir auch. Wir waren unser gegenseitiger Anker im Ausland. Tina vielleicht sogar noch viel mehr meiner, als ich ihrer. Sie war viel wilder als ich. Hat sich mehr getraut und sich nicht so viel gefallen lassen. Sie war eine echte Berliner Göre.«

»Du weißt also auch nicht, wie lange sie noch in Madrid geblieben ist?«

»Keine Ahnung. Wir hatten überhaupt keinen Kontakt mehr. Damals konnte man sich nicht mal eben über Facebook befreunden oder eine WhatsApp schicken.«

Der rote Doppeldeckerbus fährt durch die riesigen Berliner Alleen mit den prächtigen Bauten, die ein wenig an Paris erinnern.

»Wie heißt sie denn mit Nachnamen? Hast du sie auf Facebook gefunden?«

Ich strenge mein Hirn an. Wie hieß Tina mit Nachnamen … Drei Jahrzehnte ist das her. »Beyer!«, sage ich plötzlich. Ihr Spanischheft aus der Sprachschule ist mir gerade ins Gedächtnis gerutscht. Da stand der komplette Name drauf.

Aufgeregt gebe ich ihn ins Suchfeld bei Facebook ein. Mir war gar nicht bewusst, dass ich Tina ganz schön vermisst habe. Sie war meine Antriebsfeder, hat mir Mut gemacht, mich auch mal aufzulehnen. Wenn mein Abgang in Spanien nicht so abrupt und ungeplant gewesen wäre, dann wären wir sicher in Kontakt geblieben. Möglicherweise wäre sie sogar zu meiner Hochzeit gekommen.

Mehrere Frauen dieses Namens tauchen auf. Mit dem Zusatz Berlin finde ich sie. Ein Klick und ich habe das Foto meiner Freundin aus der Au-pair-Zeit vor mir. Das ist sie eindeutig. Zwar um einiges älter, aber die grünen Augen blitzen immer noch so frech, vorwitzig und klug wie damals unter ihrem roten Wuschelkopf hervor.

»Guck mal, das ist sie. Irre. Sie scheint wirklich noch hier zu sein.«

Christoph sieht sich das Foto an.

»Sieht entspannt und nett aus.«

»Ja, oder?«

»Sie hat wohl drei Kinder und ist Anwältin geworden«, murmle ich, nachdem ich ein wenig auf ihrer Seite herumgesurft bin.

»Hättest du was dagegen, wenn ich ihr eine Freundschaftsanfrage schicke? Wer weiß, vielleicht meldet sie sich. Wir sind ja noch bis übermorgen Abend da.«

Christoph sieht mich nachdenklich an. Vermutlich ahnt er, dass ich immer noch mit der Entscheidung ringe und jetzt Ablenkung suche.

»Wenn du meinst«, sagt er nur neutral. Immerhin sind wir zusammen hier. Mein Herz schlägt dennoch schneller, weil ich nur einen Klick davon entfernt bin, wieder in eine Zeit meines Lebens einzutauchen, die nicht nur gute Erinnerungen weckt. Aber Lou hat schließlich den Startschuss zu dieser Reise in die Vergangenheit gegeben.

Eine positive Aufregung packt mich.

Christoph nickt mir zu, ich klicke und dann springen wir aus dem Bus.

Später sitzen wir im hübschen Innenhof des Café Carpenter bei den Hackeschen Höfen.

»Planst du eigentlich etwas für deinen Geburtstag?«

Christoph weiß natürlich, dass ich bald fünfzig werde. Ehrlich gesagt habe ich dieses Thema komplett ignoriert. Ich stecke in einer Zwickmühle, denn ich kann ja schlecht eine große Party schmeißen und dazu meinen Mann und meinen Geliebten einladen.

»Nein, ich denke, ich mache nichts«, antworte ich. »Ist ja eigentlich ein Tag wie jeder andere!«, sage ich und mache eine wegwerfende Handbewegung. »Vielleicht können wir zusammen etwas unternehmen«, schlage ich plötzlich vor und frage mich zeitgleich, wie ich das hinbekommen soll.

»Vielleicht!«, sagt er nur. Er wartet darauf, dass ich ihm nicht nur den kleinen Finger reiche, sondern klipp und klar zu verstehen gebe, dass wir alle unsere Geburtstage in Zukunft gemeinsam feiern können, bis der Vorhang fällt.

Gerade als ich meine Gabel in den Zitronenkuchen stechen will, piepst mein Handy.

Bei Facebook hat jemand meine Freundschaftsanfrage angenommen. Eine Minute später plingt es erneut und eine Nachricht über den Messenger ist eingegangen.

»Aaaaaalexxx, hola qué tal. Ich glaub es ja nicht. Bist du pleite oder willst du mit mir nach Spanien auswandern?«

Die drei Sätze zaubern ein breites Grinsen auf mein Gesicht.

»Hat sie schon geantwortet?« Christoph lehnt sich in dem gemütlichen Stuhl zurück. Eine attraktive Frau am Nebentisch lächelt ihn an und ich spüre einen Stich der Eifersucht. Ich bin verheiratet, habe einen Geliebten, dessen Wirkung auf Frauen leider besorgniserregend gut ist, und möchte bitte nicht, dass es noch komplizierter wird. Christoph lächelt zurück.

»Keins von beidem. Ich brauche ein Paella-Rezept!«, schreibe ich zurück.

Die Antwort kommt stante pede.

»Da bist du bei mir leider an der falschen Adresse. Essen? Ja, sehr gerne. Selbst kochen? No!«

Ich grinse, weil ich daran denken muss, wie Tina und ich mal ein Abendessen für den Sohn ihrer Au-pair-Familie zubereiten sollten, weil die Asistenta, die sonst kochte, krank war.

Die Familie hatte auf ein 3-Gänge-Menü gehofft, und was machte Tina? Sie zeigte Jan, wie man aus Eiern, Milch und Mehl Pfannkuchen macht. So konnten wir in Ruhe beobachten, wie die Kids die Küche verwüsteten. Drei brannten so stark an und es qualmte so sehr, dass ich kurz davor war, die Feuerwehr zu alarmieren. Ein herrliches Spektakel, das Tina zwar keinen Michelin-Stern einbrachte, dafür aber drei Beliebtheits-Sternchen bei Jan.

»Dann musst du heute wohl mit mir in ein Restaurant deiner Wahl gehen. Oder ich mache dir Pfannkuchen«, schlage ich vor.

»Ach, die schwarzen Dinger sind immer noch dein Leibgericht? Bist du in Berlin?«, antwortet sie prompt und ich stelle erfreut fest, dass ihr Gedächtnis offenbar genauso gut ist wie meins.

»Ja! Die als Tapas, das wär's«, schlage ich vor.

»Apropos Tapas, was hältst du von der Yosoy-Tapas Bar in der Rosenthaler Straße?«

»Nehmen wir«, schreibe ich.

»Mein Freund ist auch mit in Berlin«, tippe ich.

Christoph winkt ab, als er mir über die Schulter sieht.

»Nimm das raus«, meint er.

Langsam lösche ich die Buchstaben wieder.

»Das ist sehr lieb von dir!«, sage ich und meine es vollkommen ernst. Um nicht gefühlsduselig zu werden, sage ich: »Oder hast du etwa eine heimliche Geliebte in Berlin, die du treffen willst?«

Er sieht mir sehr tief in die Augen, verkneift sich aber eine Antwort.

Er opfert sogar einen Teil unserer raren, gemeinsamen Zeit, damit ich mich mit einer Freundin treffen kann, die ich seit dreißig Jahren nicht mehr gesehen habe. Er ist wirklich etwas ganz Besonderes.

Tina ist tatsächlich Anwältin geworden und arbeitet mit einer Partnerin in einer Kanzlei für Familienrecht.

»Hey, deine Haare sind viel länger. Das sieht super aus«, empfängt mich eine strahlende Tina, deren rote Haare auf ihren Schultern liegen. Die Klamotten sind nicht mehr ganz so grell wie damals, aber extravagant. Ich freue mich, dass sie sich und ihrem Stil treu geblieben ist.

»Na ja, sie hatten ja auch ein wenig Zeit zu wachsen«, gebe ich zurück.

»Ich freu mich so, dich zu sehen. Du hast dich damals einfach aus dem Staub gemacht, und ich konnte mir das zuerst überhaupt nicht erklären.«

»Das tut mir leid.« Selbst nach all den Jahren überkommt mich noch immer ein schlechtes Gewissen, weil ich damals einfach völlig ohne Abschied verschwunden bin.

»Ist verjährt, Alex. Aber interessieren würde mich trotzdem, was damals los war. War es wegen der Aktion deines Vaters? Oder ist jemand gestorben?« Tina sieht mich interessiert an.

»Ja, wenn du so willst, jemand ist gestorben«, sage ich traurig.

»Oh, das tut mir leid.«

»Nein, schon gut.« Und dann erzähle ich auch Tina alles. Die kleinen Tapas-Teller rühre ich kaum an. Dafür trinke ich mir mithilfe eines Cocktails Mut an, der in einem bauchigen Glas serviert wird.

Tina konnte schon immer viel aushalten, aber die Geschichte nimmt auch sie mit. Sie stellt kaum Fragen, unterbricht mich nicht, denn alles sprudelt nur so aus mir heraus. Ein knappes halbes Leben den Mund gehalten und dann innerhalb kürzester Zeit zweimal alles ausgepackt.

»Es war alles schrecklich. Da wollte ich nur noch nach Hause. Und dann noch die Sache mit Manolo. Dass er nur so getan hat, als würde ich ihm etwas bedeuten.«

Tina setzt ihren Cocktail ab und schaut mich erstaunt an. »Wie meinst du das?«

»Na ja, er hat mich beim Fußball versetzt, beim Real-Madrid-Spiel am Reyes-Tag. Auf meinen Brief hat er auch nicht reagiert. Darüber haben wir, du und ich, damals doch noch ewig gesprochen.«

»Ja, aber wie kommst du darauf, dass er dich nicht mehr mochte?«

»Weil er sich gar nicht mehr gemeldet hat. Vermutlich, weil ich über Weihnachten und Silvester weg war. Da hat er sich dann wohl anderweitig umgeschaut. War ja auch einfacher«, füge ich noch hinzu und spüre wieder, wie traurig mich das noch immer macht.

»Du siehst das völlig falsch!«, meint Tina nur. »Du denkst, Manolo hat sich in eine andere verliebt? Dabei gab es nur dich für ihn, er war wahnsinnig verliebt in dich.«

»Was?«

Mein Herz klopft schneller und ich erinnere mich daran, wie unsere zarte Liebesgeschichte begonnen hatte, dass ich mir sogar vorstellen konnte, meine große Liebe gefunden zu haben.

»Aber wieso …«, stammle ich.

»Wieso er sich nicht mehr bei dir gemeldet hat? Weißt du das wirklich nicht?«

Ich starre Tina an und schüttle den Kopf.

»Oje … Conchita hat es mir später erzählt. Manolo war völlig fertig, weil du plötzlich weg warst.«

Das kann ich mir nur schwer vorstellen, weil Manolo damals meiner Vorstellung nach mit zwei Damen gleichzeitig in den Sonnenuntergang tanzte.

»Ich hoffe, das schockiert dich jetzt nicht zu sehr. Dein Vater hat Manolo überredet, sich nicht mehr bei dir zu melden. Er hat behauptet, du müsstest nach Hause, um dich um deine kranke Mutter zu kümmern. Und zu Hause würde sowieso jemand auf dich warten, also dein fester Freund. Irgend so was.«

»Mein Vater?«

Ich bin baff. Dennoch glaube ich Tina sofort. Leider passt es zu meinem Vater, dass er alles in Bewegung setzen würde, um mich vor jedem Mann, der mir auch nur ansatzweise etwas bedeutet, zu beschützen, ob ich das nun will oder nicht. Erstaunlich, dass er mich vor der Hochzeit nicht für unmündig hat erklären lassen.

»Er hat gesagt, ich habe einen festen Freund und eine todkranke Mutter?« Ich bin geschockt.

»So in etwa, aber ich habe das über mehrere Ecken gehört. Manolo habe ich gar nicht mehr gesehen. Er ist, glaube ich, nach Valencia gezogen.«

Wann hat mein Vater ihm das denn gesagt?« Ich überlege, wo er Manolo abgefangen haben könnte.

»Als wir in die Deutsche Schule zur Weihnachtsfeier gefahren sind. Weißt du noch?«

Bernd Schuster, dachte ich nur. Na klar erinnerte ich mich. Damals hatte ich mich noch gegrämt, dass mein Vater nicht auch in der Aula sitzen konnte, um Bernd Schuster zu sehen. Stattdessen hatte er Manolo an der Sprachschule abgefangen und ihm einen Bären aufgebunden. Nur damit er sein kleines Mädchen nicht verlor? Ich konnte mir keinen Reim darauf machen.

Als stolzer Spanier hatte Manolo sich an die Bitte dieser Respektsperson (in Gestalt meines Vaters, dass ich nicht lache!) gehalten.

Am liebsten würde ich alle Gläser vom Tisch fegen.

»Und du hast das geglaubt?«, frage ich Tina.

»Nein, eigentlich nicht. Ich hab das ja auch alles erst erfahren, als der Kontakt abgebrochen war. Mir gegenüber hättest du doch einen festen Freund erwähnt …

Meine Gedanken kreisen jetzt nur noch um zwei Personen: meinen Vater und Manolo. Wer weiß, vielleicht hätten wir wirklich eine Zukunft gehabt und würden jetzt mit unseren drei Kindern auf Ibiza leben. Es fühlte sich damals alles so richtig an. Zumindest hätte er mich sicher vor einer sehr schmerzhaften Erfahrung bewahren können, wenn Manolo zum Fußballspiel gekommen wäre, anstatt Juan …

Tina hat drei Kinder, wie sie mir gleich zu Beginn erzählt hat. Die wohlige Wiedersehensstimmung ist wie weggeblasen. Das liegt ganz und gar nicht an Tina, sondern an der Wahrheit über meinen Vater. Mein Herz rast, ich bin knallrot. Vor Wut.

»Entschuldige bitte, ich muss mal eben telefonieren.« Ich werde meinen Vater sofort zur Rede stellen, bevor er sich mit einem weiteren Herzinfarkt aus der Verantwortung ziehen kann. Auf der stundenlangen Rückfahrt nach Hamburg hatte er damals kein einziges Wort über seinen Verrat verloren, sondern bester Stimmung die Lieder im Radio mitgepfiffen.

Ich bin so stinksauer, dass ich meinem Vater gleich sagen werde, er soll sich zum Teufel scheren.

Gerade als ich auf den Kontakt »Papa« tippen will, um meinen ganzen Zorn wie einen Pott Jauche über ihn zu gießen, klingelt mein Handy. Die spanische Nummer auf dem Display sagt mir nichts.

Markus

November 2019

Wie ein Sog ist das. Etwas Undefinierbares zieht mich in die Kneipe. Alex ist sowieso in Berlin und gibt dort ihr gefühlt millionstes Seminar. Manchmal frage ich mich, ob wir uns nicht so sehr verloren hätten, wenn sie häufiger zu Hause gewesen wäre, aber das ist natürlich schwer zu sagen. Eigentlich sagt man ja, dass es die Liebe lebendig hält, wenn es Auszeiten gibt. Weil man sich dann immer aufs Wiedersehen freut. Bei uns freut sich momentan aber niemand mehr aufs Wiedersehen.

»Mein rechter, rechter Platz ist frei …«, schreibt Saskia. »Freu mich auf dich!«

Wenigstens eine. Und ich freue mich auch auf sie.

Als ich ihr neulich auf die Toilette in der Schramme gefolgt bin, meinte sie, dass sie sich umentschieden habe.

»Wie meinst du das?«, wollte ich wissen.

»Ich hatte gehofft, dass du mir folgst. Aber du bist weder ein Typ für eine Nacht, noch fürs Klo!«, gab sie zurück und hatte gegrinst.

Danach saßen wir noch lange am Tresen und ich hatte ihr das Dilemma meiner Ehe geschildert.

Lange verheiratet, Alltagstrott, Tochter aus dem Haus, Gefühle ebenfalls ausgeflogen.

»Bin schon unterwegs. Rühr dich nicht vom Fleck«, texte ich zurück, während meine Schritte schneller werden. Das liegt nicht nur am ungemütlichen Wetter in Hamburg.

Mein Freund und Trauzeuge Daniel, der immer noch in Wolfsburg lebt, hat bis heute keine feste Freundin. Er meint, das sei sowieso alles Quatsch, weil sich die meisten doch scheiden ließen oder eine Beziehung führten, die nur noch aus Gewohnheit bestehe, anstatt aus Liebe, und die nur deshalb nicht aufgegeben werde, weil man zu träge sei, sich zu trennen.

Das klingt irgendwie deprimierend, aber so ganz unrecht hat Daniel nicht. Ich kenne viele dieser Fälle, in denen der Partner nicht nur schon vor der Tagesschau einschläft, sondern die Ehe gleich mit weggeschlummert ist.

Früher haben Alex und ich uns über solche Pärchen immer lustig gemacht.

Früher.

Alle sieben Jahre ändert sich der Mensch, habe ich neulich in einem Artikel über die menschliche Psyche gelesen.

In meinem Fall trifft das absolut zu.

Als ich neunundvierzig wurde, hat sich das Blatt irgendwie gewendet. Vor drei Jahren also. Da waren Alex und ich in einen Trott verfallen, der uns zwar sicher und gemütlich durchs Leben führte, aber gänzlich ohne Leidenschaft, Verve und Überraschungen auskam. Alex wird bald fünfzig, und ich weiß noch nicht einmal, was sie plant. Ich wollte ihr zum 50. Geburtstag ein Wochenende in einem kleinen, aber luxuriösen Hotel in Madrid schenken. Momentan habe ich aber überhaupt keinen Elan, mir Gedanken über ihren runden Geburtstag, die Geschenke oder eine Überraschungsparty zu machen.

»Dein rechter, rechter Platz ist frei, wünschst du dir Batman oder mich herbei?«, flüstere ich der Lady in Red am Tresen ins Ohr.

Saskia dreht sich zu mir um. Sie sieht hinreißend aus in dem roten Kleid. Dazu trägt sie eine dicke Strumpfhose und hohe schwarze Wildleder-Stiefeletten. Wenn sie das extra für mich angezogen hat, wird es vielleicht allmählich Zeit, darüber nachzudenken, ob ich es ihr dann nicht auch wieder ausziehen sollte.

»Batman oder du?« Saskia beugt sich vor und umarmt mich. »Da müsste ich schon ein bisschen überlegen. Der eine ist schließlich ein Held.« Sie macht eine kleine Kunstpause. »Aber Batman ist eben auch nicht schlecht.«

Sie ist wirklich schlagfertig, das mag ich sehr an ihr. »Lernt man so was bei euch in der Agentur?« Ich bin dabei, mich neben Saskia auf dem Barhocker niederzulassen.

»Die knackigen, männermordenden Pointen meinst du?«

Ich nicke.

»Ja, lernt man gleich in der Ausbildung. Steht dann auch mit auf der Visitenkarte. Neben den anderen englischen Wichtigtuer-Bezeichnungen. Nennt sich MaleSeducingBilateralResultorientedCommunicator.«

»Hauptsache schön lang.«

Sie sieht mich lange an, ohne etwas zu sagen.

»Wollen wir uns mal da auf das Sofa setzen, diese Barhocker sind auf Dauer etwas unbequem, oder? Und es zieht hier auch ein wenig«, frage ich.

»Och nö!«, antwortet sie und beendet damit meine beginnenden Fantasien. Verständlich, dass sie bei diesem enormen Altersunterschied Bedenken hat: Wie alt ist der Kerl? Dichter am Altenheim als an der Schule. Ab nach Hause. Das sagt sie mir auch. Allerdings anders als gedacht.

»Bitte nicht in die Ecke. Wieso gehen wir nicht zu mir? Das Sofa dort ist viel gemütlicher.«

Alex hat sich seit gestern Morgen nicht mehr bei mir gemeldet. Sie wird erst übermorgen Abend wiederkommen. »Gute Idee. Dann lass uns das mal austesten«, gebe ich zurück.

»Hast du Hunger? Ich könnte uns auch noch Pasta mit Pesto machen.«

Saskia ist wirklich süß. Viel zu jung, viel zu faltenfrei, viel zu knackig, aber eben auch viel zu süß.

Ich nicke. »Lecker!«

Ich bin wohl auch nicht besser als alle anderen Männer. Das habe ich früher immer gedacht, aber damals hatte ich noch Alex – und sie mich.

»Cool. Dann los!« Saskia freut sich.

Sie wohnt nicht weit entfernt. Die genaue Adresse kenne ich nicht, weil wir uns bisher nur in der Bar getroffen haben. Als wir die Schramme verlassen, kommt uns ein heftiger Wind entgegen, eher ein Tornado: der Tornado heißt Beate Hoffmann.

Was macht die denn hier draußen?, frage ich mich.

Sie wirft mir einen Blick zu wie eine enttäuschte Ehefrau, die ihren Mann in flagranti erwischt hat.

»Hallo!«, sage ich so locker wie möglich. Es soll bloß nicht der Eindruck entstehen, ich könnte ein schlechtes Gewissen haben. Beate Hoffmann reagiert gar nicht. Egal. Schließlich geht es sie gar nichts an, mit wem ich meine Abende verbringe. Es könnte ja auch geschäftlich sein.

Alex ist es immer wichtig, was die Leute über sie denken. Mir ist es komplett schnuppe. Soll die Alte sich doch ihren eigenen Reim drauf machen und mit ihrer Mutter über mich herziehen. Mit ihr wollte ich nicht tauschen.

»Wer war ’n das?« Saskia hakt sich bei mir unter.

»Unsere, meine Nachbarin. Unwichtig!«, antworte ich.

»Gut. Meine Nachbarn sind glücklicherweise nicht so verknöchert. Obwohl es ja auch nicht schaden kann, eine halbtaube Frau zur Nachbarin zu haben.«

Ihre anzüglichen Sprüche machen mich nervös, aber es gefällt mir auch unglaublich gut. Ich werde mit zu Saskia gehen, sie wird Pasta e Pesto machen, während ich eine Flasche Wein öffne. Das Essen werden wir nicht anrühren. Ich werde sie schon vorher in den Arm nehmen und küssen, weil mich die Art und Weise, wie sie sich beim Kochen bewegt, so umhauen wird, dass ich nicht an mich halten kann. Entweder werden wir es direkt in der Küche tun oder auf dem Wohnzimmerteppich.

Später dann noch mal unter der Dusche. Dann werde ich sie gegen die Fliesen drücken, an ihren langen Haaren ziehen und von hinten in sie eindringen. Heftig und wild. Sie wird sagen, dass sie es genau so braucht und dass ich ja nicht aufhören soll.

Als wir in Saskias gemütlicher Zweizimmerwohnung ankommen, stelle ich mein Handy auf lautlos.

Lou

November 2019

Ich fühle mich wie unter einer Glocke, kann mich nicht bewegen, versuche zu sprechen. Das geht aber nicht. Ich bin schwach und müde. Jemand sagt, dass ich Blut verloren habe und dass es schnell gehen muss. Den Rest verstehe ich nicht. Es ist eine merkwürdige Sprache. Was ist passiert? Wieso habe ich solche Schmerzen? So dumpfe Schmerzen. Und wieso bin ich so benebelt?

Rote Nebelschwaden ziehen an meinem inneren Auge vorbei … Ist das ein Kleid? Erdbeeren? Nein, bitte nichts essen. Mir ist schlecht. Habe ich Ohrstöpsel? Dumpf vernehme ich die Hektik um mich herum. Viele Stimmen, viele Menschen. Mama? Papa. Nein, sie sind nicht hier. Ich wollte in den Bus. Bin gerannt. Der Streit mit Mama. Ich habe ihn nicht kommen sehen. Wann war das? Wo bin ich? Ich werde noch eine Runde schlafen. Sollen sie reden. Mich hört keiner. Als wäre ich Luft. Wieso, denke ich, bevor ich wegdämmere, macht denn keiner was, wenn ich doch Blut verloren habe.

Alex

März 1990

»Wieso blute ich nicht?« Panisch saß ich auf der Damentoilette der Sprachschule. Schon vor etwa drei Wochen hätte ich meine Tage bekommen müssen. Auf den Tag genau konnte ich es nicht sagen, hatte nicht ganz genau darauf geachtet, aber dass ich weit drüber war, das war glasklar.

Bitte nicht, flehte ich irgendeinen Gott zwischen Madrid und Hamburg an.

»Alles klar?«, fragte Tina, als ich zurück in den Klassenraum kam. »Du bist ja ganz blass.«

»Mir ist ein bisschen schlecht. Kommt bestimmt von den Pfannkuchen, die wir gemacht haben«, sagte ich mit einem schiefen Grinsen. Dabei war mir so gar nicht nach Witzen zumute.

»Willst du lieber nach Hause ins Bett?«, fragte Tina besorgt.

Am liebsten ja, dachte ich. Nur wusste ich nicht, ob das so eine gute Idee war. Was sollte ich im Bett? Ich war ja nicht krank. Nur unsicher. Unsicher, ob ich mit meinen neunzehn Jahren schon kurz davorstand, Mutter zu werden. Schwanger von einem verheirateten Mann. Genau genommen vom Gastvater meiner Au-pair-Familie. Denn nur Juan kam infrage. Er war überhaupt der allererste Mann, mit dem ich Sex gehabt hatte.

An jenem Abend bei Real Madrid war ich nach dem Besuch in der Loge so beschwingt und begeistert gewesen, auch davon, dass Juan mich überhaupt eines Blickes gewürdigt hatte, dass ich mich einfach nur hatte fallen lassen. Ohne nachzudenken. Genau so wie es immer empfohlen wird: »Lass dich gehen beim Sex und vergiss alles um dich herum.«

Da machte man es gleich beim ersten Mal genau nach Anleitung, und was passierte? Man wurde schwanger. Doch vermutlich bezog sich das »vergiss alles um dich herum« nicht direkt auf die Verhütung.

Ruhig bleiben, dachte ich, noch war es nicht sicher, nicht in Stein gemeißelt.

»Alles okay?« Tina stupste mich sachte am Arm an. Offenbar war ich gedanklich abgedriftet.

»Du gibst komische Laute von dir!«

»Sorry. Mir geht's echt nicht gut.«

»Dann geh nach Hause!« Tina wurde jetzt energisch. Sie war eine verdammt gute Freundin, und ich überlegte, mich ihr anzuvertrauen. Aber das würde es alles noch viel schlimmer machen. Sie durfte es nicht wissen. Niemand durfte es wissen. Es durfte eben einfach nicht wahr sein.

Meine Eltern würden ausflippen, wenn sie wüssten, dass mich ein Spanier, der mein Vater hätte sein können und der zudem verheiratet war, geschwängert hatte. Und das, nachdem ich mich ihm hemmungslos hingegeben hatte.

Na ja, das war auch mehr als übertrieben. Etwas verklemmt und unsicher war ich schon gewesen. Immerhin war es mein erstes Mal. Mir war nicht mal klar, was ich genau zu tun hatte. Tina hatte mir zwar in allen Einzelheiten geschildert, wie ihr erstes Mal gewesen war, aber das so genau zu kopieren, war nicht möglich.

»Chupa, chupa!«, hatte Juan nur gerufen, als er mich im heiligen Wohnzimmer auf die Couch gezogen und seine Hose abgestreift hatte.

Beinahe hätte ich gelacht. Die Lollies, die die meisten Kinder in Spanien aßen, hießen Chupa-Chups. Lutschlollies eben.

Somit war nicht schwer zu erraten gewesen, was Juan mit »Chupa« gemeint hatte. Das schockierte mich. Konnten wir nicht erst mal mit dem ersten Gang starten, anstatt sofort hochzuschalten? Ich hatte mich auf dem Sofa verkrampft so hingehockt, dass ich diese Sexualpraktik nun am lebenden Objekt ausprobieren konnte. Das, wovon sie alle immer sprachen. Mund-zu-Mund-Propaganda eben.

Kurze Zeit vorher hatte ich einen Film gesehen, in dem ein junges Paar Sex gehabt hatte. Er hatte sie liebevoll am ganzen Körper gestreichelt, ihr sanft das Shirt über den Kopf gezogen. Entweder das Video war in Zeitlupe abgedreht worden, oder aber die Spanier hatten ganz andere Vorstellungen davon, wie so etwas abzulaufen hatte. Juan hatte mir nicht einmal das T-Shirt ausgezogen. In meinem Rausch fand ich es sogar aufregend, dass er das nicht tat. Es gab dem ganzen etwas Verwegenes.

Nachdem ich mich an der Chupa-Geschichte versucht hatte, hatte Juan leicht gestöhnt. Mir ist bis heute nicht klar, ob aus Erregung oder weil ich mich so ungeschickt angestellte hatte. Er hatte mich auf den Rücken gedreht, mir eilig die Hose heruntergezogen und sich auf mich gelegt. Nach kurzer Zeit war das Spektakel auch schon wieder beendet gewesen. Juan war leicht verschwitzt auf die Toilette verschwunden. Als er auch nach einer halben Ewigkeit nicht zurückgekehrt war, hatte ich mir meine Jeans und Schuhe geschnappt und war in mein Zimmer getrottet.

Die ganze Nacht über hatte ich nicht schlafen können. Das sollte also mein erstes Mal gewesen sein? Ich war enttäuscht. Und fühlte mich auch benutzt. All das, was in der »Bravo« darüber zu lesen gewesen war, hatte nichts mit dem zu tun gehabt, was ich gerade erlebt hatte. Rein gar nichts.

In den Tagen danach hatte ich Tina davon erzählen wollen, schämte mich aber. Juan hatte nämlich so getan, als sei nie etwas vorgefallen zwischen uns. Als die Familie zurückgekehrt war, hatte er seine Frau besonders liebevoll umarmt. Als ich das sah, wurde mir schlecht.

Und nun war mir wieder schlecht.

»Alex geht es nicht gut«, meldete Tina sich zu Wort und erklärte der Lehrerin, dass sie mich zum Bus bringen würde.

»Vale!«, sagte Conchi und wünschte mir gute Besserung. Witzig. Wie sollte es besser werden, wenn sich das bewahrheiten würde, was ich befürchtete?

Meine Eltern würden mich verstoßen. Ich konnte nach Australien auswandern, das Kind bekommen und dort einen Pfannkuchen-Laden eröffnen.

Ich brauchte gar nicht erst nach Deutschland zurückzukehren. Im Grunde konnte ich mich direkt begraben.

Auch zum Arzt konnte ich nicht gehen, weil meine Eltern das sofort bemerkt hätten. Schließlich war ich über sie versichert.

»Wenn ich dich dort in den Bus setze, ist es dann in Ordnung, oder soll ich dich bis nach Hause bringen?« Ich war wirklich glücklich darüber, hier eine so fürsorgliche Freundin gefunden zu haben, trotzdem konnte ich sie gerade nicht um mich haben.

»Nein, bloß nicht!«, hätte ich beinahe gesagt.

»Nein, danke, das ist sehr lieb. Aber ich schaffe das schon.«

Mit letzter Kraft umarmte ich Tina, hoffte, sie würde keinen Verdacht schöpfen. Hätte ich einen klaren Gedanken fassen können, wäre mir bewusst geworden, dass Tina diejenige war, der ich blind hätte vertrauen können.

Die Busfahrt nach Majadahonda dauerte eine halbe Stunde. In meinem Kopf ratterte und arbeitete es wie wild. Was sollte ich tun? Ich hätte im Zentrum eben in eine Apotheke gehen und mir einen Schwangerschaftstest besorgen sollen. Dann hätte ich Klarheit gehabt. Der besagte Abend mit Juan lag bereits etwa fünf Wochen zurück. Inzwischen müsste es schon möglich sein, einen Test mit klarem Ergebnis zu machen.

In unserem kleinen Ort direkt gegenüber der Bushaltestelle gab es drei Läden und eine Bar. Einer davon war eine Apotheke. Dort hatte ich zuvor noch nie etwas gekauft. Niemand würde mich mit Juans Familie in Verbindung bringen. Die Apotheke in der City wäre gewiss besser und anonymer gewesen, aber nun wollte ich doch endlich Klarheit haben.

»Hola!«, sagte ich leise, als ich die Apotheke betrat. Die Apothekerin sah mich freundlich an.

Vorher hatte ich mir aus meinem kleinen, gelben Langenscheidt-Lexikon das Wort herausgesucht, das ich jetzt brauchen würde.

Wie auf der Flucht sah ich mich noch einmal in alle Richtungen um und bat dann fast flüsternd um einen »Test de embarazo«.

Die Apothekerin zögerte glücklicherweise nicht lange.

Ich war froh, dass ich an sie und nicht an ihre etwa sechzigjährige Kollegin geraten war. Diese hätte mich gewiss geringschätzig angesehen. In Spanien waren fast alle Katholiken, und die waren, was sexuelle Dinge anging, fast noch strenger als mein Vater, wenn das überhaupt ging.

Hastig stopfte ich die Packung in meine Tasche, zahlte und eilte aus der Apotheke. Mein Magen grummelte immer mehr, ob vor Angst oder weil mich wirklich die berühmte Schwangerschaftsübelkeit erwischt hatte, war schwer zu sagen. Immerhin hatte ich noch keinen Appetit auf Gurkeneis. Aber was hatte das schon zu bedeuten?

Die erste Hürde hatte ich gepackt, da tat sich bereits die nächste vor mir auf.

Wo sollte ich den Schwangerschaftstest machen? Würde ich in die Wohnung gehen, wäre die Hälfte der Familie plus Assistentin Teresa da. Alle wären gewiss erstaunt, dass ich so früh nach Hause käme, und wie ich Raquel kannte, würde sie mir gleich irgendeine Arbeit aufbrummen.

Ich hatte eine Idee und ging in die kleine Bar zwei Türen neben der Apotheke.

An den Tischen draußen hockten zwei Typen, die mit einem San Miguel den Arbeitstag ausklingen ließen.

Drinnen saßen noch ein paar Leute, aßen Pan con Jamón und blickten wie versteinert auf einen Fernseher, auf dem die Wiederholung einer Sportveranstaltung lief. Sie rauchten Kette und tippten die Zigaretten in regelmäßigen Abständen im Aschenbecher auf dem Tresen ab. Weit und breit war keine einzige Frau zu sehen. Hoffentlich gab es überhaupt eine Damentoilette.

Ich setzte mich kurz an einen der Tische, um zu verschnaufen.

»¿Qué quieres tomar?«, fragte mich der Wirt, der hinter

der Stahltheke ein Glas polierte. Na klar, ich musste was bestellen.

»Una coca cola, por favor!«, gab ich zurück und deutete lächelnd in Richtung der Toiletten.

Er nickte nur und polierte ungerührt weiter.

Ich quetschte mich in den kleinen Waschraum und schloss die Tür von innen ab.

Ich riss den Schwangerschaftstest aus der Verpackung und setzte mich auf die Toilette. Penibelst las ich die Gebrauchsanweisung. Nicht, dass ich es falsch durchführte und noch mal in die Apotheke würde gehen müssen.

Ich hatte Glück. Die Anleitung stand auch auf Deutsch auf dem sehr klein bedruckten, zusammengefalteten Zettel. Ich setzte mich auf die Toilette und führte den Test strikt nach Anweisung durch.

Einige Minuten später, nach schier endlosem Warten, sah ich Rot. Im doppelten Sinne. Mein größter Albtraum war wahr geworden. Mir brach sofort der Schweiß aus. So ekelhaft und wertlos hatte ich mich schon lange nicht mehr gefühlt. Nun ja, bis auf jenen Moment, der überhaupt erst zu dieser Apotheke-Bar-Klo-Aktion geführt hatte.

Zitternd steckte ich den Test zurück in meine Tasche, verließ die Damentoilette und kehrte in den Gastraum zurück. In der Zwischenzeit hatten sich noch weitere Männer in der Bar eingefunden und starrten auf den Fernseher. Der Wirt griff sich die zwei Aschenbecher auf dem Tresen und leerte den Inhalt auf dem Fußboden aus.

Inzwischen hatte er eine Cola mit Eiswürfeln und Zitrone auf den Tisch gestellt. Ohne die anderen um mich herum richtig wahrzunehmen, ließ ich mich auf den freien Stuhl fallen. Die Abkühlung brauchte ich in diesem Moment sehr dringend Als ich nach dem Glas mit dem kühlen Getränk griff, rutschte meine Tasche von der Stuhllehne. Mit Entsetzen sah ich, dass nahezu alles herausgepurzelt war. Mein Portemonnaie, das Busticket, meine Bürste, das Sprachkursbuch und das längliche Plastikteil, das zwei rote Striche anzeigte.

Als ich mich schnell bückte, stieß ich beinahe mit zwei Männern zusammen, die ebenfalls in die Knie gegangen waren, um mir zu helfen. Einer davon hob mein Portemonnaie und die Bürste auf und reichte mir die Sachen lächelnd.

»Gracias«, sagte ich, klang aber gewiss fahrig und durcheinander.

Die Bücher und den Schwangerschaftstest reichte mir ein anderer Mann. Er sah nicht nur aus wie Juan, er war es auch. Er lächelte nicht.

Christoph

November 2019

Mit Tränen in den Augen wirft sie in unserem Hotelzimmer unkontrolliert ihre Sachen in eine Tasche. So aufgewühlt habe ich Alex noch nie gesehen. Ich habe keine Kinder, weiß also nicht ansatzweise, welche Qualen man durchlebt, wenn man diesen gefürchteten Anruf bekommt: Die eigene Tochter liegt im Krankenhaus. Und das auch noch in einem anderen Land.

»Ein Busunfall, sie ist auf die Straße gelaufen. Sie wird operiert, es ist alles meine Schuld!«

Alex wiederholt in ihrer Panik immer wieder diese Sätze. Ich habe versucht, sie in den Arm zu nehmen, um sie zu beruhigen. Das hat aber das genaue Gegenteil bewirkt.

»Bitte, nicht!«, hat sie nur gesagt, und ich konnte sie verstehen. »Wie komme ich um diese Uhrzeit nach Madrid? Sie wird operiert. Und ich bin nicht da. Weil ich hier in Berlin rumv…«

Den Rest des Satzes verschluckt sie. Sie macht sich Vorwürfe, weil sie fremdgeht, während ihre Tochter einen Unfall hat. Dabei hat das eine mit dem anderen rein gar nichts zu tun.

Doch jetzt geht es nur um Lou, ihre Tochter, die ich noch nicht einmal persönlich kenne.

Um ihr zu helfen, nehme ich mein Handy zur Hand und suche ein paar Infos zusammen.

»Wie weit ist es nach Madrid?«, fragt sie.

»2300 Kilometer«, antworte ich.

»Dann nehm ich mir jetzt ein Auto und fahre los.« Sie schnappt sich die Tasche und geht mit schnellen Schritten zur Zimmertür.

»Warte bitte, ganz ruhig.« Ich eile hinter ihr her und fasse sie am Arm. Sie will sich losreißen, so panisch ist sie.

»Du musst dich beruhigen, Alexandra, hörst du!« Mein strenger Tonfall wirkt. Sofort bleibt sie stehen und schaut mich erstaunt an.

»Wenn du jetzt durchdrehst, nützt das niemandem!«

Tatsächlich wird sie etwas ruhiger.

»Weder dir noch Lou. Versuch bitte, einen kühlen Kopf zu bewahren, ich weiß, das ist schwierig, aber bitte versuch es. Für deine Tochter.«

Ich würde mich selbst als relativ krisenfest bezeichnen. Als ich damals die Nachricht erhielt, dass meine Frau Krebs hat, riss mir das auch den Boden unter den Füßen weg. Aber ich habe lernen müssen, damit umzugehen, und dass Panik alles nur viel schlimmer macht. Ich wähle eine Nummer und hänge in der Warteschleife.

»Ja, aber was mach ich jetzt?« Alex sieht mich endlich an. Wie jemanden, der sie durch alle Stürme des Lebens führen kann.

»Du fährst natürlich nicht mit dem Auto. Du wärst selbst dann schneller da, wenn du erst morgen fliegen würdest.«

»Ich will aber nicht erst morgen …«

»Weiß ich doch. Es geht um zehn vor neun noch ein Flug von Schönefeld. Du musst allerspätestens um acht Uhr da sein. Jetzt ist es zwanzig nach sieben. Na, komm schon«, rufe ich ins Handy.

»Taxiruf Berlin!«

Schnell gebe ich die Adresse unseres Hotels durch und

sage, dass wir so schnell wie möglich zum Flughafen müssen.

»Es gibt noch einen einzigen Platz auf diesem Flug!«, erkläre ich Alex so ruhig wie möglich, während ich ihre Tasche nehme und sie nach unten bringe. Vom Fahrstuhl will Alex nichts wissen, sie sprintet die Treppe hinunter.

Draußen wartet glücklicherweise bereits das Taxi. Wir steigen ein und Alex befiehlt dem Fahrer, Gas zu geben.

»Ich habe das Ticket gebucht. Habe es dir gerade auf dein Handy weitergeleitet.«

Alex checkt ihren Maileingang und nickt.

»Wann komme ich an?«

»Um Mitternacht. Dann nimmst du dir ein Taxi und fährst direkt zum Krankenhaus.«

Das ist ihr Stichwort. Sie ruft wieder die Nummer in Madrid an, von der vorhin der verhängnisvolle Anruf kam.

»Gracias. Ja, ich bin auf dem Weg«, sagt sie kurze Zeit später und legt wieder auf. Bis hierhin kann ich hören, wie laut ihr Herz schlägt. An ihrem Hals haben sich rote Flecken gebildet.

»Hast du deinen Mann erreicht?«, frage ich mit ruhiger Stimme.

»Nein, er ist vorhin nicht rangegangen. Ich habe eine Nachricht hinterlassen.«

»Versuch es doch noch mal. Weißt du, wo er ist?«

Alex schüttelt den Kopf.

Mit zittrigen Fingern wählt sie erneut die Nummer ihres Mannes. Wieder geht er nicht ans Telefon.

»Wie kommen wir durch?«, frage ich den Taxifahrer, weil ich mich in Berlin leider nicht gut genug auskenne, um das selbst einschätzen zu können.

»Keine Sorge, das schaffen wir!«

Der Mann klingt so überzeugt, dass ich ihm glaube. Glauben will.

»Du nimmst das als Handgepäck mit rein.« Ich deute auf die kleine Tasche neben Alex. Nicht, dass sie noch Zeit mit der Gepäckaufgabe verplempert. Obwohl ihre Klamotten wohl momentan ihre geringste Sorge sind.

»Er geht nicht ran. Wieder nur die Mailbox. Auch auf dem Festnetz nichts.«

»Wie lange etwa noch?«, frage ich unseren Chauffeur und sehe zeitgleich auf meine Uhr. Es ist zwanzig vor acht. Der Flug geht in einer guten Stunde.

»Zehn Minuten, dann sind wir da! Passt.«

»Danke!«

»Wer könnte denn wissen, wo dein Mann ist?«, frage ich so unaufgeregt wie möglich.

»L...«, antwortet Alex und unterbricht sich prompt. Ich befürchte, dass sie gleich in Tränen ausbricht. Beinahe hätte sie »Lou« geantwortet, bis ihr einfällt, dass ihre Tochter nach dem schweren Unfall auf der Intensivstation des Hospital Universitario de La Princesa liegt und garantiert nicht weiß, wo ihr Vater ist.

»Keine Ahnung, obwohl, doch ...«

Alex schüttelt den Kopf, hadert mit sich, dann greift sie wieder zum Handy.

»Was soll's!« Sie klingt entschlussfreudig. Ich weiß nicht, wen sie anrufen will, aber offenbar jemanden, mit dem sie nicht so gern spricht. »Wenn es jemand weiß, dann sie.«

Die letzten fünf Minuten im Auto nutzt Alex, um herauszufinden, wo ihr Mann stecken könnte.

»Guten Abend, Frau Hoffmann«, eröffnet Alex das Gespräch, nachdem jemand drangegangen ist. Sie spricht schnell und lässt ihrer Gesprächspartnerin keine Chance, sie zu unterbrechen.

»Es ist ein Notfall. Wissen Sie, wo Markus, wo mein Mann ist?«

»Was ist denn passiert?«, höre ich die Stimme durch den Hörer.

»Ist jetzt nicht wichtig. Haben Sie eine Ahnung, wo er sein könnte?«

Die Dame scheint einen Moment zu überlegen.

»Also gut. Es war Zufall und ich will auch keine Gerüchte streuen, aber der Herr Brandner ist mir vorhin im Schrammsweg entgegengekommen.«

Alex wird ungeduldig: »Ja, gut, aber wo ist er jetzt? Er geht nicht an sein Telefon? Könnten Sie bitte mal oben klingeln?«

»Er ist noch nicht wieder zurück!«

Die Dame redet so laut, dass ich jedes Wort verstehen kann.

»Woher wissen Sie das?«, will Alex wissen. »Blöde Frage«, schiebt sie sofort hinterher. »Haben Sie denn eine Ahnung, wo er sein könnte?«

Dieses Gespräch verläuft ergebnislos. Ich zücke mein Portemonnaie, um den Taxifahrer zu bezahlen, der in diesem Moment in den Wartebereich vor dem Terminal einfährt.

»Ich will wirklich nicht spekulieren …«, höre ich die Frau sagen.

»Frau Hoffmann, bitte!«

Alex wird ungehalten, schnappt sich die Tasche.

»Wahrscheinlich wird er mit der jungen Dame unterwegs sein, vielleicht ist er auch bei ihr!«

»Welche junge Dame?«, fragt Alex.

»Kannte ich nicht!«, erwidert die Frau am Telefon. Den Rest des Gesprächs kann ich nicht hören, weil wir aus dem Taxi aussteigen und zum Terminal sprinten.

Alex steht nicht nur die Sorge ins Gesicht geschrieben, zudem prangt ein imaginäres Fragezeichen auf ihrer Stirn. »Welche junge Dame?«, scheint dort zu stehen.

Das Leben ist doch absurd, denke ich. Wie häufig habe ich mir in den vergangenen Monaten gewünscht, dass genau diese Situation eintritt. Dass Alex bemerkt, dass auch ihr Mann sich umorientiert, und ihr der Entschluss zur Trennung dadurch leichter fällt. In diesem Moment mit der Sorge um Lou wird dieses nicht ganz unwichtige Detail komplett nebensächlich.

Alex umarmt mich kurz und rennt dann zur Sicherheitskontrolle. Wenn alles gut geht, müsste sie in knapp fünf Stunden bei ihrer Tochter sein.

Alex

September 2006

Wie gern wäre ich jetzt bei Lou. Und bei Markus. Manchmal hätte ich diesen ganzen Seminarkram am liebsten einfach nur hingeschmissen, wäre nach Hause gefahren und hätte mich aufs Sofa zu meinen beiden Liebsten gesetzt.

»Darf ich Ihnen ein Erfrischungsgetränk offerieren?«

Stattdessen setzte sich ein Schweizer auf den Barhocker in der Hotelbar neben mich und sprach diesen Satz aus, der bei mir sofort in die Top fünf der dümmsten Anmachsprüche aufstieg.

»Erfrischungsgetränk« und »offerieren« und das dann auch noch auf Schwyzerdütsch.

»Nein, danke, frisch werde ich heute sowieso nicht mehr.«

Mir war durchaus bewusst, dass ich unfreundlich und unfair war, aber das war mir egal.

Ich wollte nicht mit einem Fremden reden. Ich hätte gern Lou ins Bett gebracht, mit ihr das »Schlaf gut, träum was Schönes«-Ritual durchgespielt und dann mit Markus auf der Couch in unseren fünften Hochzeitstag hineingefeiert.

Wir hätten einen schönen Film angesehen, ich hätte ein paar Schnittchen geschmiert und dann an ihm rumgeknabbert. Oder Markus hätte gesagt:

»Eigentlich hab ich's lieber, wenn du dich ausziehst, aber zieh dir was an und komm mit.«

Ein Babysitter wäre gekommen und dann wäre Markus mit mir und einem Picknickkorb zur Strandperle an der Elbe gefahren, wir hätten leicht fröstelnd im Sand gesessen, die vorbeiziehenden Pötte bewundert, den herüberwabernden Ölgeruch von Blohm & Voss eingesogen und uns aneinander gewärmt.

»Na, was machste so, bonita?« Das war Gedankenübertragung, wie so häufig. Die SMS meines Mannes. Allerdings musste man dazu sagen, dass Markus und ich unsere voneinander getrennten Abende sowieso hauptsächlich damit verbrachten, uns eindeutig zweideutige Nachrichten zu schicken. Diesmal war ich in Köln.

Wegen des Hochzeitstags hatte ich überlegt, das ganze abzusagen, aber es war ein neuer Kunde, und ich hatte, wie die meisten Freiberufler, Sorgen, sollte ich einen Auftrag ablehnen, nicht wieder gefragt zu werden.

»Sitze an der Bar im Hotel. Ein Almöhi versucht, mir ein Erfrischungsgetränk zu offerieren«, tippte ich in mein Handy, setzte dabei aber einen Gesichtsausdruck auf, als würde ich gerade einen Millionendeal eintüten.

Der Schweizer war etwa Anfang oder Mitte vierzig, vielleicht zehn Jahre älter als ich. Er trug ein rosafarbenes Poloshirt, eine dunkelblaue Hose mit einem braunen Ralph-Lauren-Gürtel. Er hatte etwas Gelacktes an sich, das mich gar nicht ansprach. Ich stand mehr aufs Unperfekte, Verwuschelte. Seine teuren Markenklamotten sahen so spießig aus, dass ich keinen Cent dafür ausgegeben hätte. Und rosafarbene Polohemden machten aus dem maskulinsten Typen eine Miss Piggy-Witzfigur. Aber das war nur meine Meinung.

»Sag ihm, er soll zurück auf seine Hütte«, kam prompt die Replik.

Ich überlegte, wie ich die Message für den Schweizer charmant verpacken konnte. Immerhin war es schon kurz vor Mitternacht. Ich würde ohnehin gleich ins Bett fallen. So spät saß ich hier überhaupt nur noch, weil ich zuvor ein Treffen mit den Verantwortlichen der Firma gehabt hatte, für die ich gestern, heute und morgen das Seminar gab. Morgen früh standen noch eine Auswertung mit den Teilnehmern und eine Feedback-Runde an. Danach würde ich mich in den Zug zurück nach Hamburg setzen und abends könnten wir zum Italiener gehen. Lou mochte Spaghetti bolognese unglaublich gern, und Markus und ich fanden sowieso, dass ihr Rot sehr gut stand.

»Was machen Sie denn so?« Der Schweizer ließ nicht locker. »Ich heiße übrigens Urs.«

Puh. Natürlich konnte er überhaupt nichts dafür, aber der Name machte alles noch viel schlimmer, toppte Gürtel und Poloshirt.

Ich wollte nicht gemein sein, allerdings hatte ich ihn auch nicht darum gebeten, mir seinen Namen zu verraten. Ich war mit den Gedanken ganz woanders.

»Alex, hi!«, gab ich zurück und hielt meine Antwort vage. »Ich bin hier bei einem Seminar.«

»Das ist ja super lässig!«, fand Urs. Er sprach es läääääässiiiig aus. Wäre ich solo, auf einem anderen Stern, würde er nicht Urs heißen und komische Klamotten tragen, dann hätte ich diesen Schweizer Dialekt vielleicht sogar ein wenig charmant gefunden. Aber so?

Außerdem: Was war lässig daran, dass ich bei einem Seminar dabei war? Könnte ja auch sein, dass es dabei um das Erstellen von Excel-Tabellen ging oder um Tupperware – eindeutig nicht »lässig«.

»Und Sie?«, gab ich lahm zurück. Ich wusste auch nicht,

wieso ich ihm den Gefallen tat und das plätschernde Gespräch am Laufen hielt. Ich musste dringend ins Bett. Vermutlich hatte ich auch eine Piña Colada zu viel getrunken.

»Hier ist gerade ein Kongress der Bankervereinigung.«

»Aha!«, sagte ich nur. Urs hatte bestimmt einen Mordshaufen Kohle und zwei Nummernkonten auf den Cayman-Inseln und in der Schweiz. Über Letzteres musste ich grinsen.

Er wertete das als Aufforderung weiterzureden.

»Wir beschäftigen uns mit Auslands-Transaktionen, die wir im Verhältnis zum DAX berechnen, während die Aktienlage ...«

»Urs, das klingt alles wahnsinnig spannend«, unterbrach ich ihn unhöflich. Diesen Namen auszusprechen kostete viel Überwindung. »Aber ich muss jetzt mal meine Scheinchen, äh Schäfchen ins Trockene bringen.«

Genüsslich streckte ich mich auf meinem Barhocker, gähnte und suchte in meiner Tasche nach meinem Portemonnaie.

»Ich könnte Sie einladen«, bot Urs an.

»Nein, danke. Meine Aktien-Transaktionslage im Ausland ist zwar eher mau, aber das hier schaff ich noch.«

Den Wink mit dem Zaunpfahl verstand er, legte einen Schein für seine Getränke auf den Tresen, verabschiedete sich höflich und ging in Richtung der Fahrstühle. Inzwischen war es Mitternacht. Der Barkeeper hielt sich noch dezent im Hintergrund. Ich war sicher, dass er jedes Wort dieser kläglichen Plänkelei gerade mitbekommen hatte, ließ sich aber nichts anmerken.

Neben den Urs-Schein legte ich meinen und freute mich aufs Bett.

Plötzlich tippte mir jemand auf die Schulter. Ich konnte nicht fassen, dass er noch einmal zurückgekommen war.

Urs musste ganz schön einen im Tee haben oder sehr verzweifelt sein. Ich wagte gar nicht, mich zu rühren. Jetzt kam er sogar näher und flüsterte mir ins Ohr:

»Darf ich Ihnen ein Erfrischungsgetränk offerieren?«, fragte eine Stimme, die so gar nicht nach Schweiz, rosa Hemd und Excel-Tabelle klang.

Ich lächelte glücklich, als ich mich umdrehte und dem Mann in die Augen sah, dem ich vor genau fünf Jahren das Jawort gegeben hatte.

»Alles Gute zum Hochzeitstag!«, sagte Markus, der ein schwarzes Hemd trug. Ich umarmte und küsste ihn und dachte noch einmal, wie sehr ich mich doch auf mein Bett freute.

Lou

Sommer 2015

Noch nie haben Mama und Papa sich so angebrüllt. Dabei ging es doch nur um den Müll. Um den bescheuerten, beschissenen Müll. Völlig egal eigentlich.

»Ich habe es verdammt noch mal vergessen, hörst du?« Ich wusste gar nicht, dass mein Vater so ausflippen konnte.

»Du sitzt doch hier eh nur rum, wieso denkst du dann nicht an den Müll?«

Ich verkroch mich, so gut es ging, unter meiner Bettdecke. Hoffte inständig, dass dieses Unwetter bald vorüberzog.

Der Auslöser dieses Streits war der Moment gewesen, als Mama irgendwas wegwerfen wollte, in die Küche gegangen und ihr eine ganze Armada an Fruchtfliegen ins Gesicht geflogen war.

»So ein verdammter, ekliger Mist«, fluchte sie.

Sie öffnete den Mülleimer. Die Abfälle quollen schon über den Rand und »eine Million« weitere Fruchtfliegen schossen ihr entgegen. Wenn Mama wütend war, übertrieb sie gern.

»Der ist ja mindestens seit dem Zweiten Weltkrieg nicht mehr geleert worden«, schrie sie.

Ich befürchtete den Ausbruch des heimischen Kriegs, als Papa zurückbrüllte.

»Na und? Du bist ja sowieso nie hier, da kann es dir doch egal sein.«

Es stimmte, dass Mama gerade erst von einem Seminar zurückgekehrt war, aber das war nun einmal ihr Job. Es war besprochen, dass sie häufig unterwegs war, während Papa sich um den Haushalt und mich kümmerte. Immerhin verdiente sie damit einen Großteil des Geldes, mit dem wir die Sachen kaufen konnten, die dann in der überfüllten Mülltonne landeten.

»Ich bringe ihn schon runter!«, murmelte ich und wollte mir die Tüte schnappen.

»Nein, Lou, das lässt du bitte schön. Kommt gar nicht infrage, dass der feine Herr die Füße hochlegt und es sich auf dem Sofa bequem macht.«

»Es ist meine Schuld«, versuchte ich Frieden zu stiften. »Ich hätte ihn rausbringen müssen.«

»Das ist ja schon wieder so typisch.«

Anstatt dass Mama ruhiger wurde, regte sie sich noch mehr auf.

»Ihr beide haltet mal wieder schön zusammen. Papa und sein kleines Mädchen. Und ich? Egal, was ich sage, ich bin immer die Dumme, oder?«

Sie feuerte einen abgeknabberten Apfel auf den Biomüll.

»Alex, das ist doch albern!«

Papa stand etwa vier Meter von ihr entfernt, genügend Sicherheitsabstand, um die Funken nicht abzukriegen, die sie sprühte.

»Ach ja, albern ist das also? Na schön, wenn du meinst! Dann werde ich mich also mal wieder drum kümmern.«

Sie zog den Bio-Müllbeutel aus der Vorrichtung. Der war allerdings tatsächlich bereits so durchgeweicht, dass er unten riss und alle Kaffeefilter, Bananenschalen und verschimmelten Tomaten auf den Fußboden klatschten.

»Ich flippe aus!«, schrie Mama. Das glaubte ich ihr aufs

Wort. Bevor sie komplett durchdrehte, zog ich mich leise und unauffällig mit eingezogenem Kopf in mein Zimmer zurück.

»Bitte rette mich«, tippte ich eine Nachricht an Cem. »Meine Eltern schlagen sich hier die Köpfe ein.«

»Komm mit ins Fitnesscenter. Ben und ich wollen da eine Probestunde machen. Hast du Lust?«

Die größte Sportskanone war ich nicht. Aber in der aktuellen Situation hätte ich selbst Lust dazu gehabt, mit Gewichten an den Beinen durch die Alster zu kraulen. Hauptsache, ich müsste nicht weiter Zeugin dieser Auseinandersetzung sein.

Außerdem wollte ich nicht an Boden verlieren, sollte irgendein Mädchen im Fitnessstudio meinem Cem schöne Augen machen.

»Sehr gern. Treffen wir uns in einer halben Stunde dort?«, schrieb ich zurück.

»Check, Stepperbraut«, tippte Cem zurück. Immerhin brachte mein Freund mich zum Lachen.

Aus der Küche hörte ich immer noch Geschrei. Hoffentlich drang das nicht bis zu der doofen Beate Hoffmann unter uns durch. Nachher dachte die noch, meine Eltern würden sich scheiden lassen und sie könnte eine Chance haben. Lächerlich.

Mein Herzschlag setzte einen Moment aus. Meine Eltern würden sich ja wohl nicht …

Quatsch, dachte ich. Nur, weil Erwachsene sich einmal stritten, trennten sie sich nicht gleich. Hauptsache, sie trennten den Müll.

Ich grinste über meinen blöden Scherz. Wenn die Stimmung im Keller war, musste man sich selbst bei Laune halten.

»Dir passt es also plötzlich nicht mehr, dass ich so oft weg bin?«, schrie Mama gerade, und Papa brüllte etwas zurück, das ich nicht verstand. Von »Blöde Kuh« bis hin zu »Ich wandere in die Karibik aus«, konnte das alles gewesen sein.

Aus dem Badezimmer schnappte ich mir ein Handtuch und legte es in meine Sporttasche.

Meine Eltern bemerkten nicht mal, dass ich unterwegs nach draußen war. Genauso wenig bemerkten sie, dass das Festnetz-Telefon klingelte. Ich beschloss, ranzugehen und hoffte, dass es jemand war, der meine Eltern von dem Zoff ablenken konnte.

Der Anruf lenkte meine Eltern tatsächlich ab. Allerdings anders als gehofft. Auf einmal war es ganz still in unserer Wohnung.

»Louchen, komm mal her!« Mama und Papa standen voreinander im Wohnzimmer und nahmen sich in den Arm. Auch mich umarmten sie.

»Lou, gib mir mal deinen Papa!«, hatte meine Oma am Telefon gesagt. Sie klang aufgeregt, aber nicht panisch.

»Omi, was ist denn passiert?«, fragte ich. Sofort ahnte ich, dass es etwas Schlimmes sein musste.

»Gib mir jetzt bitte mal Papa!«, bat sie.

Zitternd reichte ich den Hörer an meinen Vater weiter.

Nachdem er kurz zugehört hatte, sagte er mit leicht brüchiger Stimme: »Ruf bitte einen Arzt, Mama!«

Er versuchte, seine Mutter zu beruhigen und versprach, dass er sich sofort ins Auto setzen und zu ihr nach Wolfsburg kommen würde.

»Opa hat Mittagsschlaf gemacht und ist einfach nicht

wieder aufgewacht«, hatte Papa uns hinterher erklärt. Er war etwas blass und starrte unbewegt an die Wand.

Ich war vierzehn Jahre alt und erlebte den ersten Todesfall in der Familie.

Meine Mutter fragte, ob sie mitkommen solle. Papa drückte sie und meinte, dass das lieb sei, er aber allein fahren würde, da ich, Lou, ja schließlich am nächsten Tag zur Schule müsse.

Danach ging mein Vater ins Bad und kam erst nach einer gefühlten Ewigkeit zurück.

Er hatte rote Augen und blickte auf die Rose auf dem Balkon, die Opa Hans Mama und Papa zum 10. Hochzeitstag geschenkt hatte.

Um sich abzulenken, kniete sich Papa auf den Küchenfußboden und begann, die Eierschalen und Kohlrabireste einzusammeln, die dort noch auf der Erde lagen. Mama hockte sich neben ihn und half.

Wortlos klaubten sie Stück für Stück auf. Wie Scherben.

Eine halbe Stunde später saß Papa im Auto und fuhr zu seinem toten Vater. Mama hatte ihm ein paar Brote geschmiert und eine Thermoskanne mit Tee mitgegeben.

Ich simste Cem, dass mir nicht nach Sport zumute sei. Er fragte, ob er vorbeikommen und uns trösten könne. Mama nickte.

Sie weinte.

»Vor Rührung, weil Cem gefragt hat, ob er *uns* trösten soll«, meinte sie.

Ich glaube, sie vergoss die Tränen für ihren Schwiegervater. Viele Leute mögen ihre Schwiegereltern ja nicht, aber Mama hatte Hans insgeheim schon sehr gern.

»Er war mal beschwipst und hat mir verraten, dass er mich geheiratet hätte, wenn sein Sohn nicht schnell genug gewesen wäre.«

Wir lachten und heulten gleichzeitig.

Später lagen wir zu dritt auf dem Sofa unter einer Decke, aßen Chips und schauten irgendwas im Fernsehen, an das ich mich später nicht mehr erinnern konnte.

In der Woche darauf saßen wir im Café Stange am Wolfsburger Nordfriedhof.

Nach meiner ersten Beerdigung. Insgesamt waren wir zwölf Leute, ein paar alte Freunde meiner Großeltern waren ebenfalls gekommen.

»Viele sind es ja nicht mehr«, meinte Oma Gitta.

»Sterben weg wie die Fliegen«, mischte sich irgendein entfernter Onkel ein, was ihm einen missbilligenden Blick meiner Mutter einbrachte.

Nie werde ich vergessen, dass Cem extra die Schule schwänzte, um an diesem Tag bei mir zu sein.

»Seine Rede in dem Restaurant damals war witzig«, meinte Cem und drückte mich. Wir aßen beide Waffeln mit Vanilleeis. Ich hatte ein schlechtes Gewissen, dass ich bei der Trauerfeier für meinen Opa überhaupt an Essen denken konnte. Aber die anderen Erwachsenen aßen auch alle Kuchen.

»Er hat mir einen Schnaps zugeschoben und gefragt, ob ich schon mal einen Schwips hatte«, erzählte mein Freund weiter.

»Echt?«, fragte ich. »Da waren wir zehn Jahre alt!«

Oma nickte gedankenverloren. Sie sah gar nicht so fertig aus. Es schien sogar so, als würde sie sich ganz behaglich fühlen. Vielleicht weil wir gerade alle um sie herum waren.

Danach würde sie allein in der Wolfsburger Wohnung

zurechtkommen müssen. Auch Papas Schwester lebte in einer anderen Stadt.

Meine Eltern hatten sich im Auto darüber unterhalten, wie es weitergehen sollte, jetzt wo Oma auf sich selbst gestellt war.

»Und hast du ihn getrunken, den Schnaps?«, fragte Papa Cem.

»Einmal dran genippt!«, gab er zu. »Hat aber nicht geschmeckt.«

»Das habe ich überhaupt nicht mitbekommen«, meinte ich. »Wo war ich da?«

»Auf dem Klo. Hat dein Opa extra so abgepasst.«

Cem lachte laut. Es war gut, dass er da war. In seiner Familie ging man anders mit dem Tod um. Man feierte den Toten, ließ ihn quasi noch einmal hochleben.

»Ein bisschen wie in Mexiko, wo sie einen eigenen Tag dafür haben. Den Día de los Muertos. Da tanzen und singen alle für die Verstorbenen.«

Beunruhigt sah ich zu meiner Oma und zu meinem Vater. Ich wusste nicht, ob sie es vielleicht etwas unpassend finden könnten, am Tag der Beerdigung solche Geschichten erzählt zu bekommen.

Aber alle waren in einer friedlichen Stimmung.

Auch Mama und Papa hatten sich seit der Müll-Motzerei nicht mehr gestritten.

Ich war erleichtert, setzte mich neben meinen Vater und umarmte ihn.

»Na, was möchteste, Lou-Mou?«

Ich lächelte ihn an.

»Dir sagen, dass ich Opa sehr lieb hatte«, flüsterte ich ihm ins Ohr.

»Das ist lieb, Mäuschen«, antwortete er und küsste mich auf die Stirn. Dann grinste er. »Aber könnte es sein, dass du mir eigentlich sagen wolltest, dass du eine zweite Waffel mit Vanilleeis haben möchtest?«

Ich zuckte mit den Schultern und grinste ebenfalls. Kurz darauf verspeisten Cem und ich die nächste Waffel und tranken heißen Kakao mit Milchschaum.

Die Kellnerin servierte Schnaps.

»Um alles ein bisschen zu verdauen«, sagte sie resolut und es klang ein bisschen wie ein Befehl. Cem und ich teilten uns ein kleines Glas.

Eine Bekannte von Oma bot an, sie jetzt jede Woche einmal zur Seniorengymnastik abzuholen.

»Warum nicht?«, sagte Oma. »Aber irgendwie fühle ich mich dadurch so alt.«

Was sie im Grunde ja auch war. Das sagte aber glücklicherweise niemand, nicht mal der komische Onkel.

»Ich weiß, was ich mache.« Oma strahlte übers ganze Gesicht. Sie so zuversichtlich und nicht gramgebeugt zu sehen, war wirklich schön und eine große Erleichterung. Das sah ich auch Papa an. Ich würde alles unterstützen, was meine Oma Gitta sich vornahm. Solange es sie auf ihre alten Tage glücklich machte. Auch wenn es Tiefseetauchen oder ein Zumba-Kurs war. Ich würde meiner Oma gut zureden, alles zu versuchen.

»Ich belege an der Volkshochschule einen Computerkurs mit diesen Internetsachen.«

Wir alle schauten erstaunt.

»Mit diesen Mails und so.« Sie sprach es *Meeeehls* aus. »Dann kann ich vielleicht auch mal mehr Kontakt mit meiner Enkelin haben, nicht wahr, Louchen?!«

Alex

März 1990

Am liebsten wäre ich im Boden versunken. Juan reichte mir den Schwangerschaftstest, den ich eigentlich draußen vor dem Café in einer öffentlichen Mülltonne hatte versenken wollen.

»Was ist das?«, fragte er und zerrte mich aus der Bar heraus. Ein paar Männer winkten ihm zu. Offenbar war dies sein Zufluchtsort, wenn er mal nicht sofort nach Feierabend nach Hause zu Frau und Kindern wollte.

War es nicht offensichtlich, was das war?

»Ein Fieberthermometer«, hätte ich beinahe geantwortet, um ihn zu ärgern. Aber mir war nicht danach. Und das spanische Wort für Fieberthermometer fiel mir in diesem Moment auch nicht ein. Mir war ganz und gar nicht nach scherzen zumute. Ich war schwanger. Und ich war neunzehn.

Mein Leben war damit quasi am Ende. Meine Eltern würden mich umbringen, wenn es dieser Spanier hier nicht sowieso gleich täte.

Warum hatte ich Tina nicht eingeweiht? Sie hätte mich retten können.

»Du bist schwanger?«, herrschte Juan mich draußen in einer ruhigen Ecke auf dem Parkplatz an.

»Offenbar«, antwortete ich. »Ich weiß es auch erst seit eben.«

»Wie konnte das passieren?«, fragte er weiter und klang so ernst wie ein Richter, der mich gleich wegen Totschlags verknacken würde.

Leider Gottes war mein Selbstbewusstsein damals nicht das stabilste. In diesem Moment hatte ich panische Angst. Dabei hätte ich ihn an seine Verantwortung erinnern können. Er war der Erwachsene, der sich mit seinem Au-pair-Mädchen eingelassen hatte.

Und die Frage, wie das passieren konnte, konnte er sich wohl selbst beantworten. Er hatte nicht mal gefragt, ob ich die Pille nehme.

»Wem hast du davon erzählt?«, fragte er streng. Fehlte nur noch, dass er mich zum Verhör in ein Verlies brachte und mir mit einer Lampe mitten ins Gesicht leuchtete.

»Niemandem. Ich weiß es erst seit fünf Minuten«, wiederholte ich. Durch diese brüske Ausfragerei hatte ich überhaupt keine Gelegenheit, diese emotionale Neuigkeit zu verarbeiten. Ich war schwanger. Hallo!? Das war noch gar nicht richtig zu mir durchgedrungen.

»Auch deinen Eltern nicht?«, wollte Juan wissen. Er hatte seine Anzugjacke ausgezogen. Unter den Armen schwitzte er stark. Was hatte ich an dem Abend an diesem unfreundlichen Mann nur attraktiv finden können?

Und nun war ich diesem seltsam unsympathischen, ruppigen Mann ausgeliefert. Er war der Vater des Kindes, das in mir heranwuchs. Ganz allmählich wurde mir bewusst, was der Schwangerschaftstest enthüllt hatte. Ich war auf dem besten Weg, Mutter zu werden. Oder auf dem schlechtesten.

»Nein, meinen Eltern auch nicht«, gab ich leicht bockig zurück. Gott bewahre. Meine Eltern würden Feuer speiend im Karree springen, mich enterben, vor die Tür setzen. Es erschien mir völlig indiskutabel, meinen Eltern auch nur zu beichten, dass ich Geschlechtsverkehr hatte. Ich war neunzehn und traute mich nicht mal, mit meinen Eltern über Sex zu reden, ganz zu schweigen von einer Schwangerschaft.

Bei uns wurde schon ein Drama draus gemacht, wenn ich eine Freundin umarmte, da meine Mutter befürchtete, ich könnte lesbisch sein. Sie machte sich mehr Gedanken darum, was die Nachbarn denken könnten, als um das Gefühlsleben ihrer Tochter.

Kurz kam mir in den Sinn, dass meine Mutter selbst sehr jung gewesen war, als sie mich bekommen hatte, aber vielleicht war sie auch deshalb so überängstlich.

Ich hätte mich jedenfalls lieber auf Friedensgespräche zweier verfeindeter Staaten eingelassen, als auf ein Schwangerschaftsgespräch mit meinen Eltern.

»Niemand darf davon erfahren«, schärfte mir der brave Familienvater Juan ein. Er packte mich an der Schulter und flüsterte mir zischend zu: »Das Kind muss weg.«

Eigentlich hätte ich ihn mir zur Brust nehmen sollen und ihn daran erinnern, in welcher Lage er sich befand: Erst 'ne schnelle Nummer mit einer fast Minderjährigen schieben und dann den Schwanz einziehen. Wie feige!

Aber leider versagte auch hier mein Selbstbewusstsein. Ich machte mir große Sorgen, dass Juan es meinen Eltern erzählen würde, während er sich genau die gleichen Sorgen machte.

Nervös lief er auf dem Parkplatz auf und ab und zündete sich hektisch eine Zigarette an.

»Das Kind muss weg!«, sagte er wieder.

Ich drehte mich zur Seite und übergab mich zwischen einen kleinen Busch und die Motorhaube eines weißen BMW.

»Du musst weg. Und das Kind muss weg!«, bestimmte Juan.

»Ich kümmere mich um beides!«

Mit einem Taschentuch wischte ich mir über den Mund und stand dann regungslos in der Sonne zwischen all den Autos und Platanen.

Was meinte er eigentlich genau damit? Wollte er gleich eine geladene Kalaschnikow ziehen und mich hier und auf der Stelle aus dem Weg räumen?

Mir blieb kaum Zeit, mich zu fürchten, da befahl mir Juan, mich auf die Bank zu setzen. Ob er mit seiner Frau auch jemals so gesprochen hatte? Wohl kaum.

Nicht nur hatte ich mir mein erstes Mal ganz anders vorgestellt, auch die Konsequenzen gehörten nicht zu meinem Lebensplan. Ja, eines Tages wollte ich ein Kind haben, vielleicht auch zwei. Aber ganz sicher nicht in diesem Alter, bevor ich überhaupt auch nur eine Ausbildung begonnen hatte. Und schon gar nicht mit einem spanischen, verheirateten, viel älteren Macho, der ein junges Mädchen nur als Spielzeug verwendet, um dann knallhart zur Tagesordnung überzugehen.

Juan ging in die Telefonzelle und warf ein paar Münzen ein. Womöglich bestellte er einen Killer, um sich nicht selbst die Hände schmutzig machen zu müssen. Während ich brav, wehrlos und am Boden zerstört auf einer Bank darauf wartete, zum Schafott geführt zu werden.

»Lou«, schoss es mir durch den Kopf. Wenn es ein Mädchen würde, würde ich es Lou nennen wollen. Ich hatte den Namen schon immer gemocht. Er war kurz, selten, modern und das L klang so weich. Nicht so streng wie Alexandra. Mir war schon klar, dass die Chance, dieses Kind auf die

Welt zu bringen, bei 0,0001 Prozent lag, dennoch dachte ich über Namen nach. Ein geeigneter Jungsname fiel mir noch nicht ein.

Hatte ich nicht eigentlich auch mitzureden bei all diesen Fragen?

Juan konnte nicht gegen meinen Willen mein Kind »entsorgen.« Aber wollte ich denn ein Kind von einem wilden, alten, spanischen Stier, der nur mal eben seine Hörner an mir abgestoßen hatte?

Wollte ich in meinem Alter allein mit einem Kind in einer Einzimmerwohnung leben, von den Eltern verstoßen, ohne Ausbildung?

So hatte ich mir mein Leben nicht vorgestellt.

Allerdings wäre ich auch nicht mal im Traum darauf gekommen, dass ich in eine solche Situation hineinschlittern könnte.

Typisch. Tina hatte bestimmt schon mit drei Jungs geschlafen, mehr als einmal. Wurde sie schwanger? Nein. Aber ich? Na klar.

»Sí, vale, hasta mañana!«, hörte ich Juan sagen, bevor er den Hörer in der Telefonzelle auflegte. Mit irgendjemandem hatte er sich für den nächsten Tag verabredet.

Obwohl wir gerade mal März hatten, schwitzte er weiter. Jetzt lief ihm die Suppe hinten am weißen Hemd hinunter.

»Morgen früh kommst du mit mir mit. Und jetzt gehst du gleich ins Bett und sagst meiner Frau, dass du krank bist, verstanden?«

Juan setzte sich in sein Auto und ließ mich allein zurück. Wenn wir zusammen zu Hause ankämen, könne das zu auffällig sein, erklärte er noch. Bevor er Gas gab und eine Staubwolke zurückblieb, schärfte er mir noch ein, dass ich keinen Quatsch machen sollte.

Wie in Trance lief ich zu Fuß zurück zur Wohnung, behauptete, mich nicht wohlzufühlen und ging in mein Zimmer. Juan saß am Esstisch, aß gierig Tortilla und ignorierte mich.

In der Nacht machte ich kein Auge zu, schwankte zwischen Ausreißen und mich aus dem Fenster stürzen.

Am nächsten Morgen tat Juan ganz besorgt und bot an, mich zu einem Arzt zu fahren, um zu checken, ob ich etwas Schlimmes hätte.

»Nein, nichts Schlimmes. Nur ein Baby im Bauch. Von dir«, hätte ich am liebsten gerufen. Aber das hätte ein riesiges Fiasko gegeben. Raquel hätte entweder einen Nervenzusammenbruch erlitten, oder uns beide mit dem Küchenmesser erstochen.

Auch nach »einmal drüber *nicht* schlafen« hatte sich meine Einstellung, was meine Eltern betraf, nicht geändert. Ich konnte es ihnen nicht erzählen. Es wäre ihr und mein Ende gewesen.

Juan brachte mich zu einem Arzt in eine Privatpraxis.

»Das geht hier ganz schnell. Bezahlen tue ich!«, meinte Juan und es klang so, als würde er mir eine neue Frisur spendieren.

»Ich komme dann nachher wieder, rühr dich bloß nicht von der Stelle«, fügte er unsinnigerweise hinzu.

Ich hätte mich eh nicht wegbewegen können.

Der Arzt war zugegebenermaßen ganz nett. Doctor Martín. Dass er die Ultraschall-Untersuchung nicht durchführte, um mir zu sagen, ob mit dem klitzekleinen Wesen alles gut lief, war mir klar. Ob das Herz schon schlug beispielsweise. So genau kannte ich mich damit nicht aus. Der Arzt checkte, ob tatsächlich eine Schwangerschaft vorlag, er nickte einer Assistentin zu und ich musste etwas unterschreiben, das ich mir nicht einmal richtig durchlas. Ich war noch nie vorher operiert worden, hatte bis zu diesem Tag noch keine Narkose gebraucht. Es war aber nicht nur meine erste Narkose, dachte ich, als die Assistentin die Kanüle setzte und ich von 10 bis 0 herunterzählen sollte. Bei 5 war das Letzte, was ich dachte, dass es auch meine erste Schwangerschaft war. Gewesen war!

Als ich recht benebelt wieder aufwachte, stand Juan neben meinem Bett. Immerhin fragte er, wie es mir gehe.

»No lo sé«, meinte ich. »Keine Ahnung.« Wie sollte es mir schon gehen? Beschissen.

Aber vor ihm wollte ich nicht weinen.

Der Arzt kam vorbei, sah nach dem Rechten, die Assistentin reichte mir ein Glas Wasser.

Ungeduldig fragte Juan, wann wir loskönnten.

»Sie muss sich ein paar Tage schonen«, gab uns Doctor Martín mit auf den Weg.

Ich fragte mich, wie das funktionieren sollte, wenn ich als Au-pair auf drei kleine Kinder aufpassen musste.

Doch auch dafür hatte Juan gesorgt. Während der Arzt meiner Schwangerschaft ein abruptes Ende gesetzt hatte und ich danach im Tiefschlaf gewesen war, hatte mein One-Night-Stand Teresa aufgescheucht. Die Asistenta musste meine Sachen zusammenpacken. Juan hatte die beiden Koffer abgeholt, während seine Frau beim Yoga gewesen war.

Vermutlich würde er ihr später erzählen, dass ich so krank war, dass meine Eltern mich sofort nach Hause geholt hätten. Danach würde er auf die unzuverlässigen Deutschen schimpfen. Und Raquel würde herummaulen, dass sie sich nun, neben all ihren anderen anstrengenden Verpflichtungen, auch noch um ein neues Au-pair-Mädchen kümmern musste.

Eine halbe Stunde später lud Juan mich in einem kleinen Hotel in Madrid ab. Immerhin schleppte er meine beiden Koffer aufs Zimmer. Es gab ein zu weiches Bett, einen Fernseher, einen Ventilator und einen Schreibtisch, auf den Juan einen Umschlag legte.

Er hatte für alles gesorgt.

»Das Zimmer ist bezahlt. Du bleibst hier drei Nächte. Danach fährst du mit dem Taxi nach Barajas und nimmst den Flug zurück nach Hamburg.«

In dem Umschlag fand ich tatsächlich so viele Peseten, dass es für drei Tage reichte. Das Flugticket lag ebenfalls bereit. Da hatte es jemand aber extrem eilig gehabt.

»Was erzähle ich meinen Eltern?«, fragte ich. Wie dumm von mir. Was interessierte es ihn.

»Keine Ahnung«, sagte er erwartungsgemäß. »Erzähl einfach, man hätte dich nicht gut behandelt.«

Was exakt den Tatsachen entsprach.

Juan war auf dem Sprung, dieses unangenehme Kapitel seines Lebens wollte er so schnell wie möglich abschließen.

Kurz überlegte ich, wie viele andere Au-pair-Mädchen er wohl vorher schon in solch einem deprimierenden Hotelzimmer abgeladen hatte. »Bei der Sprachschule habe ich dich schon abgemeldet. Habe gesagt, dass es dir hier nicht mehr gefiel. Mucha suerte!«

Er wünschte mir viel Glück. Ich konnte gerade noch den Kopf zur Seite drehen, als ich realisierte, dass Juan mir die typischen zwei Küsse zum Abschied, links und rechts auf die Wange, geben wollte.

Bloß keinen Körperkontakt. Auf sein »Adiós« reagierte ich nicht. Ausnahmsweise blendete ich jedwede Höflichkeit und meine gute Erziehung aus.

Vor mir lagen drei Tage, die ich mehr oder weniger vegetierend und grübelnd in dem Zimmer würde verbringen müssen. Tina informierte ich nicht. Wir würden uns nie wiedersehen, unsere Adressen in Deutschland hatten wir noch gar nicht ausgetauscht. Manolo rief ich auch nicht an. Warum auch? Schließlich hatte er mich längst vergessen.

Und wie könnte ich meine plagenden, nagenden Erlebnisse vergessen? Die Ereignisse der letzten beiden Tage schloss ich gedanklich in eine Schublade und warf den Schlüssel weg. Nie würde ich mit einem Menschen darüber sprechen wollen. Darüber, dass ich mich hatte benutzen lassen und mich nicht gewehrt hatte, als jemand anderes für mich eine wichtige Entscheidung getroffen hatte. Als ich mich wertloser und dreckiger als Müll fühlte. Eins war sicher: Die beschwipste Nacht mit Juan würde ich mein Leben lang bereuen.

Lou

September 2018

Es sollte die Nacht aller Nächte werden.

»Wie lange kennen wir uns jetzt?«, fragte mich Cem an einem Abend, an dem wir in meinem Bett lagen und gleichmäßig Chipskrümel verteilten.

»Sieben Jahre. Angeblich ändert sich der Mensch alle sieben Jahre, sagt Mama oft, wenn sie so eine Eso-Phase hat. Aber ich mag dich immer noch.«

Cem stieß aus Versehen gegen die Tüte.

»Ah. Mama killt mich, wenn sie sieht, dass wir schon wieder Chips im Bett essen«, sagte ich und versuchte, die Krümel vom Laken zu fegen.

»Kannste vergessen, die setzen sich fest. Vielleicht sollten wir auf Äpfel umsteigen«, schlug mein langjähriger Freund vor.

»Bist du wahnsinnig?« Ich sah ihn kopfschüttelnd an. »Ich esse doch nicht auf einmal etwas Gesundes, nur um keinen Ärger mit meiner Mutter zu bekommen. Sie hat neulich mit Knäckebrot auf dem Sofa gekrümelt.« Ich griff wieder in die Tüte und stopfte mir eine Handvoll Sourcream-Chips in den Mund.

»Ist schon blöd, wenn man auf einmal auf etwas Spitzem liegt«, sagte Cem.

»Na, da musst du dir bei mir keine Sorgen machen«, meinte ich lachend. »An mir ist zum Glück nix spitz.«

Cem griff auch noch einmal zu und starrte an die Wand, an der Fotos von uns aus den vergangenen sieben Jahren hingen. Wir hatten uns ganz schön verändert. Früher sah ich auf einigen Bildern aus wie ein Junge. Wilde Haare, dreckige Jeans.

»Vielleicht bin ich ja auch spitz.« Ich sah Cem an, um mich zu vergewissern, ob er das wirklich gerade gesagt hatte.

»Ist das so?«, fragte ich und ärgerte mich gleichzeitig, wie dämlich das klang.

»Na ja, also, was ich sagen wollte, ist …« Cem zögerte und legte den Arm um mich. »Vielleicht können wir außer Chips essen ja auch noch mal etwas anderes im Bett machen.«

Ich kuschelte mich enger an ihn und streichelte über die Stelle zwischen seinem T-Shirt und dem Hosenansatz.

»Da hast du recht. Das fände ich auch gut.«

Irgendwie hatte ich geahnt, dass das bald Thema sein würde. Wir waren jetzt siebzehn und allmählich wurde es Zeit, das erste Mal miteinander zu schlafen. Die meisten meiner Freundinnen hatten das schon gemacht. Natürlich hatten Cem und ich schon wilde Fummel-Aktionen hinter uns. Es war aber noch nicht zum Äußersten gekommen, wie mein Vater es scherzhaft nannte, wenn er mal versuchte abzuchecken, was bei uns so lief.

»Willst du denn mal die Pille nehmen, oder soll ich mich darum kümmern?«

Er strich mir über die Wange.

Dieser Junge, der mir seit der 5. Klasse nicht mehr aus dem Kopf ging, war mein größtes Glück.

Wir hatten gemeinsam schon sehr viel durchgestanden. Den Streit meiner Eltern, die Mobbing-Lehrer-Aktion gegen Cem, finanzielle Probleme seines Vaters, den Tod von

Opa. Die Annäherungsversuche von Laura!! Blöde Kuh. Hatte sie wirklich gedacht, sie könnte uns auseinanderbringen? Nur weil sie aufreizend mit dem Po wackeln konnte und zwei weitere sehr schlagkräftige Argumente besaß.

»Ich war neulich beim Frauenarzt und habe mir die Pille schon verschreiben lassen.«

Jetzt sah Cem mich direkt an.

»Ach, das hast du gar nicht erzählt.«

»Na ja.« Ich errötete ein bisschen. »Ich wollte nicht so vampmäßig rüberkommen.«

»Du männermordendes Luder.« Cem begann, mich durchzukitzeln. Das Ganze ging in heftiges Knutschen über.

»Hast du deiner Mutter das mit der Pille erzählt?«

»Sie hat das ja selbst vorgeschlagen.«

Das war wirklich süß von Mama gewesen. Mit diesen Sachen gingen meine Eltern ganz locker um. Zwischen Kartoffelgratin und Vanillepudding hatte sie mich gefragt, ob ich schon über Verhütung nachgedacht hätte. Ganz beiläufig, so als hätte sie mich gefragt, ob ich ihr das Salz reichen könne.

Papa nickte nur.

Trotz all der Lockerheit musste ich über meine Mutter grinsen. Sie konnte es natürlich nicht lassen, mir vorzubeten, wie es damals bei ihr zugegangen war. Das waren Sätze, die ich auswendig runterbeten konnte.

»Bei mir war das nicht so selbstverständlich. Oma wäre ausgeflippt, wenn ich bei ihr mit fünfzehn mit so was angekommen wäre.« Das fünfzehn wurde in den Jahren darauf durch sechzehn beziehungsweise siebzehn ersetzt.

»Heutzutage ist alles viel leichter. Bei mir war es manchmal die Hölle.«

Normalerweise hätte ich gähnen oder stöhnen und ihr sagen können, sie solle ihre alten Kriegsgeschichten für sich behalten und mich nicht damit nerven. Aber eine innere Stimme sagte mir, dass sie das mehr belastete als sie zugeben wollte. Dass sie durch Omas und Opas Verschlossenheit und Strenge wirklich tief getroffen war.

»Oh, das ist ja cool von ihr.« Cem mochte meine Eltern sehr. Das war wirklich eine Erleichterung, dass es keinen Stress gab, wenn er bei mir übernachtete oder ich bei ihm.

»Sie hat sogar vorgeschlagen, dass Papa und sie abends weggehen könnten, damit wir hier sturmfrei haben.«

Das war mir etwas peinlich gewesen. Cem, der Pragmatiker, fand die Idee super.

»Ich weiß was«, sagte Cem, »ich bitte meine Eltern, deine am kommenden Freitag zum Abendessen einzuladen. Was hältst du davon?«

Ich rechnete nach. Das passte.

Schüchtern lächelte ich Cem an. Nach all den Jahren stand also das an, was von unserer ersten Begegnung an klar war. Dass wir zusammengehörten. Mental und auch körperlich. Wir klebten ja sowieso schon zusammen wie Pattex, wie alle sagten.

»Und wenn meine Mutter wieder für zwanzig Personen kocht, dann sind deine Eltern so voll, dass sie vor Mitternacht nicht zurückkommen. Wenn sie sich überhaupt aus unseren Sesseln heraushieven können.«

Wir kicherten bei der Vorstellung, dass Cems Mutter hundert verschiedene Gerichte kochte.

»Euch schmeckt's nicht, oder?«, sagte sie dann jedes Mal. Man konnte die Backen bis zum Anschlag voll haben, wild schmatzen und sich dreimal Nachschlag nehmen, sie war dennoch der festen Überzeugung, dass es einem nicht schmeckte.

Es klopfte. Mama steckte den Kopf durch die Tür.

»Habt ihr Hunger?«, fragte sie arglos.

»Ja, großen Appetit«, antwortete Cem und zwickte mich unter der Decke sanft ins Bein.

»Und ihr hoffentlich auch«, fügte er hinzu. »Mama und Papa wollten euch am Freitag zum Essen einladen. Ganz zwanglos«, sagte er und lächelte sein typisches Cem-Lächeln, dem man nicht widerstehen konnte. Auch meine Mutter nicht.

»Klingt gut. Wieso nicht? Danke für die Einladung. Ich bring euch gleich Milchreis mit Himbeeren.«

Jetzt musste Cem nur noch seinen Eltern verklickern, dass sie bald Besuch bekommen würden.

Mir war nicht ganz klar, ob meine Mutter verstanden hatte, was hinter der Einladung steckte.

Ein undefinierbares Kribbeln durchströmte meinen Körper.

Ich hatte schon eine Weile darüber nachgedacht, wie es wohl werden würde. Dass Cem derjenige sein würde, war so sicher wie die Tatsache, dass mein Bett bis an mein Lebensende mit Chipskrümeln bedeckt sein würde. Vielleicht sollte ich am Freitag einfach mal die Bettwäsche wechseln.

Alex

November 2019

Wo, verdammt noch mal, steckt der Kerl? Wo treibt er sich bloß rum, wenn man ihn braucht? Und mit wem? Am wichtigsten ist aber: Wie geht es Lou?

Gerade bin ich in Madrid gelandet, habe mit zittrigen Händen mein Telefon wieder eingeschaltet. Bitte, lass keine schlechten Nachrichten angekommen sein. Der Flug war schrecklich: ohne Kontakt zur Außenwelt, ohne zu wissen, was gerade mit meiner Tochter passiert.

Gott sei Dank, keine Nachrichten aus dem Krankenhaus.

Aber eben auch keine von Markus.

Ich schnappe mir meine kleine Tasche, drängle mich an den anderen Passagieren im Flugzeug vorbei und lasse sie schimpfen. Auf dem Weg zum Taxi rufe ich auf der Intensivstation an und bekomme glücklicherweise eine Schwester an den Apparat.

»Wie geht es ihr?«, frage ich und höre mein Herz bis zum Hals klopfen.

»Sie ist operiert worden und wacht jetzt allmählich aus der Narkose auf.«

»Ich bin gleich da!«

Während ich in ein Taxi springe, versuche ich zum wiederholten Male Markus zu erreichen. Seine Mailbox springt direkt an. Erneut hinterlasse ich eine Nachricht.

Ich will, will, will gar nicht wissen, was er gerade macht.

Vermutlich das, was ich auch gerade täte, wenn meine Tochter nicht im Krankenhaus läge.

Unter den Bus gekommen mit dem Bein. Heftigste Prellungen, ein Bruch. Haut und Gewebe entfernt. Kopf verletzt. Diese Wortfetzen schwirren mir durch den Kopf.

Die Autofahrt dauert mir zu lange. Ich will jetzt bei ihr sein.

»Bin gelandet, auf dem Weg ins Krankenhaus«, simse ich Christoph, den ich beinahe vergessen hätte. Dabei hat er die Ruhe bewahrt und mich in den Flieger gesetzt. Ohne ihn wäre ich vermutlich völlig kopflos mit dem Auto losgerast.

»Denke an euch!«, schreibt er zurück.

In meiner Nervosität scrolle ich mich durch sämtliche Apps, meine Augen flattern über die Einträge bei Facebook.

Bei Instagram suche ich Lous Account, verlasse ihn aber sofort wieder. Ich kann es nicht ertragen, ihre geposteten Fotos zu sehen, auf denen sie ausnahmslos strahlt.

»Wie lange dauert's noch?«, frage ich den Taxifahrer zum hundertsten Mal. »Corre!«, ruf ich ihm zu. »Beeil dich!« Dass ich ihn duze, ist mir gerade egal. Macht hier eh jeder.

Er bleibt ruhig.

»No te preocupes. Keine Sorge. Nicht mehr lange. Versprochen.«

Die Anspannung in der Luft ist auch für ihn spürbar.

Hektisch krame ich einen Schein aus meinem Portemonnaie. Vor lauter Nervosität kriege ich den Verschluss kaum auf. Schon auf der Einfahrt zum Krankenhaus Universitario de La Princesa reiche ich dem Fahrer das Geld und springe aus dem Taxi, noch bevor es richtig zum Stehen gekommen ist.

Es ist kurz vor eins, aber der Eingang der Urgencia, der Notaufnahme, ist hell erleuchtet.

Ich stürme zum Empfang, bin von der kurzen Strecke schon außer Atem.

»Bitte, wo liegt meine Tochter, Lou Brandner? Notaufnahme. Sie ist operiert worden.«

Ich muss den Namen zweimal buchstabieren, bis sie mir sagt, wo ich hinmuss. Warum habe ich die Schwester am Telefon vorhin nicht gefragt? Ich Idiotin. Ich muss meine Sinne beisammenhalten, darf nicht austicken.

»Señora Brandner!« Die Schwester kommt bereits im Krankenhausflur auf mich zu. Sie lächelt. Die Art, wie sie meinen Namen sagt, ihre Stimme, ihr Lächeln, all das verleiht mir die dringend benötigte Sicherheit und treibt mir die Tränen in die Augen. Wenn sie mich so anschaut, dann muss es doch heißen, dass meine Lou lebt. Dass alles gut gegangen ist?

»Kommen Sie bitte mit. Sie war kurz wach, schläft jetzt wieder. Es ist aber alles okay!«

Am liebsten würde ich die wildfremde Frau umarmen und abknutschen.

Eilig laufe ich hinter der Schwester her, die mich in ein Zimmer führt, in dem zwei Krankenhausbetten stehen. Nur eines ist belegt. Ein kalkweißes Mädchen liegt dort. Sie ist blasser als die Laken.

Ein Infusionsschlauch führt zu Lous Arm. Ein Verband bedeckt einen Teil ihres Gesichts und den Kopf. Sie schläft. Aber sie atmet.

»Darf ich sie anfassen?«, frage ich die Schwester. Diese nickt und zieht mir einen Stuhl neben das Bett.

»Louchen, hörst du mich?« Ich beuge mich über das Gesicht meiner Tochter und flüstere ihr ins Ohr. »Ich bin da, Mama ist hier.«

Sanft nehme ich ihre rechte Hand und streiche ihr mit der anderen über die Stirn.

»Ich werde dem Arzt Bescheid sagen, dass Sie da sind. Wenn er Zeit hat, kommt er vorbei.«

Ich nicke der Frau dankbar zu.

»Sie können aber beruhigt sein. Die OP ist gut verlaufen. Sie wird bestimmt bald wieder aufwachen und auf die normale Station verlegt.«

Allein um diesen Satz verstehen zu können, haben sich all meine Spanischstunden gelohnt. Dafür, dass ich den entscheidendsten Satz meines Lebens verstehen kann.

Langsam ziehe ich die Decke zur Seite, sehe das Krankenhaushemd und darunter die Verbände.

Ich mache mir fürchterliche Vorwürfe.

Der Unfall muss kurz nach unserem Telefonat passiert sein, in dem wir uns so sehr gestritten haben, weil Juan ihr Zimmer betreten hat. Sollte sich die Tragödie von vor dreißig Jahren in eine noch viel größere verwandeln?

Meine Tochter kann doch nichts dafür. Sanft drücke ich Lous Hand. Immerhin ist sie nicht eiskalt. Ich warte kurz und hoffe darauf, dass sie meine Hand zurückdrückt.

»Lou, Mäuschen, Mami ist bei dir. Alles wird gut. Es tut mir so leid. Wir sind alle da.«

Letzteres stimmt zwar nicht, aber sollte sie mich hören können, möchte ich, dass sie weiß, dass ihre gesamte Familie für sie da ist. Auch wenn ihre Eltern eine Krise haben.

Ich muss nachsehen, ob Markus meine Nachricht inzwischen bekommen hat. Hier darf ich mein Handy nicht benutzen, aber ich möchte Lou auch nicht allein lassen.

Erst, wenn sie aufwacht, werde ich möglicherweise mal ganz kurz dieses Zimmer verlassen. Vorher rühre ich mich nicht vom Fleck.

»Ich darf nicht noch ein Kind verlieren!«, hämmert mir durchs Hirn.

Ich muss mich beruhigen, die Schwester hat gesagt, dass alles wieder gut wird. Allerdings muss ich erst mit dem Arzt sprechen. Mein panisches Ich traut dem Frieden noch nicht.

»Nicht noch ein Kind verlieren.«

Ich kann dieses Gefühl schlecht fassen. Meine Gedanken machen eine Zeitreise ins Jahr 1990, als mir mein erstes Kind genommen wurde. Danach wurde mir dieses geschenkt. Meine kleine Lou.

Nie habe ich ihr erzählt, dass sie eigentlich eine Schwester oder einen Bruder gehabt hätte. Viel zu tief vergraben sind die Erinnerungen.

Dass Tina und Christoph die Geschichte jetzt kennen, ist eine Erleichterung. Vielleicht werde ich meiner Tochter diese Geschichte eines Tages auch erzählen. Damit sie mich besser verstehen kann, meine Ängste, meine Sorgen. Warum ich so ausgeflippt bin, als Juan bei ihr im Zimmer war. Weil ich sie vor einer ähnlichen Erfahrung schützen wollte, ohne dass sie überhaupt ahnen konnte, worum es mir ging.

Aus dieser Geheimnistuerei ist etwas viel Schlimmeres geworden. Ähnlich wie bei meinem Vater, der mich vor etwas seiner Meinung nach Verwerflichem bewahren wollte: der Beziehung mit Manolo. Doch das hatte erst recht fatale Folgen, nämlich die Nacht mit Juan, die Schwangerschaft, die Abtreibung.

Mir laufen ungehemmt die Tränen übers Gesicht.

Ich weine diese Tränen für mein Kind, Lou, das hier vor mir in einem Krankenhausbett liegt. Und ich weine meinetwegen und wegen dieses Kindes, das ich nie kennenlernen konnte.

Hätte ich offen mit ihr geredet, wäre all das nicht passiert. Ich hätte sie vor all dem bewahren können, bewahren müssen.

Erst jetzt wird mir bewusst, dass ich zum ersten Mal seit dreißig Jahren wieder in Madrid bin. Damals hatte ich mir geschworen, niemals zurückzukehren.

Keine Ahnung, wie lange ich so grüble. Ich bin todmüde und zugleich wacher denn je.

Die Tränen laufen unaufhaltsam. Geschätzte Menge: Niagarafälle, das Mittelmeer und sämtliche Swimmingpools zwischen Málaga und Barcelona.

»Warum heulst du?«

Vielleicht war ich auch so abgelenkt durch die Affäre mit Christoph, dass ich Lou vernachlässigt habe.

»Wieso du weinst?«

Ich habe sie einfach nicht mehr genügend beachtet, weil ich mich auf andere Dinge konzentriert habe. Das verzeihe ich mir nie.

»Hallo!?«

Gott, ich fühle mich so schuldig. Das drückt auf meine Seele. Auf meinen Körper. Auf meine Hand. Auf meine Hand?

»Lou!«, rufe ich etwas zu laut. Meine Tochter drückt meine Hand, etwas schwach. Aber sie drückt.

Sofort fange ich wieder an zu weinen, gleichzeitig küsse und streichle ich sie. »Mama, hör auf damit! Was machst du hier?«

Sie spricht leise, ein wenig kraftlos. Aber sie spricht. Es ist Lous Stimme. Die Stimme, die vor knapp achtzehn Jahren zum ersten Mal Mama gesagt hat. Mit der sie mich gefragt hat, ob sie noch ein Eis haben darf und mit der sie mich angeschrien und sich wieder mit mir vertragen hat. Mit dieser Stimme hat sie mir tausend Mal gesagt, dass ich gut schlafen und was Schönes träumen soll. Und dass ich das auch Papa sagen und es nicht vergessen soll.

»Wo ist Papa?«, fragt sie.

»Der ist mal eben was erledigen«, sage ich so vage wie möglich. »Er kommt bestimmt bald.«

»Gut!«, sagt Lou, drückt noch mal meine Hand. Und schläft wieder ein.

Ich sehe sie an. Mindestens eine Stunde lang.

Als um 7 Uhr der Arzt kommt und mir bestätigt, dass ich mir keine Sorgen zu machen brauche, der Kopf nichts Gravierendes abbekommen hat, das Bein bald wieder voll funktionstüchtig sein wird, fällt eine zentnerschwere Last von mir ab.

Ich verstehe nicht jedes Detail, ich filtere hauptsächlich heraus, dass alles wieder gut wird.

Ich gehe in die Cafeteria, um schnell ein paar Anrufe zu erledigen.

Als ich mein Handy einschalte, sehe ich, dass Markus meine Nachrichten immer noch nicht abgehört hat. Wüsste ich von Beate Hoffmann nichts von seiner weiblichen Begleitung, würde ich mir jetzt Sorgen machen. Aber das muss ich wohl nicht. Ich stelle mir vor, wie sein lautlos gestelltes Handy neben seinen Klamotten auf dem Holzfußboden einer fremden Wohnung liegt, und weiß, dass Markus in der vergangenen Nacht sicher an vieles gedacht hat, nur nicht an uns. Mir laufen ein paar Tränen übers Gesicht. Natürlich vor allem wegen Lou, aber auch wegen unserer großen und nun fast verschwundenen Liebe. Weil sie sich ohne große Vorwarnung aufgelöst hat. So viele gemeinsame Jahre lassen einen schließlich nicht kalt. Dennoch hege ich keinen Groll gegen Markus. Auch nicht, weil er in dem Moment, als seiner Tochter etwas passierte, nicht zur Stelle war.

Nachdem er achtzehn Jahre lang quasi jede Sekunde auf sie aufgepasst hat wie auf seinen Augapfel. Dass er offenbar einmal an sich gedacht hat, und nicht an Lou. Woher hätte er das auch ahnen sollen? Wer kann es ihm verübeln? Wir haben uns schon lange gemeinsam einsam gefühlt. Nicht mehr nur örtlich, sondern auch emotional voneinander getrennt. Markus ist im falschen Moment seiner Leidenschaft nachgegangen. Und das werfe ich ihm nicht vor. Mir hätte genau das Gleiche passieren können.

Markus

September 2019

Geh doch ran, geh doch bitte ran. Hüpfend steige ich in meine Jeans, mit der anderen Hand halte ich mein Handy. Die Frau im Bett verschwimmt vor meinen Augen. Alle Geräusche, alle Bilder um mich herum werden übertönt von meinem wild rasenden Herzen.

»Was ist mit ihr?« Ich komme sofort zum Punkt. Alex beruhigt mich glücklicherweise recht schnell.

»Es geht ihr besser als gedacht. Sie ist operiert worden, aber schon aufgewacht, sie hat mit mir gesprochen.«

Tränen der Erleichterung schießen mir in die Augen. Meinen Pullover ziehe ich ungelenk über die Schulter am Handy vorbei.

»Was ist denn passiert? Seit wann bist du da? Ich komme sofort.«

Alex atmet tief durch. Sie klingt erschöpft. Sie muss eine Horrornacht hinter sich haben.

Als ich mein Handy heute früh endlich wieder eingeschaltet habe, ploppten etliche Nachrichten auf. Ich wusste sofort, dass etwas nicht stimmte.

»Sie ist von einem Bus erfasst worden, als sie über die Straße gelaufen ist. Operation am Bein. Am Kopf nichts Schlimmes, sie haben ein Schädel-MRT gemacht, alles in Ordnung. Nur eine heftige Gehirnerschütterung.«

Während Alex aufzählt, was mit unserer Tochter passiert ist, schnappe ich mir meine Jacke und stürme zur Haustür der Wohnung, in der ich vorher noch nie war und in die ich vermutlich auch nie zurückkehren werde.

Da habe ich einmal mein Handy ausgeschaltet und prompt wird mein schlimmster Albtraum wahr.

»Und wie geht es ihr, was sagt sie?«

Alex lacht hell auf, bricht aber gleichzeitig in Tränen aus.

»Dass ich nicht weinen soll. Das war das Erste, was sie gesagt hat. Markus, es war meine Schuld. Wir hatten uns am Telefon gestritten. Sie war so sauer und deswegen ist sie …«

»Alex, bitte beruhige dich. Es war bestimmt nicht deine Schuld. Ich fahre jetzt sofort zum Flughafen und nehme den nächsten Flieger. Muss erst nachgucken, wann der geht.«

»Um 12:15«, antwortet meine Frau prompt. »15:10 Ankunft Barajas. Dann bist du so um Viertel nach vier hier.«

Ich winke Saskia einmal kurz zu. Sie wirft mir mit stoischem Gesichtsausdruck eine Kusshand zu. Keine Ahnung, ob das sarkastisch gemeint ist. Sie wird ja in etwa mitbekommen haben, was passiert ist. Dennoch wirkt sie, als würde ich zu einem Zahnarzttermin aufbrechen.

»Bekomm du erst mal Kinder«, denke ich, ziehe die Tür zu und nehme auf der Treppe zwei Stufen auf einmal.

»Gut, danke. Dann habe ich noch ein wenig Zeit. Kann ich Lou sprechen?«

»Das geht leider nicht, weil in dem Zimmer Handyverbot ist. Sie wird aber demnächst von der Intensivstation auf die normale Station gebracht.«

Allein das Wort Intensivstation löst nachträglich Herzflattern aus.

Was hätte ich getan, wenn ich Alex' Nachrichten zufällig mitten in der Nacht abgehört hätte?

Hätte ich mich ins Auto gesetzt und wäre jetzt noch nicht

einmal in Paris? Habe ich sogar irgendwie Glück gehabt, weil ich die schlimmste Phase verpennt habe. Verschlafen. Geschlafen mit einer anderen Frau?

Ich rechne es Alex hoch an, dass sie keine Silbe darüber verliert, dass ich so lange nicht zu erreichen gewesen bin.

»Ich fahr schnell nach Hause, hol meine Tasche und dann geht's zum Flughafen.«

Verdammt, Lous Unfall hat mich so aus der Bahn geworfen, dass ich auch noch zugebe, die Nacht nicht zu Hause verbracht zu haben. Wieder fragt Alex nicht nach. Vermutlich ist sie in Gedanken so sehr bei Lou, dass sie gar keinen Kopf für meine unpassenden Sperenzchen hat. Sie ist in Berlin erreicht worden und hat sofort den nächsten Flieger genommen.

»Bis nachher. Die Adresse des Krankenhauses habe ich dir gesimst«, sagt sie. »Und noch eins:« Sie macht eine Pause. Ich warte auf die unausweichliche Frage – die nicht kommt.

»Frag nicht am Empfang nach der Zimmernummer. Wir sind nachher vermutlich im 2. Stock, Zimmer 211.«

»Danke. Ich komme so schnell wie möglich«.

Im Dauerlauf durchquere ich die Eppendorfer Landstraße, dränge Passanten zur Seite und komme endlich an unserem Haus an. Die frische Luft tut gut. Weht mir die schrecklichen Gedanken aus dem Kopf und die vergangene Nacht.

»Ah, da sind Sie ja wieder.« Ausgerechnet Beate Hoffmann begegnet mir am Eingang.

»Ihre Frau hat mich auch schon angerufen und gefragt, ob ich wüsste, wo Sie sind?«

Zunächst beachte ich unsere neugierige Nachbarin gar nicht. Soll sie doch reden. Tasche packen, Rechner hochfahren, Ticket kaufen, Taxi, Flughafen. Das sind meine nächsten Schritte. Ich eile an ihr vorbei, stoppe dann aber kurz und schaue über die Schulter zu Beate Hoffmann.

»Und was haben Sie ihr gesagt?«

»Sie klang so aufgeregt. Da habe ich ihr gesagt, dass ich auch nichts wüsste. Nur, dass Sie mit einer jungen Dame unterwegs waren. Eine Verwandte von Ihnen?«

Kommentarlos lasse ich sie stehen. Da kann sie mir noch so viele Hemden gebügelt und Reißverschlüsse in Hosenanzüge genäht haben, das hier geht sie gar nichts an.

Immerhin weiß ich nun, dass Alex darüber auf dem Laufenden ist, wieso sie mich nicht erreicht hat.

Doch das ist jetzt kein Thema. Aber später wird es eins werden. Später müssen wir darüber reden.

Die Ungewissheit darüber, was Alex auf ihren vielen Seminaren macht, schmerzt. Früher war das keine Frage, früher waren wir uns ganz sicher.

Wir mögen uns entfernt haben, aber jetzt zählt das, was uns immer zusammenhalten wird. Unsere Tochter.

Im Schnelldurchgang erledige ich alle Punkte auf meiner imaginären Liste und komme einige Stunden später in Madrid an.

In der Stadt, in der ich mit Alex ein Wochenende in dem hübschen Hotel verbringen wollte. Die Übernachtungen, die wir stattdessen Cem und Lou spendiert haben.

»Ob Cem schon Bescheid weiß?«, frage ich mich.

Bevor wir ihn informieren, möchte ich meine Tochter selbst sehen, mit ihr sprechen, mit dem Arzt, sie in die Arme schließen.

Diese Stadt ist schon ganz schön imposant, denke ich, als das Taxi an großen Carreteras und Plätzen vorbeifährt. Hier in der Nähe ist das neue Stadion, in dem vor wenigen Monaten Liverpool mit Jürgen Klopp die Champions League gewonnen hat. Als ich das letzte Mal hier war, ging es nur um Fußball. Diesmal geht es um das Wichtigste in meinem Leben.

Auf die schmucken Gebäude kann ich mich aber nicht recht konzentrieren. Und warm ist es hier. Eine Hitze, auf die Lou sich so gefreut hatte. Ich ziehe mir die Jacke aus, schwitze aber auch vor Aufregung und Nervosität.

»Das ist mir viel zu heiß in Spanien«, hatte ich Lou gesagt, als sie meinte, ich solle mal vorbeischauen in Madrid.

»Kannst du nicht Au-pair in Scharbeutz an der Ostsee machen?«, hatte ich vorgeschlagen.

Sie hatte die Augen verdreht und gelacht.

»Damit ich endlich mal anständig Deutsch lerne?«

Ich liebe ihren Humor, ihre Selbstironie, ihre offene Art. Viel davon hat sie von ihrer Mutter und ein kleines bisschen hoffentlich auch von mir. Ich bete zu Gott, dass sie noch die Alte ist. Dass sie ihren Geist noch hat, ihr schlaues Hirn, dass der Unfall keine Folgeschäden hinterlässt. Alex hat zwar gesagt, dass Lou gesprochen hat, aber nicht, ob sie noch die alte kleine Lou ist. Ob sie stottert, krächzt, bedächtig redet, sich an nichts erinnern kann. Alles ist möglich.

Kurze Zeit später renne ich an der Dame am Empfang vorbei, frage nicht nach, nehme die Treppe in den zweiten Stock und öffne die Tür zu Zimmer 211.

Mein Blick fällt zuerst auf Alex, die blass auf einem Stuhl sitzt. Ich höre Lous Stimme, bevor ich sie sehe. In dem Moment fallen mir sieben Zentner Sierra Nevada vom Herzen:

»Hey Papa, hab ich dich doch noch in die Hitze gelockt. Glaub mir, hier ist mehr los als in Scharbeutz!«

Alex

März 1990

Drei Tage und Nächte lang habe ich mir in diesem kleinen von Juan gesponserten Hotel das Hirn darüber zermartert, was ich meinen Eltern erzählen könnte. Wieso kehrte ich so viel früher aus Madrid zurück? Sie würden sofort Unheil wittern, wenn ich auf einmal zu Hause auftauchte.

»Hola, da bin ich wieder!«

Meine Magenschmerzen wurden immer stärker. Ich litt sowohl seelisch als auch körperlich, obwohl ich mich strikt an die Anweisungen des Arztes hielt.

Die vergangenen Tage hatte ich fast nur liegend verbracht. Einmal war ich in eine Drogerie gegangen, um mir Binden zu kaufen. Ein wenig blutete es noch.

»Ulrike!«, sagte ich laut. Sie musste mir helfen.

Mit dem Umschlag und Juans Geldscheinen ging ich auf die Straße, trank in einem kleinen Café an der Puerta del Sol eine Cola. Ich musste aufwachen, wieder zu Kräften kommen. Der Cola-Schock tat gut.

»Hallo, hier ist Alex!«, meldete ich mich später am Telefon, als Ulrike abhob.

Ihre Eltern waren sehr großzügig gewesen und hatten ihr eine Wohnung auf der Uhlenhorst in Hamburg gemietet.

Das war sehr praktisch, weil man sie direkt an die Strippe

bekam und sich nicht erst auf Small Talk mit ihrer Mutter einlassen musste.

»Alex, Wahnsinn, ist das nicht total teuer?« Anrufe nach Deutschland machte man als Au-pair selten, weil sie im Vergleich zu unserem knappen Taschengeld ein Vermögen kosteten. Na ja, bei Ulrike waren die finanziellen Verhältnisse etwas anders gelagert. Ihr Vater hatte eine Firma und konnte seiner Tochter die Miete spendieren, vielleicht hatte er ihr die Wohnung sogar gekauft und Ulrike hatte sich bloß nicht getraut, es zuzugeben. Egal. Ich brauchte ihren Vater. Jetzt.

»Ach, geht schon. Ich habe ja ein paar Peseten verdient hier!«

»Wie ist es denn? Weihnachten haben wir uns nur viel zu kurz gesehen. Ich muss dir unbedingt was erzählen von so einem Typen, den ich im Supermarkt getroffen habe, der …«

»Ulrike«, unterbrach ich meine beste Freundin. »Du musst mir helfen.«

»Was ist passiert?« Ulrike hörte sofort auf, von ihrem neuen Supermarkt-Aufriss zu erzählen. Ich überlegte kurz, ob ich ihr anvertrauen sollte, was geschehen war.

Doch ich verwarf den Gedanken gleich wieder, denn schließlich hatte ich beschlossen, keiner Menschenseele davon zu erzählen. Außerdem würde es die Wunde, die noch nicht ansatzweise verheilt war, gleich wieder aufreißen.

»Ach, dieses ganze Au-pair-Dingens ist irgendwie nicht meins«, schwindelte ich drauflos. »Drei Kinder betüddeln, und dann eine extravagante Mutter dazu.« Ich rang mir ein gekünsteltes Lachen ab.

»Ich glaube, ich hatte genug mit Kindern zu tun«, fügte ich hinzu.

Mein eigener Satz versetzte mir einen Stich. Ja, ich hatte genug mit Kindern zu tun gehabt.

»Haben wir doch alle gesagt, dass das nichts für dich ist«, sagte Ulrike zustimmend. »Du und Windeln. Das geht gar nicht!«

Jetzt bohrte sie auch noch völlig unbeabsichtigt in der Wunde herum.

Ich räusperte mich, versuchte die Tränen zurückzudrängen.

»Sag mal, dein Vater hat mir doch mal angeboten, dass ich bei ihm eine Ausbildung machen könnte als Groß- und Außenhandelskauffrau.«

Ulrike schwieg eine Weile.

»Meinst du das ernst? Das kam doch für dich überhaupt nicht infrage. Wir wollen doch ab Oktober zusammen Kommunikationswissenschaften studieren.«

»Ja, das stimmt schon. Aber ich habe mir gedacht, dass das vielleicht doch keine so gute Idee ist.«

Das Fragezeichen auf Ulrikes Stirn konnte ich geradezu durchs Telefon hindurch spüren. Und sie hatte ja recht, den Floh mit den Kommunikationswissenschaften hatte ich ihr ins Ohr gesetzt und sie überredet, das Studium gemeinsam mit mir zu beginnen. Ulrike war es im Grunde egal, was sie machte. Hauptsache, sie müsste nicht im langweiligen Büro ihres Vaters hocken. Und nun wollte ausgerechnet ich das?

»Meine Eltern fänden das auch klasse. Du weißt ja, wie die sind«, sagte ich möglichst unbeschwert.

Wieder stieß ich einen unkontrollierten Laut aus. Sie hatte keine Ahnung, wie meine Eltern wirklich waren.

»Okay. Wann willst du denn anfangen?«

»Nächste Woche?!«, schlug ich vor.

»Wie nächste Woche? Willst du wirklich nicht mehr in Madrid bleiben?«

Ich warf ein paar Münzen nach, das Gespräch zog sich doch länger hin als erhofft.

»Nein, ich fliege heute Abend zurück nach Hamburg.«

»Heute? Sag mal, hast du da 'ne Bank überfallen oder den Königssohn flachgelegt und sie jagen dich aus dem Land?«

Obwohl mir nicht nach Witzen zumute war, lächelte ich über Ulrike. Ich an ihrer Stelle wäre auch misstrauisch geworden.

»Ich habe aus dem Prado ein paar Gemälde mitgehen lassen. Das kam nicht so gut an.«

»Die Mona Lisa, oder was?«

»Die hängt im Louvre!«

»Oh, na egal!« Sie lachte dieses typische Ulrike-Lachen. Sie wirkte manchmal etwas naiv und war, was die Männerbekanntschaften betraf, eher für Masse als für Klasse.

Dennoch verteidigte ich sie immer. Sie war wirklich eine gute Freundin.

»Okay, ich ruf Papa mal an und frag.«

Das klang eher so, als würde sie ihn nächstes Jahr Weihnachten darauf ansprechen.

»Ulli, bitte. Könntest du es sofort machen? Ich rufe in einer halben Stunde wieder an.«

»Herrje, ich bin noch nicht mal angezogen!« Ich hörte, wie eine Bettdecke zurückgeschlagen wurde und Ulrike offenbar aufstand.

»Kannst du deinen Vater nicht im Pyjama anrufen?«, sagte ich und versuchte scherzhaft zu klingen, obwohl ich extrem unter Druck stand. Aber ich brauchte Ulrike.

»Ach so, stimmt, sieht er ja gar nicht.« Sie kicherte los.

»Sag mal, was hast du eigentlich gemacht letzte Nacht? Du stehst ja komplett neben dir«, fragte ich und hätte mich ohrfeigen können dafür.

»Habe ich doch vorhin erzählt. Da war dieser Junge, Marco, im Supermarkt. Der hat gefragt, ob wir uns ’ne Pizza teilen wollen und hat auf die letzte Pizza Hawaii in der Tiefkühltruhe gezeigt. Cooler Spruch, oder?«

Die Telefonzelle fraß und fraß meine Münzen.

»Ulli, das könntest du mir doch alles heute Abend erzählen, oder?«

»Wie das? Wenn du ankommst, belegen dich doch bestimmt erst mal deine Eltern mit Beschlag.«

Ich zögerte kurz, bevor ich mein zweites Anliegen loswurde.

»Äh, ja, ich wollte fragen, ob ich vielleicht ein paar Tage erst mal bei dir wohnen könnte?« Nachdem ich tief Luft geholt hatte, fügte ich hinzu: »Auf meine Eltern habe ich nicht sofort wieder Lust.«

»Okay, das verstehe ich. Klar kannst du hier wohnen. Die Bude ist eh zu groß für mich allein. Aber sag das meinen Eltern nicht.«

»Niemals!«

Auf Ulrike war Verlass. Eine halbe Stunde später hatte ich den Job bei ihrem Vater. Irgendwas mit Zahlen und Organisation und strukturiertem Arbeiten. Sollte mir alles recht sein.

Der schwierigste Anruf stand mir noch bevor.

»Wie, du kommst schon wieder zurück? Hast du was kaputt gemacht in deren Wohnung? Eine der teuren Ming-Vasen runtergeschmissen?«

Mein Vater reagierte ganz anders als gedacht. Er schien sich über die Entwicklung zu freuen.

»Nein, aber ich habe ein tolles Angebot von Ulrikes Vater. Ich kann in seiner Firma anfangen, darüber haben wir doch schon mal gesprochen, weißt du noch?«

»Ah, ja, das klingt vernünftig. Besser als dieser Kommunionsmist.«

Ich verdrehte die Augen.

»Kommunikationswissenschaften, Papa. Ulrikes Vater braucht mich sofort. Deshalb der Abbruch hier. Aber ich habe auch genug gesehen.«

»Na, dann ist das ja alles noch mal gut gegangen«, sagte er. Ich wusste nicht genau, was er damit meinte, zumal gar nichts gut gegangen war. Tatsächlich war etwas kaputtgegangen – und zwar ich. Aber das konnte ich ihm ja schlecht sagen und ich wollte es auch nicht.

»Mäuschen, wir freuen uns. Wann kommst du denn?«

»In vier Tagen«, antwortete ich.

Er hätte mir nie abgenommen, dass die Entscheidung so spontan gefällt worden war. Außerdem brauchte ich noch eine paar Tage Luft, bevor ich in den goldenen Elternkäfig zurückkrabbeln würde.

»Den Flug habe ich schon gebucht, war sehr günstig«, beeilte ich mich zu sagen, bevor mein Vater auf die Idee käme, sich ins Auto zu setzen.

»Okay, wann landest du?«

Ich nannte ihm eine fiktive Zeit. Dieses Problems würde ich mich später annehmen. Sie würden mich abholen und ich könnte nicht durch die Sicherheitskontrolle zu ihnen gehen, da ich ja schon längst in Hamburg gelandet wäre. Ich würde mir einfach rechtzeitig eine gute Geschichte ausdenken.

Nach einem halben Jahr kehrte ich Madrid den Rücken, ohne meine neue, lieb gewonnene und gleich wieder verlorene Freundin im Gepäck, ohne meinen neuen, sehr lieb gewonnenen, verlorenen Freund. Und ohne mein bestimmt über die Maßen lieb gewonnenes Kind.

Mir blieb nicht lange Zeit, darüber nachzugrübeln, denn Ulrike hatte eine kleine Willkommensparty für mich organisiert. Na ja, genau genommen hatte sie ihren Pizza-Typen zum Abendessen eingeladen und es als Fete für mich deklariert.

Die Nacht über lag ich im Gästezimmer und hörte aus Ulrikes Schlafzimmer Geräusche, die ich eigentlich hatte verdrängen wollen.

»Wir freuen uns so, dass du wieder da bist!«, sagte meine Mutter ein paar Tage später. Ihr war gar nicht aufgefallen, dass ich nicht durch die Absperrung gekommen war. Meinem Vater schon, glaube ich, aber er stellte keine Fragen. Nahm mich nur in den Arm, drückte mich, brachte mich nach Hause. Er sah blass aus. Typische Hamburger Nach-Winter-Grauzone.

»Jetzt machen wir es uns richtig schön hier, nicht wahr?«, stellte meine Mutter fest und servierte Rollbraten mit Kartoffeln und Soße. Das Essen blieb mir fast im Hals stecken, so gefangen fühlte ich mich.

Ich würde hier nicht wohnen bleiben können. Unmöglich. Ulrike hatte mir beim Abschied angeboten, bei ihr einzuziehen. Vielleicht wäre das eine gute Möglichkeit für einen Neuanfang, auch wenn meine Eltern mir vermutlich den Kopf abreißen würden.

Ich ließ mich auf das Geplänkel ein, plauderte über die neuen Teller auf dem Tisch, das Rezept für den Braten, Papas Skatfreunde und fühlte mich absolut fehl am Platz.

In diesem Moment befürchtete ich, in diesem Leben niemals wieder richtig ankommen zu können. Am allerwenigsten in meinem Jugendzimmer mit den Einbauschränken.

»Hast du bestimmt vermisst das deutsche Essen, oder?«

Beiläufig nickte ich.

Vermissen!

Kurz dachte ich an Manolo, spülte die Erinnerung an ihn aber mit einem Schluck Tüten-Orangensaft hinunter.

»Gab's denn noch irgendwas Besonderes in Madrid?«, fragte meine Mutter beiläufig. So, als wäre ich nur kurz einkaufen und nicht ein halbes Jahr im Ausland gewesen.

»Nö, alles okay so weit«, sagte ich und hatte damit das vergangene halbe Jahr der Achterbahnfahrt zur Genüge zusammengefasst. Zumindest für meine Eltern.

»Freust du dich auf die Ausbildung?«, wollte Mama wissen, als sie mir ein Schälchen Vanillepudding reichte.

»Oh ja«, antwortete ich. Ich freute mich so sehr, dass ich den Job drei Monate später hinschmiss, bei Ulrike einzog und kurz darauf doch diesen »Kommunikationsmist« anfing.

Christoph

November 2019

Das muss er gewesen sein. Bisher hatte ich nur ein Foto von Alex' Mann Markus gesehen. Allerdings hatte ich ihn mal gegoogelt und seine Facebook-Seite gefunden.

Das jedenfalls muss Markus Brander sein, der durch die Ankunftshalle in Madrid Barajas hetzt. Allein am panischen Gesichtsausdruck erkenne ich, dass er sich große Sorgen macht.

»Lou geht es besser. Gott sei Dank!«

Diese SMS hatte ich am Morgen von Alex bekommen. Offenbar hatte sie auch ihren Mann erreicht, der den nächsten Flieger aus Hamburg genommen hatte. So wie ich aus Berlin.

Alex weiß nicht, dass ich in Madrid bin. Für den Fall aller Fälle möchte ich einfach da sein. Außerdem war ich noch nie zuvor in Madrid. Wollte ich schon immer mal hin. Natürlich weiß ich selbst, dass das ein vorgeschobener, untergeordneter Grund ist. Ich versuche einfach, cool zu bleiben. Und für den Fall einer Abfuhr mein eigenes Ding durchzuziehen.

Die Brandner-Situation hier ist konfus genug: Die Tochter hatte einen schweren Unfall. Der Vater, der die Nacht wohl mit einer anderen Frau verbracht hat, eilt mit wehenden Fahnen ins Krankenhaus.

Ich bitte den Taxifahrer, mich zu einem guten Hotel zu bringen.

»Sí, vamos!«, sagt er nur und fährt los.

Ich denke an Alex und unsere gemeinsame Zeit. Den Trip nach Verona, nach Berlin. Ich hätte niemals gedacht, dass ich mich nach Monikas Tod noch einmal so gut würde fühlen können. Aber ich mache mir nichts vor. Diese Ausnahmesituation, dieser Schicksalsschlag mit Lou, könnte die beiden auch wieder enger zusammenschweißen.

Ich hoffe natürlich sehr, dass sie sich für den Richtigen entscheidet. Für mich – und zwar bald.

Für ein kurzes Nickerchen lege ich mich auf das gemütliche Bett. Alex wird jetzt erst mal Zeit mit ihrem Mann brauchen, mit Lou, allein. Vielleicht werde ich sie gar nicht zu Gesicht bekommen. Möglicherweise findet sie es völlig unangebracht, dass ich ihr hinterhergeflogen bin, ohne Absprache. Aber darauf lasse ich es ankommen.

»Gib nie etwas auf, an das du jeden Tag denken musst«, lautet ein Postkartenspruch.

Eigentlich stehe ich nicht auf solche Sinnsprüche, würde mich auch nicht als großen Romantiker bezeichnen. Aber ich liebe diese Frau und möchte, dass es ihr gut geht.

In erster Linie hoffe ich aber, dass es Lou gut geht und dass ich sie eines Tages kennenlernen kann, wenn es die Umstände erlauben.

Die kleine Tapas-Bar, die zum Hotel gehört, ist der richtige Ort, um mich abzulenken.

Ich bestelle ein Bier und ärgere mich, dass ich nicht mehr Sprachen gelernt habe. Spanisch wäre jetzt praktisch.

Auf der Speisekarte deute ich auf etwas, ohne zu wissen, was es ist.

Vielleicht kann mir Alex eines Tages die schönsten

Ecken dieser Stadt zeigen. Auch wenn ihr die Rückkehr nach Madrid sicher schwergefallen ist, weil sie hier so eine schreckliche Erfahrung machen musste.

Und ausgerechnet hier ist nun auch ihrer Tochter etwas Schlimmes zugestoßen.

Die Kellnerin stellt ein Glas Bier und ein Fischgericht vor mir ab. Na, geht doch, auch ganz ohne Sprachkenntnisse.

»¡Hola querida!«, tippe ich in mein Handy. Die Übersetzungsmaschine hat mich dabei unterstützt. »Ich hoffe, mit Lou ist alles okay. Und mit dir. Ich bin ganz in deiner Nähe. Sitze in einer kleinen Tapas-Bar in Madrid. Sollte dir danach sein: Ich bin für dich da. Beso!«

Alex

November 2019

Alles passiert zeitgleich: Die Tür geht auf, die Schwester versorgt Lous Verband und mein Handy piepst.

»Ich denke, sie braucht Ruhe. Das ist ja hier wie im Bienenstock.«

Markus tut nur so, als würde er schimpfen. Er ist zutiefst erleichtert, dass seiner Tochter nichts wirklich Schlimmes passiert ist. Mit einer Hand streichelt er ihren Arm, mit der anderen meine Hand.

»Hola Jaime!« Lou begrüßt den Mann, der gerade ins Krankenzimmer gekommen ist.

Ich blicke kurz auf mein Handy, lächle und stecke es wieder weg.

Es dauert, bis mir bewusst wird, dass da Jaime vor mir steht. Der Junge, auf den ich vor dreißig Jahren aufgepasst habe. Und der jetzt Lous Gastvater ist.

Besorgt beugt er sich über sie.

»Was ist denn nur passiert?«

Dann kommt er zu mir, reicht mir erst die Hand und nimmt mich dann in den Arm.

»Alex, hace un ratito, no?« Ja, es ist ein Weilchen her, das stimmt wohl. Jaime war damals so klein, dass er gar nicht mitbekommen hat, dass ich vorzeitig abgereist bin. Dann kam schon ein neues Au-pair-Mädchen.

Er strahlt so eine Ruhe aus, dass ich mich sofort etwas

beruhige. Als Lou auch nachts nicht nach Hause gekommen war, hatte Jaime auf ihrem Handy angerufen und erfahren, dass sie im Krankenhaus liegt.

»Habt ihr mit dem Arzt gesprochen?«

»Ja, er war schon hier. Das Bein ist gebrochen, einige Prellungen, es wurde Gewebe entfernt und sie hat eine Gehirnerschütterung.« Ich lese meine Notizen ab. Diese Fachbegriffe kenne ich auf Spanisch nicht. »Aber sie lebt«, schließe ich meine Aufzählung.

»Es tut mir so leid. Der Bus rast aber auch immer so, dass man ihn erst spät sehen kann – das ist sehr gefährlich.«

Lou nickt. Sie kann ihren Kopf noch nicht so gut bewegen, auch blass ist sie noch ganz schön.

»Ich bin aber auch nicht die Schnellste«, sagt sie zu Jaime, der über ihren Kommentar lacht.

»Na ja, wenn du hinter unserem Kind herrennst, machst du dich ganz gut.«

Markus sitzt mit verschränkten Armen auf einem Stuhl und versucht, etwas von dem Gespräch mitzubekommen. Ich übersetze für ihn, damit er sich nicht ausgeschlossen fühlt.

Mein Handy piepst erneut. Ich zögere, die Nachricht zu lesen.

»Willst du nicht schauen, wer dir schreibt?«. Markus klingt müde.

»Ich muss unbedingt Papa anrufen«, sage ich ausweichend.

Markus steht auf und reicht Lou einen Becher mit Saft.

Sie angelt nach ihrem Handy.

»Darf ich Cem anrufen?«, fragt sie.

Markus und ich nicken.

»Natürlich!«

Ich verdrücke mich auf den Gang, um mir ein stilles Eckchen zu suchen. Überall laufen Patienten, Familienangehörige, Ärzte und Schwestern herum.

Es ist nicht ruhig genug für das Gespräch, das ich führen möchte.

Daher gehe ich vors Krankenhaus, setze mich auf eine Bank und wähle.

Lou

November 2019

»Bitte, bleib cool, ich liege im Krankenhaus. Ich bin aber okay.«

Cem bleibt so cool wie frisch frittierte Pommes. Er brodelt und feuert eine besorgte Frage nach der anderen ab.

»Alles in Ordnung, wirklich!«, beruhige ich ihn. Ich zähle alles auf, was der Arzt Mama diktiert hat.

»Oh nein!« Cem klingt so ängstlich, dass es mich rührt. Er will alles genau wissen, ob ich außer Lebensgefahr bin und sagt, dass er sofort losfliegen wird.

»Cem will nach Madrid kommen«, flüstere ich meinem Vater zu.

»Er war doch erst vor Kurzem da«, meint Papa, was ich eine beknackte Reaktion finde. Da lag ich schließlich noch nicht bandagiert und vom Bus angefahren im Krankenhaus. Das merkt Papa dann auch.

»Klar, kann er machen. Du bist ja noch ein paar Tage im Krankenhaus.«

»So lange kann ich nicht babysitten«, erkläre ich Jaime.

Der sieht mich mit großen Augen an.

»Natürlich nicht! Was denkst du denn? Du kannst ja gar nicht gehen. Schön gesund werden erst mal, und dann sehen wir weiter.«

Jaime schüttelt den Kopf. Offenbar kann er meine deutsche Zuverlässigkeit gerade nicht ganz fassen.

»Ich muss noch kurz was klären, dann komme ich«, erklärt Cem. Ein Satz, der mich ins Grübeln bringt.

»Ich bin so froh, dass ich dich wiederhabe«, flüstere ich ins Telefon. »Mein Eternity-Night-Stand!« Ich finde, ich bin schon wieder gut drauf.

»Viel besser als One-Night-Stands«, wirft mein Vater ein.

Ich bin so erleichtert, dass Cem und ich wieder zusammen sind. Aber die Bemerkung von Papa gerade war jetzt trotzdem irgendwie komisch. Später muss ich ihn mal fragen, ob alles okay ist.

Alex

November 2019

Mein Vater will sich sofort ins Auto setzen uns losfahren. Das hätte ich mir denken können.

»Nein, Papa, lass mal. Hier sind genügend Menschen momentan. Beruhig du lieber Mama.«

»Kommt sie wieder auf die Beine?«, fragt er. Ich höre, wie er sich eine Zigarette anzündet. Und an der dann vermutlich die nächste und die übernächste.

»Irgendwann ja. Olympiasprinterin wird sie vermutlich nicht mehr!« Ich fange an zu weinen, plötzlich und ohne Vorwarnung muss ich alles rauslassen. Ich kann gar nicht mehr aufhören.

»Alex, es wird alles gut«, flüstert mein Vater. »Sie ist ein zäher Brocken. So wie du«, tröstet er mich.

Ob jetzt der richtige Zeitpunkt ist, die alten Geschichten aufzuwärmen? Nach all den Jahrzehnten? Was soll's.

»Papa, hast du Manolo damals gesagt, dass er sich von mir fernhalten soll?«

Die Stille ist schneidend. Ich halte sie aus.

»Ja, habe ich!«, sagt mein Vater geradeheraus.

»Wie? Das ist alles?«

Ich warte auf eine Erklärung.

»Ich hatte Angst, dass du gar nicht mehr nach Deutschland zurückkommst. Das wirkte ja schon alles sehr eng mit diesem jungen Mann.«

»Woher willst du das denn wissen, ich habe doch gar nichts von ihm erzählt?«

Mein Vater zögert wieder.

»Du bist mit deiner Freundin zu dieser Aufführung.«

»Mit Tina zu Bernd Schuster.«

»Genau, Bernd Schuster!«, erinnert sich Papa, und ich bin sicher, dass er immer noch bereut, nicht dabei gewesen zu sein. Hätten wir ihn damals mitgenommen, wäre uns viel Ärger erspart geblieben. Mir vor allem.

Und Papa und Bernd wären jetzt vielleicht dicke Freunde. Aber ich schweife ab und will ihn noch nicht von der Angel lassen.

»Und dann?«

»Ich habe noch ein wenig mit deiner Lehrerin geredet.« Das kann ich mir bildlich vorstellen.

»Kurz darauf kam Manolo und hat sich mir als dein Freund vorgestellt und mir erzählt, wie glücklich er ist, dich gefunden zu haben. Ich war sehr überrascht, weil ich bis dahin noch nie von ihm gehört hatte. Aber nach allem, was er mir erzählt hat, sind bei mir die Alarmglocken angegangen. Ich habe dich schon in einer spanischen Kirche heiraten sehen – mein kleines Mädchen, kaum erwachsen. Ich bin mit ihm in ein Café gegangen und habe ihn gebeten, dich in Ruhe zu lassen.«

Bei der Vorstellung kommt mir fast das trockene Brötchen wieder hoch, das ich heute Morgen heruntergewürgt habe.

»Und das hat er einfach so akzeptiert. Ohne sich zu wehren?«

Mir treten Tränen der Wut in die Augen.

»Oh nein. Er hat mir gesagt, dass er sich eine Zukunft mit dir vorstellen kann, eventuell sogar Kinder, ein Haus, alles Mögliche.«

Beim Gedanken an Manolo, der all das gewollt hatte, mit mir, wird mir das Herz schwer.

»Und da hast du Panik bekommen, weil deine Tochter nicht das Recht haben sollte, ihr Leben selbst zu bestimmen, glücklich zu sein, eine Familie zu gründen, aus eurem spießbürgerlichen Gefängnis auszubrechen. Stimmt's?«

Ich bin angriffslustiger, als ich es eigentlich wollte. Eigentlich sollte man das nach all den Jahren doch ein bisschen lockerer sehen können, aber es ist nun mal nicht so.

Ich bin froh, dass wir dieses Gespräch am Telefon führen und ich ihn nicht dabei ansehen muss. Ich will nicht, dass er sieht, wie ich vor Wut weine.

»Aber Alex, warum glaubst du das denn? Keiner hat das mehr verdient als du«, gibt er zurück.

»Es hat aber nie den Eindruck gemacht. Ihr habt mich ja regelrecht eingesperrt.«

»So ist mir das nie vorgekommen. Wenn du das so empfunden hast, tut es mir leid. Ich bin sicher, deine Mutter sieht das auch nicht so. Warte, ich hole sie schnell.«

»Nicht jetzt, Papa!« Das fehlt mir noch, dass jetzt auch noch meine Mutter ihren Senf dazugibt. »Erklär ihr lieber gleich ganz in Ruhe, was mit ihrer Enkelin los ist und dass sie nicht durchdrehen soll.«

»Okay. Es tut mir leid, dass wir dieses Gespräch in so einer Situation führen müssen, das wollte ich nicht.«

»Das ist schon in Ordnung«, wehre ich ab.

»Ich habe das Thema schließlich selbst aufgebracht. Und du hast ihm wirklich erzählt, Mama sei todkrank und ich hätte einen festen Freund?«

Jetzt, da die Sorge um Lou etwas abgeklungen ist, brennen bei mir die Sicherungen durch.

»Wie kommst du denn darauf? Nein, das habe ich natürlich nicht!«

»Aber was hast du ihm denn um Himmels willen dann gesagt, dass er mich hat fallen lassen wie eine heiße Kartoffel?«

»Dass ICH krank bin, habe ich ihm gesagt«, erklärt mein Vater.

Das bringt mich nun komplett aus dem Gleichgewicht. Dieser Mann hat wirklich eine blühende Fantasie.

»Warum hast du ihn angelogen?« Glücklicherweise sind ein paar Leute um mich herum, sodass ich mich gerade noch beherrschen kann, nicht herumzuschreien. So eine Frechheit, meinem spanischen Freund aus rein egoistischen Gründen solche Lügengeschichten aufzutischen.

»Weil es stimmte. Ich war krank«, erwidert mein Vater. Er sagt es so, dass ich sofort weiß, dass es stimmen muss.

»Wie meinst du das?«

»Ich hatte Lungenkrebs und wäre beinahe gestorben. In der Zeit, in der du in Madrid warst. In den ersten Monaten habe ich eine Chemotherapie gemacht. Es war sehr knapp.«

Diese Information muss ich erst mal verdauen.

»Warum hast du mir das nicht erzählt? Wieso hat Mama mir das nicht gesagt?«

»Wir wollten dich nicht beunruhigen. Mama ist fast selbst gestorben vor Angst, als ich dich in Madrid abgeholt habe kurz vor Weihnachten. Eigentlich war ich zu schwach.«

Ich erinnere mich daran, dass mein Vater sehr dünn gewesen war. Ich hatte dem aber keine weitere Beachtung geschenkt, weil ich so genervt davon gewesen war, dass er mich gegen meinen Willen einfach eingesammelt hatte.

»Ich habe gedacht, es könnte das letzte Mal sein, dass wir

uns sehen. Zumindest dachte ich, ich hätte nicht mehr viel Zeit. Daher wollte ich dich bei uns haben.«

Er macht eine kurze Pause. »Das war egoistisch.«

»Wie konnte ich davon nichts mitbekommen«, sage ich mehr zu mir selbst.

»Als du im März zurückgekommen bist, ging es mir schon besser. Du bist ja Hals über Kopf wieder da gewesen.«

Mir fällt der blöde Rollbraten ein, von dem Papa genauso wenig gegessen hat wie ich. Früher hat er davon mindestens zwei Portionen verspeist. – Wie konnte mir das entgehen?

»Mach dir keine Vorwürfe. Ich habe es auch gut verborgen. Vielleicht hätten wir es dir sagen sollen.« Er zieht an seiner Zigarette.

»Papa, das tut mir sehr leid. Aber du hast mit dieser Manolo-Aktion viel kaputt gemacht, mehr als du wissen kannst.«

Mein Vater fragt nicht nach, aber ich spüre, dass er mehr weiß, als er sagt. Er kann darüber eigentlich nichts wissen, aber Eltern haben ja manchmal einen siebten Sinn. Das mit der Schwangerschaft kann ich ihm jetzt nicht auch noch zumuten! Fürs Erste reicht es vielleicht auch.

»Manolo war sehr verständnisvoll. Ich habe ihn gebeten, dir nichts von meiner Krankheit zu sagen, ich wollte es selbst tun, aber das hat leider nicht so gut geklappt.«

Manolo wollte, dass ich bei meiner Familie bin, ohne von ihm abgelenkt zu werden. Er hat auf mich verzichtet, anstatt seinen Zukunftstraum zu verwirklichen. Er hat alles nur für mich getan … Dieser Schmerz sitzt tief und doch fühlt er sich neu und irgendwie besser an. Es tröstet mich, dass ich ihm so viel bedeutet habe wie er mir.

Am liebsten würde ich meinen Vater umarmen, aber ihn zugleich auch sehr gern anbrüllen. Zehn Jahre später hatte er den Herzinfarkt. Und plötzlich fällt es mir wie Schuppen von den Augen. Er war immer krank. Aber ich habe ihn noch.

»Wie geht es dir denn jetzt?«

»So lala, aber es geht.«

Wieder zieht mein Vater an seiner Zigarette.

»Papa, du hattest Lungenkrebs und rauchst immer noch?«

Er seufzt durchs Telefon. Ein erleichtertes Seufzen, weil es seiner Enkelin gut geht. Aber auch ein selbstkritisches, weil er das Rauchen einfach nicht aufgeben kann.

»Alexlein, wir haben alle unsere Laster!«

Zu meiner eigenen Verwunderung sage ich meinem Vater, dass ich ihn lieb habe und dass er und Mama Lou gern anskypen können. Ich beende das Gespräch und schreibe meinem Laster eine SMS und lasse ihn wissen, dass er unbedingt auf mich warten soll!

Lou

November 2019

»Nein, Oma, ja, Oma, ist wirklich alles gut, Opa, nein, macht euch keine Sorgen. Ja, mach ich!«

Als Mama ins Zimmer zurückkommt, stecke ich gerade mitten im Video-Chat mit meinen Großeltern Helge und Hilde.

Es ist rührend, wie sehr sie sich um mich sorgen.

Jetzt haben wir alle zusammen. Meine Eltern, meine Großeltern und Cem ist auf dem Weg hierher. Jaime ist auch immer noch da. Fehlt nur noch Oma Gitta. Bald wird es hier im Zimmer so eng wie im Hochsommer auf Mallorca am Ballermann.

»Hast du ihn erreicht?«, fragt Papa Mama.

»Ja, siehst du doch! Sie telefoniert ja schon mit Papa und Mama.« Meine Mutter deutet auf mich und mein Handy.

»Das meinte ich nicht!« Papa spricht relativ leise. Aber es ist heute schon der zweite Satz von ihm, der mich aufhorchen lässt.

»Ja, habe ich«, erwidert Mama.

Würden Oma und Opa nicht so laut schreien, hätte ich noch mehr mitbekommen können. Irgendwas stimmt bei meinen Eltern nicht. Hoffentlich erzählen sie mir bald, was los ist und machen nicht so ein Geheimnis draus, weil sie mich nicht beunruhigen wollen. Das machen Eltern ja gern mal, aber ich bin nicht von vorgestern. Sie haben ihre Sache mit mir wirklich gut gemacht, finde ich. Vielleicht sage ich ihnen das nachher mal. Bin ein wenig gefühlsduselig.

Es wäre schon sehr, sehr traurig, wenn meine Eltern sich trennen würden. Wenn unsere kleine, stabile Einheit auseinanderbräche. Aber ich weiß natürlich, dass das Leben in Bewegung ist, auch wenn sie auf getrennten Wegen gehen sollten, wären wir ja immer noch ein Trio.

»Wir zwei sind ein gutes Trio«, hat ein Fußballer mal gesagt. Der Versprecher hat es in die Top Ten der lustigsten Fußballer-Sprüche geschafft. Er kam direkt hinter Lothar Matthäus' »Nicht den Sand in den Kopf stecken«.

Unter tausend Beteuerungen, auf mich aufzupassen, genug zu essen, mich zu schonen und nicht noch mal vor einen Bus zu laufen, beende ich das Gespräch mit meinen Großeltern.

»Soll sich ein anderer Arzt das auch noch mal anschauen? Juan kennt einen hier im Krankenhaus«, bietet Jaime an.

Mama wird weißer als ich in diesem hässlichen Krankenhaushemd. Bevor Cem kommt, muss ich mich unbedingt umziehen und an mein Schminktäschchen kommen.

Mama wird stocksteif.

»Mit Ärzten, die Jaimes Vater Juan kennt, möchte ich garantiert nichts zu tun haben«, sagt sie bestimmt.

Papa und ich blicken sie verständnislos an.

»Wieso nicht?«, fragt Papa.

»Ach, ich denke, ich muss dir bei Gelegenheit mal was erzählen!«

»Ja«, sagt mein Vater versöhnlich. »Ich denke, wir müssen uns insgesamt mal unterhalten, oder?« Er streicht Mama über die Wange. Das ist schön, sie so zu sehen.

Mama nickt und legt ihre Hand auf seine.

Alex

März 2020

Belustigt blättere ich in meinem Tagebuch. Was einem bei Umzügen so alles zwischen die Finger gerät.

Ein Eintrag ist aus dem Jahr 1978, da war ich acht.

»Wenn ich mal groß bin, möchte ich die Welt bereisen, einen Fußballer heiraten oder Papa. Und immer Geld für Eis haben.«

Was davon ist in Erfüllung gegangen?

In der Welt war ich unterwegs, an vielen wunderschönen Orten. Mit einem Fußballfan bin ich verheiratet. Wenn auch vermutlich nicht mehr lange. Wir wissen alle, was ein »Auszug auf Probe« bedeutet. Danach kehrt man nicht zurück.

Ich habe Markus die ganze Madrid-Geschichte erzählt. Ich glaube, er war ein bisschen verletzt, dass es so lange gedauert hat, bis ich mich ihm anvertraut habe, aber er hat es sich nicht im Mindesten anmerken lassen und nur gesagt: »Danke, dass du es erzählt hast. Es ist befreiend, keine Geheimnisse zu haben, oder?« Fast möchte ich weinen, weil er so verständnisvoll ist.

An jenem Abend in Madrid, als Lou im Krankenhaus war, hat er mich auch zu dem Mann gehen lassen, der ein paar Ecken weiter in einem Café auf mich gewartet hat.

Getroffen haben sich Markus und er erst ein paar Mal, man muss es auch nicht übertreiben. Ich habe mir vorerst eine kleine Wohnung gesucht. Ob Christoph und ich irgendwann mal zusammenziehen werden, kann ich noch nicht sagen. Ein Schritt nach dem anderen.

Mein Mann hat mir von seiner Nacht mit Saskia erzählt. Ich habe ihm dann das Gespräch mit Beate Hoffmann über die »junge Dame« nachgespielt. Wir haben laut darüber gelacht. Etwas zu laut und nicht ganz echt. Es war irgendwie erlösend, aber auch sehr traurig, denn genau in solchen Momenten weiß ich, dass wir eine große Liebe verloren haben.

Lou liegt mit Cem an irgendeinem Strand zwischen Griechenland und der Türkei. Sie ist fast wieder ganz die Alte. Ich danke dem lieben Gott jeden Abend dafür. Manchmal, wenn ich die Szenen dieser dramatischen Nacht vor dem geistigen Auge noch einmal durchspiele, brauche ich zum Stressabbau ein Eis. Das würde mein achtähriges Ich sicher freuen, denn dafür ist immer genug Geld da.

Meinen Vater werde ich vermutlich nicht heiraten. Ich bin froh, dass wir uns ausgetauscht haben und auf einer normalen Ebene miteinander zurechtkommen. Unseren Frieden gemacht haben.

Lange habe ich überlegt, ob ich versuchen soll, Manolos Adresse herauszubekommen und ihm einen Brief zu schicken, ihm alles zu erklären. Der Brief ist etliche Male umgeschrieben worden, abgeschickt habe ich ihn nicht. Irgendwie habe ich Angst, dass er gar nicht mehr weiß, wer ich bin.

»Danke für Lou!«, sagt Markus, als wir uns abends treffen. Er steht in der Küche und jongliert etwas ungelenk mit drei Orangen. Eine fällt ihm dabei zu Boden. Ich lächle ihn an.

Er packt seine Sachen in Kisten und kommt erst mal bei einem Freund unter, bis er etwas anderes gefunden hat.

Keiner von uns wollte in dieser Wohnung bleiben.

»Zu viele Erinnerungen«, hat Markus gesagt.

»Und Beate Hoffmann«, ergänzte ich, was uns wieder schmunzeln ließ.

»Ich bin immer noch sehr froh, dass ich damals in deinem Bett gelandet bin«, fügt er an. So friedlich haben wir in den letzten Jahren kaum mehr beieinandergesessen. Eine Entscheidung kann manchmal Dinge wieder hervorbringen, die längst verloren geglaubt waren.

»Ulrike fragt übrigens, ob du ein Zimmer brauchst. Sie sucht wohl einen Untermieter. Mit diesem Torsten, Hajo, nee Thomas, ach, was weiß ich, mit dem hat es jedenfalls nicht geklappt«, sage ich und muss darüber schmunzeln, dass Ulrike nach all den Jahren noch nicht aufgegeben hat. Obwohl es natürlich merkwürdig wäre, würde Markus wieder in dem Bett landen, in dem unsere Geschichte begonnen hat.

Der Mensch ändert sich alle sieben Jahre, das passt, denke ich. Ich stehe kurz vor meinem 50. Geburtstag und wage noch einmal den Sprung in ungewisse Tiefen. Was soll ich sagen? Ich bin hungrig und neugierig auf den neuen Schritt. Zu einer Reise mit unbekanntem Ziel aufbrechen, aber immer noch so verwurzelt mit diesem Mann hier, der neben mir sitzt und mit dem ich diese großartigen Jahre hatte – und Lou, unsere großartige Lou.

Während ich einen Löffel Limettenrisotto zum Mund führe und ein angebranntes Schalottenstückchen entferne, sieht Markus mich amüsiert an und sagt: »Ach, weißt du was? Vielleicht rufe ich Ulrike einfach mal an!« Ich lächle. Das ist vermutlich das Letzte, was er täte. Eher würde er mit Beate Hoffmann nach Mauritius fliegen.

Ich sehe Markus an und denke an all das, was wir zusammen erlebt haben. Das Leben ist wie ein Trampolin, man schlägt die wildesten Purzelbäume und weiß nie genau, wo man landet. Doch trotzdem kann man nicht einfach aufhören, immer und immer wieder zu springen.

Danksagung

Muchas gracias an:
Esther Böminghaus – die unkompliziert und ideenreich buchstäblich mit mir nach Madrid gereist ist. Und mir als Überraschung noch Orangen serviert hat!
Bianca Dombrowa – für einen launigen, aufmunternden Abend an der Langen Reihe. Allerdings beim Italiener, nicht beim Spanier.
Bärbel Schmidt – in demselben Restaurant gab es Tipps rund ums Tochter-Thema. Disculpa, dass Schweden sehr weit in den Süden gerutscht ist.
Joachim Jessen – für seinen grenzenlosen Einsatz über die Buchdeckel hinaus zwischen Deutschland, Frankreich und Spanien!
Tanja – Viva el Bademantel!
Olaf, Fred und Werner – porque éstos se quedan!